쉰세대 주부의 미국 헤매기

쉰세대 주부의 미국 헤매기

초판 1쇄 인쇄   2014년 11월 14일
초판 1쇄 발행   2014년 11월 20일

지은이   임 경 순
펴낸이   손 형 국
펴낸곳   (주)북랩
편집인   선일영   편집   이소현, 김아름, 이탄석
디자인   이현수, 신혜림, 김루리, 추윤정   제작   박기성, 황동현, 구성우
마케팅   김회란, 이희정
출판등록 2004. 12. 1(제2012-000051호)
주소   서울시 금천구 가산디지털 1로 168, 우림라이온스밸리 B동 B113, 114호
홈페이지 www.book.co.kr
전화번호 (02)2026-5777   팩스   (02)2026-5747

ISBN   979-11-5585-411-2 03810(종이책)
          979-11-5585-412-9 05810(전자책)

이 도서의 국립중앙도서관 출판예정도서목록(CIP)은 서지정보유통지원시스템 홈페이지(http://seoji.nl.go.kr)와
국가자료공동목록시스템(http://www.nl.go.kr/kolisnet)에서 이용하실 수 있습니다.
(CIP제어번호 : CIP2014033072)

태평양 건너 미국에서 새로운 나를 만나다

쉰세대 주부의
미국 헤매기

임경순 지음

여행이란 토끼는 잡았을까?
　　영어라는 토끼는 잡았을까?

북랩 book Lab

목 차

제1부 쉰세대의 미국 헤매기 / 11

제2부 영어가 짧으니 손발이 고생하다 / 49

제3부 생활정보 및 미국 엿보기 / 185

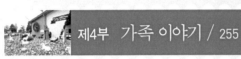

제4부 가족 이야기 / 255

머 리 말

세상의 잘난 사람들에 대한 이야기는 방송매체나 책 또는 인터넷에서 많이 소개되고 있다. 이들은 유리한 환경에서 태어나거나 또는 어려운 환경에서 태어났지만 자신의 끊임없는 노력으로 성공하거나, 좋은 머리로 시간을 효율적으로 잘 사용해 성공한 사람들이다.

이런 이야기들을 접하면서 한편으로는 평범한 사람이 세상을 살아가는 이야기를 그리고자 하는 마음이 늘 한구석에 있었다.

1950년대에 태어난 사람들을 베이비부머세대라고 한다. 많은 수가 자수성가하여 열심히 살다가 이제 은퇴시기가 도래하여 그간 앉았던 의자를 내어주기 시작했다. 나 역시 베이비부머세대로 20대 초반에 시작한 직장생활이 어느 덧 쉰세대 후반에 들어섰다.

나는 이 세상을 구성하는 수많은 카드 중 1장의 카드란 생각을 늘 하였다. 1장의 카드가 빠지면 눈에 띄지 않겠지만 여러 장의 카드가 빠진다면 이 세상은 존재 자체가 위태로울 수 있을 것이라고 생각하여 늘 내 스스로 정한 위치에서 그 역할에 맞게 충실하게 살아 왔다.

이러한 평소의 마음가짐과 더불어 지적 호기심이 많은 남편과 살다 보니 우린 늘 바쁘게 살아야 했다. 특히 남편의 지적 호기심은 미국의 미시간주립대학의 연수로 발전했고 나도 덩달아 쉰세대에 9개월 동안 미국에서 살아 보는 엄청난 경험을 하게 되었다.

미국에 가기 전까지는 내 생활과 영어는 아무런 상관이 없었고 영어를 몰라도 사는데 아무런 불편이 없었다. 어쩌다 해외여행을 가게 되더라도 여행사를 이용했기 때문에 불편함을 몰랐다. 다만 일행 중 누군가 유창한 영어를 할 때 잠시 부러운 정도였다. 그러던 내가 미국에서 생활하는 동안에는 영어가 필수였다.

생활 주변은 모두 영어로 도배되었고, 심지어는 TV 광고 속 개구리도 영어로 말을 했다. 도대체 영어를 하지 못하면 일상생활 자체가 어려웠다. 물론 나는 미국에 도착하기 전까지 돈을 벌기 위해서라면 영어가 필수겠지만 돈을 쓰는 입장인데 영어가 뭔 문제일까 하며 안일하게 생각했다. 그러나 미국에서 생활하다 보니 영어를 모르면 모른 만큼 손해 본다는 것을 직접 체험했다.

남편은 미시간주립대학(MSU - Michigan States University)의 국제전문인 양성 과정(VIPP - Visiting International Professional Program)을 밟았다. 같은 학기에 이런 비슷한 과정을 밟고 있는 한국 원우가 대략 20여 명이었다. 원우들 대부분은 대학생 등 자녀를 동반하였으므로 자녀들이 생활에 필요한 영어를 거들고 있어 큰 어려움이 없어 보였다. 그러나 자식을 동반하지 않은 우리 부부는 언어로 인한 어려움이 그야말로 많았다. 이곳 생활에 관한 모든 것을 스스로 해결해야만 했기에 영어가 서툰 우리 부부에겐 영어로 인한 사건·사연이나 실수담이 많이 발생했다.

이렇게 우리가 겪은 실수담이 우리 부부와 같은 쉰세대에 외국생활을 하였거나, 혹은 예정에 있는 올드피플에게 공감이 될 것이라고 생각되어 부끄럽지만 우리의 평범한 생활 이야기를 쓸 용기를 갖게 됐다. 또한 영어학교

(ELS - A+ English Language School)에서 배운 미국의 역사와 문화, 실수하는 과정에서 얻은 경험을 바탕으로 생활에 도움이 될 수 있는 주소나 전화번호 등의 정보도 함께 실었다. 끝으로 우리 가족의 이야기도 적었다.

당시 나는 직장에서 하고자 하는 것이 이루어지지 않아 아픈 마음을 안고 태평양을 건넜는데 미국이라는 낯선 타국살이에 헤매기 바빠 내 아픈 상처조차 잊고 살았다. 이렇듯 나에게 마음의 상처를 치유할 수 있도록 해준 남편 허순강과 1년간 부모가 없는 동안 집을 잘 관리하고 직장을 열심히 다녀준 나의 아들 민재에게 고맙단 말을 전하고 싶고, 특히 사전에 허락 없이 아들의 이야기를 소개한 바에 대해 아들에게 양해를 구한다.

2014년 11월

임경순

제1부

쉰세대의
미국
헤매기

쉰세대의 미국 헤매기

　남편과 나는 1살 차이다. 2014년에 남편은 58세요, 나는 57세다. 요즘은 이런 나이를 쉰세대라 부르고 있다. 신세대와 쉰세대의 차이는 무엇일까? 신세대는 젊은이의 세대이고 쉰세대는 맛이 살짝 간 세대일까? 공자의 위정편에서는 나이 50살을 '지천명(地天命)'이라 하여 하늘의 뜻을 아는 나이라 했는데 미국에서의 우리 부부는 하늘의 뜻을 아는 쉰세대이기보다 맛이 살짝 간 쉰세대였다.

　우리 부부에게 영어란 학창시절 배운 것이 전부였고 미국에 가기 전까지는 영어를 몰라도 사는데 애로사항이 없었고 평상시에도 사용할 일이 없어 학창시절에 배운 단어마저도 잊고 살았다. 이랬던 부부였기에 미국에서 생활하는 동안 영어는 넘기 힘든 큰 장벽이었다.

　미국에서 영어를 모른다는 것은 불편투성이다. 아침에 눈을 뜨면서부터 세상 소식을 듣기 위해 TV를 켜지만 화면으로 짐작만 할 뿐 무슨 말인지 알아듣지 못한다. 또한 먹거리를 사기 위해 동네마트를 가도 영어가 필수다. 물론 마트에서 식재료 등 생활용품을 종류별로 잘 분류하였기에 우리가 사고자 하는 것을 카트에 넣어 계산대에 가져가면 캐셔가 우리가 내야 할 금액을 알려주기 때문에 뭣이 문제이냐 싶지만 그게 다는 아니다.

　아울렛 등에서도 쇼핑 시 사전에 인터넷에서 출력한 할인쿠폰을 가져가면 추가로 할인해 주는 경우가 있는데 우린 영어 무지로 이런 혜택을 받지 못했으며 식재료를 구입하면서도 꼼꼼하게 따져보고 사기보다 필요한 재료가 눈에 보이면 바로 사는 데 바빴다. 모처럼 와플용 밀가루를 골라 보려 해도 밀가루의 종류가 많아 어떤 것이 와플용인지 구별하기가 쉽지 않아 결국 손에 잡히는 밀가루를 사기도 했다.

처음에는 물건을 찾지 못해 점원에게 묻기도 했는데 이곳 현지인들이 지나치게 친절하여 오히려 난감할 때를 경험한 바 있어 묻지 않고 진열장에 있는 상표와 그림을 보고 대충 선택하는 것이 편하다는 것을 알게 되었다.

이렇듯 같은 돈을 주고도 제대로 사고 있는지가 의심스러웠다. 그래도 밀가루는 나은 편이다. 화장품의 선택은 정말 판단이 어렵다. 어느 날 나는 모처럼 헤어젤을 그림만 보고 샀는데 집에 와 보니 젤용 스킨이었다. 다행히 젤용 스킨값이 비싸지 않았고 여름에 그을린 피부에 요긴하게 쓸 수 있어 다행이었지만 미국 도착 초기에는 무엇 하나 우리가 필요한 물건을 제대로 사지 못했다.

부지런히 영어를 배운다고 하지만 영어라는 것이 생각처럼 속도가 쑥쑥 느는 분야는 아니어서 영어는 늘 제자린데 나의 생활은 계속 이어지고 있었기에 우리 부부는 영어에 따른 좌충우돌이 왕왕 일어났다. 우리 부부와 같이 영어가 약하면서 자녀의 동반 없이 미국 등 외국에서 살아야 한다면 그 나라의 언어를 모르면 모른 만큼 손해도 보고 마음고생도 한층 더 심할 것이라 장담한다. 우리와 같이 이곳에 온 원우 중 대학생 등의 자녀를 동반한 사람은 자녀들이 생활에 필요한 영어를 거들고 있어 우리처럼 고생을 하지 않았다.

우린 이렇게 약한 영어로 어려움을 겪기도 했고, 이곳에 사는 한국 교민들이 미국에 사는 동안 꼭 해야 하는 두 가지가 영어와 여행이라고 말하고 있어 지역 커뮤니티에서 운영하는 영어학교(A+ English Language School)를 다녔다. 우린 귀국하기 전 섬머스쿨(Summer School)까지 다닌 관계로 적어도 이제는 외국인을 만나도 울렁증은 없게 되었다.

여행에 있어서는 자유여행과 패키지여행을 병행하였다. 시카고 등 미시간 북부와 캐나다, 남부지역은 우리가 직접 운전을 하여 자유여행을 하였고, 동부여행, 서부여행, 알래스카는 시간적인 여유가 없어 여행사를 통해 패키지여행을 하였다.

우리가 살던 미시간 주 이스트랜싱에서 가장 쉽게 접근할 수 있는 곳은 미시간 북쪽지역인 어퍼미시간(Upper Michigan)인데 미국의 땅이 넓다보니 같은 주내인 어퍼미시간에 있는 마르키트(Marquette)까지 가는데도 보통 7~8시간을 운전을 해야 했다.

이렇듯 땅덩이가 큰 미국은 인근 마트를 가더라도 자동차로 움직여야 하니 주유도 자주 하게 된다. 우리나라는 셀프주유소가 얼마 되지 않지만 미국은 대부분이 셀프주유소이다. 그래서 운전자가 직접 주유를 해야 한다. 그러나 주유소에서 주유를 할 때에도 주유기들의 사용법이 각기 달라 헤맸다.

우리는 나이아가라 폭포를 보기 위해 국경을 넘어 캐나다로 갔는데, 가는 도중 캐나다에서 주유를 하게 되었다. 이때 먼저 기름값을 내고 주유를 하도록 되어 있어 기름값을 지불하였는데도 주유기가 작동을 하지 않아 고생을 하였다. 미국에서의 주유경험으로 주유기를 이리저리 시도해도 작동이 되지 않던 차에 마침 옆 주유기에서 주유를 하는 초등학생과 엄마를 보았다. 나는 얼른 그들에게 주유가 되지 않는다며 어떻게 주유하느냐 물으니 그 어린 친구는 내게 주유기 아래 있는 레프트를 올리면 된다며 직접 다가와 레프트를 올려주는 것이었다. 정말 별거 아니었는데 우린 이를 알지 못해 헤맨 것이었다.

　나는 미국에 도착한 지 며칠 만에 주차를 잘못하여 견인당한 아픔이 있어 여행을 하거나 다른 지역에 가게 되는 경우 반드시 공용주차장을 이용하곤 했다. 공용주차장을 이용하는 방법도 주차장마다 달라 겨우 한 가지 방법을 알고 난 후 다른 주차장에 가서 잘난 척하며 활용하려면 또 거기는 뭔가 다른 방법이 숨어 있어 늘 우릴 헤매게 했다. 동전을 원하는 시간만큼 넣는 코인주차가 있는가 하면, 주차 시 미리 시간을 정하여 정한 시간에 대한 주차료를 현금이나 신용카드로 미리 지급하는 경우가 있는가 하면 우리나라처럼 주차티켓을 뽑은 뒤 나갈 때 내는 방법 등이 있었다.

　특히 뉴올리언스에서는 우리나라와 같이 공용주차장에 들어가기 전 티켓을 뽑아 주차를 하도록 되어 있었다. 우린 주차를 한 후 시내관광과 미시시피 강의 스팀보트관광을 하였다. 그런데 관광을 마치고 주차장에 와 보니 우리차가 보이질 않는 것이었다. 혹시 우리가 티켓을 뽑고 돈을 지불해야 했는데 티켓만 뽑아 견인(토우 - TOW)된 것이 아닌지 별의별 추측을 하면서 찾노라니 입술에 침이 말랐다. 이곳은 내가 사는 이스트랜싱도 아니고 이곳에 오기까지 얼마나 멀었으며 어디서 어떻게 우리 차를 찾는단 말인가? 주차관리요원에게 물어보려했지만 6시가 갓 넘어서인지 이들마저 퇴근을 하고 없었다.

　1시간 정도를 헤매고 나서야 인근에 비슷한 공용주차장(Public Parking)이 여러 개가 있음을 알게 되었다. 정신을 가다듬고 우리가 뉴올리언스에 도착해서 움직인 동선을 처음부터 다시 추적하였다. 우리가 주차한 주차장과 우리가 헤매던 주차장은 같은 공용주차장이나, 관광지이다 보니 한 블록 사이를 두고 주차장이 여러 개 있었던 것이다. 우린 이런 사실을 몰라 눈앞에 있는 주차장에서만 헤맸던 것이다.

옆 주차장에 가보니 다른 차는 모두 빠지고 우리 차만 외롭게 주인을 기다리고 있었다. 우린 해가 지고 어둠이 깔리니 방향감각을 잃고 당황해하며 엉뚱한 곳에서 입술이 마르도록 헤맨 것이었다. 이런 경험이 있은 후부터 여행 중 주차를 하는 경우에는 우리 차를 주차한 주차구역과 인근지역까지 사진을 찍어두어 주차스트레스로부터 해방되었다.

또한 내가 미국에 도착하여 얼마 되지 않았을 때 이곳 실정을 몰라 카프테리아(Subway) 식당주차장에 주차를 잘못하여 견인(Tow)을 당하는 등 약한 영어와 문화, 정서 차이로 비싼 벌금(Fine)을 내야 했고, 미국의 교통법규를 알지 못해 발급받은 트레픽티켓(Traffic Ticket) 때문에 한국에서도 가보지 못한 법원까지 출두, 관선변호사까지 선임하여 변호사비도 내보았다.

우리가 이렇게 헤맨 경험이 누군가에게 도움이 되었으면 하는 마음이다.

'헤매기' 주범의 진술

이 책 『쉰세대 주부의 미국 헤매기』를 있게 한 주범 허순강입니다. 저자(임경순)가 부르는 나의 호칭은 '니꼴리우스'입니다. 25년간 잘 다니던 직장 국세청에 어느 날 갑자기 사표를 내고 백수로 전락했는가 하면, 세무사를 하면서 쓸데없이 저술을 하겠다며 오랜 기간 동안 연구(세무조사, 회계범죄, 분식회계 등 10권 저술)를 하는가 하면, 어느 때는 신춘문예와 논픽션에 도전하기도 했습니다. 다행히 매경 스토리공모전에서 '세무조사는 슬픈 희극'으로 최우수상을 받아 간신히 체면을 유지했습니다.

2013년에 57세의 나이로 마지막 객기가 발동했습니다. 문어체 영어(읽기와 쓰기)는 그럭저럭 하지만 구어체 영어(듣기와 말하기)는 거의 문맹 수준에서 미시간주립대학교에 리서치스칼러(Research Scholar)로 '한국과 미국의 조세제도'를 1년간 연구하기로 한 것이지요. 학교에서 초청 관련 서류를 보내고 미국 대사관 비자 인터뷰에서부터 '헤매기'는 시작되었지요.

첫 번째 미국 대사관 비자 인터뷰에서 영사가 묻는 질문에 엉뚱한 답변만 하다가 낙방하였지요. 한 달에 걸쳐 비싼 수업료를 지불하면서 처절한 인터뷰 준비를 하고 간신히 '비자 고시'를 패스했습니다.

부푼 꿈을 안고 시카고에서 환승을 하는데, 규정을 모르고 양주를 소지하였다가 공항 직원들에게 양주를 몰수당하면서부터 미국의 고된 생활은 시작되었습니다. 미국인들이 하는 대화는 전혀 알아들을 수가 없어 귀머거리, 벙어리로 생존해야 했습니다.

학교, 은행, 보험, 아파트 관리, 자동차 등록, 사회보장번호(SSN; 한국의 주민번호와 유사) 등의 업무를 볼 때, 미리 메모를 하여 담당자들에게 보여주고, 그들의 답변을 내가 알아들을 수 없어 매번 써 달라("Please write down")고 요청하여 처리하곤 했지요. 귀머거리와 벙어리로 세상을 살아간다는 것을 몸으로 체험한 시간들이었습니다.

그렇게 지옥 같은 두 달을 혼자 지냈지요. 그리고 이 책의 저자인 아내가 미국에 왔습니다. 정말로 나를 구해 줄 천사가 온 것이지요. 아내는 듣기(리스닝 - Listening)를 잘하고 대화도 잘합니다. 그런데 치명적인 약점도 있지요. 그래서 저는 아내를 '창조자이거나 파괴자'라고 말합니다.

아내는 대부분의 경우 듣기를 잘하는 데 경우에 따라서는 치명적인 실수도 합니다. 내가 운전 위반으로 미국 경찰에 적발되었는데, 경찰관의 말과 서류를 보더니 "10일간만 주의하면 괜찮데"라고 이야기합니다. 저도 그런가 했지요. 그런데 위반내용을 주위 사람들과 이야기하니 "그렇게 넘어갈 사항이 아니니 다시 확인해 보라"고 하더군요.

제가 경찰관이 발급한 서류를 면밀히 번역을 하니 "경범죄로서 10일 이후에 법원에서 소환할 것이다"는 내용이었습니다. 결국 법정에 2번이나 가야 했지요. 아내는 가끔 이런 치명적인 실수를 하지만 나머지 99%는 완벽하게 해냈습니다.

미시간주립대학교의 첫 학기는 영어교육이었는데 이 과정도 저에게는 지옥이었습니다. 18살 내지 20살 정도밖에 안 되는 젊은 학생들(그들은 완벽한 영어실력 소유)과 수업을 하고, 밤 새워 홈워크(숙제- Homework)를 하느라 혼났습니다. 그런데 희한한 것은 수업 성적은 제가 그들을 앞섰다는 것이지요.

미시간주립대학교의 두 번째 학기는 제 전공분야인 한국과 미국의 조세제도에 관한 연구였습니다. 조세역사와 제도를 비교하는 것이었는데, 힘이 들었지만 너무도 벅찬 감동이기도 했습니다. 그리고 한국의 출판사에서 출판의뢰가 와 이를 함께 진행하느라 몇 달간 밤을 꼬박 새워 몸이 힘들기도 했습니다.

저는 미시간주립대학교 VIPP(Visiting International Professional Program)한국회장(나이가 많은 죄로…)을 맡았는데, 교수님이 저에게 학생대표 연설을 하라고 하시더군요. 저는 영어실력이 부족한 데 곤란하지 않겠냐고 했지만, 회장님께서 꼭 하셔야 한다고 했습니다. 어쩔 수 없이 졸업 연설문을 작성했고 교수님과 학생들이 보는 앞에서 난생 처음 연설을 했습니다. 의외로 많은 박수가 쏟아졌습니다. 어린 아이가 첫 걸음을 떼었을 때 부모가 쳐 주는 그런 박수였을 겁니다. 그럼에도 나는 감격스러웠습니다.

남편의 미시간주립대학교 수료식.　　　　　수료식날 남편의 연설 모습.

1년간 미국 유학을 마무리 하면서 저는 "현장에 가서 부딪혀라. 그리고 느껴라"라는 말을 하고 싶습니다. 아직까지 회화는 서툴지만 저는 미국인을 만나면 바디랭귀지(Body Language)를 해서라도 의사소통을 할 수 있습

니다. 미국에서 사는 동안 힘들기도 했지만 제 인생에서 가장 보람된 기간
이었습니다. 나의 졸업연설로 저의 진술을 마치려 합니다.

MSU GRADUATION SOONKANG SPEECH.

(June 8, 2014)

Good afternoon. My English is not good. This is my first English speech.

I am Mr. Soonkang Her, a tax-accountant and a writer in Korea. My age is 58 years old, In my life, I have many fantastic challenges, and I also have many faliures. MSU Research Scholar challenge is right it. I cannot speak English, neverthe less I challenge to research about taxation of Korea and the United States.

One-year experience in the United States was the most significant in my life. I have learned and experienced a lot of valuable things that couldn' t be studied from a book.

At MSU, I might be the oldest student in ELC classes, but I tried to finish all homework by working all night through.

I had four traffic tickets. I even attended a court in Livingstone County to appeal my case. In that court, I saw the dark sides of guilty Americans.

Throughout a traveling 40,000 miles in the states, I've seen almost everything about the United States. I also saw Detroit that went bankrupt, but now I become to know why this country is called "advanced country".

I spent most of my time to do research on the comparison of the tax systems of United States and South Korea. My research was based on the differences on taxation, economy, politics, history, diplomacy, and culture in both countries. It was a great honor for me.

Considering my age, this kind of learning and research would be the last one in my life. I will not forget this valuable experience forever. As a representative of Korean scholars, I appreciate all professors and staff who helped me out to complete this program.

I wish our relationship will continue. Thank you.

오늘도 무사히!!

　미국에 도착하여 어느 정도 안정이 되기까지 몇 개월 동안은 하루하루가 모험이었다. 나는 남편보다 두어 달 늦게 미국에 갔는데, 남편은 내가 미국에 오기 전까지는 학교와 집 그리고 먹을 것을 마련하기 위해 마트 가는 것 외의 외출은 거의 하지 않았다고 한다. 그래서 또한 아무 일도 없었다고 한다. 그러나 내가 오고부터 사정은 달라졌다. 나는 모처럼 온 미국인데 집에서만 지낼 수 없다며 주말마다 여행계획을 잡았다. 낯선 타국에서 활동시간이 늘다보니 매일 매일이 우리를 긴장하게 했고 가슴 떨릴 일들이 항상 우릴 기다리고 있었다.

　미국 내 주차문화를 몰라 견인도 당하고 벌금도 내고, 한국에서 가져간 컴퓨터가 작동되지 않아 컴퓨터 기술도 없는 내가 몇 달간 익스플로러를 깔고 지우기를 반복하며 밤낮으로 고생을 하였다. 이런 경우 한국이라면 해당 제품 서비스센터에 전화만 하면 모두 해결되는데 미국은 전자제품 서비스센터가 없는 것 같았다. 물론 있다 하여도 이용은 쉽지 않겠지만 어찌 되었든 몇 달을 불편하게 지내다 한국에다 부탁하여 새 노트북이 와서 고생 끝인 줄 알았는데 새 것임에도 배터리 불량으로 한 달간 새 노트북과 씨름하다 반송한 후 다른 것을 받고 나서야 해결이 되었다.

　남편이 새 노트북을 사용하고 나는 남편이 사용하던 헌 노트북을 쓰기 시작했는데 남편이 사용할 때 아무 문제없던 노트북이 다시 속을 썩이기 시작했다. 구형이라 환경을 최적화시켜야 한다는 등 메시지가 이리저리 매일 떠서 시키는 대로 프로그램을 이리저리 깔다보니 악성프로그램이 무더기로 달라붙었다. 한번은 $40을 지불하고 클린(clean)을 하였건만 또 다른 메시지가 괴롭혀 인터넷은 포기하고 워드용으로만 사용하였는데도 전원을 켤 때마다 악성프로그램에 시달여야만 했다.

우리는 여러 방면에서 영어의 무지함을 뼈저리게 실감했다. 남부여행 시 교통경찰관으로부터 경고를 받고, 법정에 출두도 하고 신호위반 등으로 천불나게 천불의 벌과금도 내는 등 다양한 경험을 하였다.

우리나라는 고속도로에 진입하는 경우 대부분 고속도로 사용료를 내야 하나 미국은 대도시인 뉴욕, 시카고, 플로리다 등에서만 고속도로 사용료를 내고 대부분의 고속도로는 무료(free)인 것 같다. 우리는 마이애미로 가기 위해 플로리다 주에 진입하면서 톨게이트(Toll Gate)의 캐쉬(Cash)라인으로 들어서야 하는데 우리나라의 하이패스와 같은 썬패스(Sun Pass)라인으로 잘못 진입하여 $1.28만 내면 될 것을 약 7배나 되는 $8.90을 내야 했고, 마이애미에서는 빨간 신호에서 우회전을 하였다 하여 $158의 벌과금도 냈다.

톨비과태료영수증

톨비벌과금통지서

미국에서의 핸드폰은 리필카드를 한번 사면 한 달간을 사용할 수 있는 리필 폰이었는데 언제부턴가 리필이 되지 않아 미리 산 리필카드 3장을 쓸 수 없어 다른 사람에게 인심만 쓰고 나는 매월 핸드폰 대리점에서 전화비용을 별도로 지출한 일도 있었다. 또한 남자용 골프채인 줄도 모르고 사서 사용하다가 나중에야 전문가를 통해 사실을 알았지만 이미 몇 달을 사용하여 그대로 쓸 수밖에 없었던 바보 같은 행동을 했던 일도 있었다.

미국에 사는 동안 언니와 아들의 두 차례의 가족방문이 있었다. 아들은 대학시절 방학 동안 미국에서 여행경험이 있어 별 어려움이 없었으나 언니가 왔을 때에는 이곳생활도 서툰 내가 운전과 가이드까지 해야 하는 일로 긴장을 하기도 했다. 시카고는 미국에서 아름다운 고층빌딩이 많은 곳이므로 건축에 관심이 많은 이들이 찾는 도시라고 하는데 우리와 같이 무지한 사람에게도 아름답게 보였다. 시카고 강을 끼고 양옆으로 높은 건물들이 있어 배를 타고 투어하게 되면 다운타운까지도 관광이 가능하여 이곳에선 시카고 강 보트투어가 인기투어종목에 해당한다. 나는 언니에게 시카고를 보여주기 위해 전에 남편과 왔을 때 받은 영수증의 주소를 챙겨 내비게이션에 입력하고 내비가 안내하는 바에 따라 운전을 하고 있는데 영수증에 있던 주소가 티켓판매주소지가 아니고 본사주소지였기에 나는 언니와 올케, 2살도 안 된 쌍둥이 어린조카들을 태우고 여자 5명이 1시간 이상 엉뚱한 곳에서 헤맸던 적도 있었다.

미시간의 4달 이상이나 되는 깊은 겨울 동안 난방기의 고장을 알지 못해 추위에 덜덜 떨었을 때 영어가 됐더라면 오피스에 찾아가 조치를 받아 따뜻한 겨울을 보낼 수도 있었으련만 그때만 해도 외국인 앞에선 입이 떨어지지 않은 때라 원래 그러려니 하고 추위를 참다 추위가 거의 다갈 무렵 어린조카들이 온다하여 다급한 마음에 아파트오피스를 찾아 겨우 한마디 하여 남은 겨울 기간을 그나마 따뜻하게 지낼 수 있었던 것 등, 미국에서의 생활이 그리 녹록지만은 않았기에 우리 부부는 아침에 눈을 뜨면 늘 '오늘도 무사히'라는 눈빛을 보내며 하루를 시작하는 습관이 생길 정도였다.

우리 차가 사라졌어요!
(My car has gone!)

우리 부부는 견인이란 토우(Tow)와 벌금이란 화인(Fine)이란 두 단어는 확실하게 배웠다. 이 두 단어를 배우는데 $209의 비싼 수업료를 냈으니 어찌 잊을 수 있겠는가?

2013년 10월 12일 토요일이었다. 내가 미국 미시간에 도착한 지 4일째 되는 날이다. 시차적응에 정신없는 내게 남편은 미시간주립대학교(MSU - Michigan State University) 경기장에서 미시간주립대학과 일리노이주립대학 간 미식축구(Football)가 있는데 MSU의 풋볼경기는 미국에서도 유명하다며 구경을 하자는 것이다. 평상시 나는 스포츠에 관심은 없었지만 이곳 MSU 풋볼팀이 대학팀에서는 제법 강팀이라는 남편의 설명을 듣고 본토에서 이를 구경하는 것도 좋은 경험일 듯해 그러자고 했다.

미국의 풋볼팀은 프로인 일반팀과 아마추어인 대학팀이 있다. 프로팀의 우승을 슈퍼볼(Suoer Bowl)이라고 하고 아마추어팀을 로즈볼(Rose Bowl)이라 한다. 미국사람들은 축구보다 풋볼을 더 즐긴다고 한다. 추수감사절(Thanksgiving day)에도 미국사람들은 가족과 TV에서 중계해주는 풋볼을 관람하며 휴일을 보낸다고 하는데 특히 신년 1월 1일에 열리는 로즈볼 게임이 미국인 모두가 관심 있게 보는 경기 중의 하나라고 한다.

결론적으로 말하자면 미시간주립대학이 2014년 1월 1일 로즈볼* 대회에서 최종 우승을 하였다.

그래서 미시간주립대학에서는 대학총장보다 풋볼감독이 연봉도 훨씬 많
고 인기가 높다고 한다. 미시간주립대학이 2014년 로즈볼을 우승한 직후
미시간 주에 있는 아울렛, 마트 등에서는 로즈볼 우승 기념으로 럭비공,
티셔츠 등을 이벤트행사로 파는 것을 보았다.
  우리가 경기를 관람하던 날 로즈볼 최우승팀을 가리기 위해 시작하는
일리노이주립대학과 미시간주립대학대학별 리그전이 시작되었던 것이었다.
그러니 풋볼경기가 열리던 날 MSU의 주차장은 이스트랜싱주민뿐만 아니
라 타지에서도 많은 사람들이 와서 경찰관이 이미 통제를 하고 있었다. 우
린 MSU 근처 카프테리아(SUBWAY) 식당의 주차장이 있어 그곳에다 주차를
하였다. 주차 당시 그곳에는 우리 차 이외에도 꽤 많은 차가 있었다. 나중
에 안 사실이지만 대형마트가 아닌 작은 가게 앞에서는 1시간 이상 주차를

하는 경우 영업에 방해가 된다고 하여 주인이나 종업원이 신고를 하여 견인하도록 한다는 것이었다. 당시 우린 이런 사실을 알지 못해 주차공간이 있으니 당연하게 주차를 한 것이었다.

MSU대학 내에는 미식축구 스타디움이 있다. 메인스타디움은 7만 5천 명 정도 인원을 수용할 수 있다고 하며 MSU의 미식축구가 있는 날이면 대부분 이곳 현지인들은 경기를 직접 관람한다고 한다. 그래서인지 그날도 스타디움이 꽉 찼다.

우린 갑자기 풋볼을 보기로 한 터라 티켓을 예매하지 못했다. 이곳도 우리나라처럼 스타디움 근처에서 암표를 파는 사람들이 꽤 있었다. 시작 1시간 전이었는데 1좌석 당 정가가 $80인데 $100을 달라 한다. $200을 주고 표를 샀는데 내가 미식축구를 잘 모르니 경기를 즐길 수 있도록 남편은 대충 규칙(rule) 몇 가지를 알려주었다.

일리노이대학과 미시간주립대학과의 경기였지만 관람객 과반수이상이 미시간 사람이다 보니 MSU가 한 점만 득점해도 "GO GREEN", "GO WHITE" 구호를 외친다. "GO GREEN"과 "GO WHITE"는 미시간주립대학의 대표 구호이다. 그래서 우리도 관람의 흥미를 더하기 위해 같이 구호를 외치고 미시간주립대학에서 터치다운(Touch Down)으로 점수를 얻을 때는 알지도 못하는 외국인과 하이파이브도 하였다.

경기는 4시간 동안 진행되었으며 MSU의 승리로 경기가 끝났다. 경기가 끝나 차를 세워 둔 주차장에 갔다. 그런데 주차장에 우리 차가 보이지 않는 것이다. 혹시 주차를 다른 곳에 하였나 싶어 인근을 모두 찾아보았는데 어디에도 우리 차는 없었다. 그렇게 이리저리 찾는 동안 아! 그때서야 우리가 세워두었던 주차장 앞에 있는 표지판이 눈에 들어 왔다. 그 표지판에는 이곳에 차를 주차하지 마라, 이곳에 차를 세우면 견인을 할 것이라는 내용이었다. 주차 당시에는 그 표지판이 눈에 들어오지 않았다. 더구나 나는 미국에 온지 불과 며칠만이니 이런 영어문구가 쉽게 눈에 들어 올 리가 없었다.

우리 차는 견인(TOW)된 것이다. 그런데 이를 어쩌랴! 영어도 서툰데 어떻게 차를 찾아야 될 것이며 누구에게 말을 해야 하는지도 아득했다. 축구 경기는 재밌게 잘 보았는데 황당하기만 했다. 표지판 아래 견인한 곳의 전화번호가 메모되어 있었다. 얼굴을 보고 하는 대화도 쉽지 않은데 전화번호가 있는 들 뭐라고 한단 말인가? 그렇다고 가만히 있을 수 없어 메모판에 있는 번호로 일단 전화를 걸었다. 전화기속에서 헬로우(Hellow) 한다. 나는 인사도 못하고 바로 내 차 번호를 대며 차가 없어졌다(My Car has gone. My Car Number is DAZ 0769)고 말했다. 나는 그곳에 나의 차가 있냐고 물어야 하는데 마땅한 문장이 생각나질 않았다. 저쪽에서 뭐라 뭐라 하는데 나는 알아들을 수 없었다. 내가 "잘 모르겠다(I don't understand)" 하니 저쪽에서도 역시 "미투(Me Too)"한다. 그때 우리 옆의 외국인 젊은 부부가 우리에게 말을 건다. 그래서 나는 그들에게 무슨 말을 해야 할지도 몰라 그들에게 또 "내 차가 없어졌다(My Car has gone)"고 했다. 그 부부는 내 말을 알아들었는지 그들도 "그렇다(Me Too)"고 말했다. 자기들이 견인된 차를 찾기 위해 택시를 불렀다고 하여 반가운 마음에 나는 '같이'(together) 가자고 하니 "오케이"했다.

그렇게 기다리는 사이 택시가 왔다. 차를 세워둔 장소에서 견인된 주차장까지 $12이었다. 외국인부부와 반반을 부담하고 목적지에 내리니 저쪽에 우리 차가 보였다. 견인된 차들은 우리 차를 포함해 모두 10대 정도였다.

우선 우리 차를 보고 안도의 숨을 쉬었다. 우리야 이곳 실정을 몰라 그런다 하여도 우리와 같이 무지한 사람도 꽤 있구나 하는 생각이 들었다. 그 자리에서 견인료 $164을 지불하고도 별도의 $45짜리 벌과금(Fine) 고지서를 받고서야 차를 인계받았다.

그날 우리는 입장료 $200과 견인료 등 $209을 합하여 총 $409을 썼다. 정말 비싼 미식축구 경기를 구경한 셈이다. 언어가 문제없는 한국에서도 견인은 황당한 일인데 영어가 어설프고 미국에 온지 4일 만에 겪으니 오죽했으랴! 우린 이렇게 토우(Towed)란 단어 하나를 배우기 위해 $209의 대가를 지불하며 미국에 진입한 입장료를 톡톡히 낸 것이다. 그러나 이것은 시작에 불과하였다.

PS: 2014년 5월 우연하게 미시간대학에서 졸업식을 마친 학생들을 보게 되었는데 졸업식 가운, 모자가 모두 녹색이었다. 그래서 미시간주립대학의 구호가 "GO GREEN"임이 이해되었다.

미국 법정에 출두하다

미국에 살면서 가장 애로사항은 언어였다. 영어는 안 되는데 호기심만 많아 남편과 내가 미국을 다니다 보니 문제어른이 되어 있었다.

미국의 각 주에는 대부분 주립대학이 있다. 내가 사는 미시간 주에도 여러 개의 주립대학이 있다. 디트로이트에 있는 미시간대학(UOM, University Of Michigan)과 이스트랜싱에 있는 미시간주립대학(MSU, Michigan State University)이 대표적이다. 미시간대학은 얘기로만 들었기에 디트로이트를 다녀오던 중 앤아버(Ann Arbor)에 있다는 미시간대학을 가보기로 하였다. 재미있는 사실은 MSU는 UOM을 경쟁자로 생각하고 있는데 UOM은 MSU가 안중에도 없다는 것이다. UOM은 자기네 학교가 미시간을 대표하는 학교임을 자부하며 MSU와는 비교대상이 아니라고 생각한다는 것이다. 그래서 미시간에 사는 동안 UOM을 꼭 가보고 싶었다.

내비에 UOM 주소를 입력하여 UOM에 가보니 MSU보다 총 면적은 훨씬 적어 보였으나 주택과 학교가 함께 어우러져 형태가 특이하고 외관이 아기자기하게 보였다.

우리는 UOM을 둘러보고 집으로 오기 위해 I-94번 고속도로에 진입하였다. 고속도로에 진입하자마자 시야에 경찰관이 다른 운전자에게 교통티켓을 발부하고 있음이 보여 순간 우리 차의 속도계를 보았으나 제한속도를 넘지 않고 있었기에 그냥 단속 차 옆을 지나갔다. 그런데 아뿔싸! 그 경찰차가 다른 운전자의 스티커발부를 마쳤는지 경광등을 반짝반짝 켜고 우리 차를 쫓아오는 것이 아닌가? 우린 우리가 속도를 위반하지 않았는데 왜 우리를 따라오는 것일까 궁금했지만 어찌되었든 미국에서는 뒤에서 경찰이 반짝반짝 불을 켜고 따라오면 차를 무조건 옆으로 붙이고 기다려야 한단 소릴 들었기에 무슨 사유인지도 모른 채 차를 도로 한쪽에 세웠다.

교통경찰은 우리에게 다가 와서 뭐라 뭐라 하는데 도대체 무슨 말인지 알아들을 수가 없었다. 그러나 무엇인가 잘못은 한 모양이구나 생각되어 미안하다(I 'm sorry)하였다. 무엇인가 줄 것을 요구한다. 우리가 알아들을 수 없어 보험증서를 말하느냐 하니 오케이 한다. 그래서 운전면허증과 보험증서를 주니 경찰관은 본인의 차 안에서 무엇인가 작업을 하더니 우리에게 교통티켓(Traffic Ticket)을 건네주었다.

이렇게 우리 우리가 무슨 잘못을 하였는지 모르고 경찰이 뭐라고 설명한 그 내용도 모르는 채 2014. 2. 21. 교통티켓을 발부 받았다. 나는 티켓을 받은 즉시 벌금이 얼마인가 하고 재빨리 벌금(Fine)칸을 보았다. 그런데 Fine란은 '$0'으로 되어 있었다. 순간 나는 다행이구나 생각하고 경찰이 우릴 벌과금 없는 단순 경고장을 주며 조심하라고 한 것이구나 하며 고맙게 생각하였다. 그날 교회 목장모임이 있어 낮에 있었던 이야기를 하니 미국에서는 교통경찰관이 티켓을 발행하고 있을 때는 차선을 옮겨주거나 속도를 줄여야 하며 이런 경우 벌과금이 세다고 하면서 벌금이 없는 것이 다행이란 소릴 듣고 며칠이 지났다.

그러던 중 원우 중 한 명이 속도위반으로 티켓을 받았다고 하여 우리도 티켓을 받았는데 벌금 란에 금액이 없는 것으로 보아 단순 경고장인 것 같다고 하니 내용을 잘 살펴보라는 것이다. 그래서 집에 돌아와 다시 살펴보니 그 내용은 "Fail to Use Due Care Pass Emerg. Vehicle"이라고 되어 있었다. 처음에는 읽어보고도 무슨 뜻인지 이해가 안 됐다. 남편이 다시 티켓 내용을 사전을 찾아가며 자세히 보더니 경고장이 아니라 소환장이었던 것이다. 순간 우리는 당황했다. 이 상황을 뭐 어쩌란 말인지? 이 위반사항에 항변하고자 하는 경우 10일 내에 그 사유를 법원에 밝히도록 안내하고 있었던 것이었다. 그러나 겨우 몇 마디 하는 영어로 어찌 항변할 수 있겠나? 우리 부부는 미국의 교통법규를 잘 모르지만 위반하였다고 하니 내라는 만큼 벌금이라도 빨리 내고 잊어버리자하는 마음으로 소환장을 들고 미리 관할 법원을 찾아 갔다.

소환장.

첫 번째 방문 날에는 법원민원실에서 우리의 사건번호를 찾지 못하겠다는 것이다. 우린 성과 없이 집으로 왔으나 불안했다. 일주일 뒤 다시 법원을 찾았다. 마침 처음에 만난 직원도 우릴 알아보는 듯했다. 그 직원은 우리에게 메일을 받은 것이 있냐고 묻는다. 그래서 별도로 받은 메일은 없다하니 기다리면 2주 뒤에 메일이 갈 것이니 그때

메일에 적힌 날짜에 오면 된다고 설명해주었는데 우린 이도 불안하여 그 내용을 적어줄 것을 부탁하여 메일이 오기만을 기다렸다. 벌금도 우리가 내고 싶다고 우리 맘대로 내는 것이 아니었다.

마침내 법원에서 우편물이 왔다. 예비심리가 있으니 2014년 4월 4일 오전

8시 30분까지 출두하라는 것이었다. 이렇게 우린 한국에서도 경험하지 못한 법원에 출두를 하였다. 우리가 8시경 도착해보니 법정에는 우리 외에도 열댓 명 정도가 기다리고 있었다. 우리는 무엇을 잘못한지 몰라 반 호기심이 있었는데 현지인들의 표정은 어두워 보였다.

일단 소환장에는 영어가 안 되는 경우 통역사를 신청할 수 있다고 안내되어 있어 민원서류를 접수하면서 우린 한국인통역사를 별도로 신청하였다. 오전 8시 10분쯤부터 심리는 시작되었다. 판사는 한 사람 한 사람 호명을 하고 신분을 확인한다. 그리고 그들에게 뭐라고 이야기를 한 뒤 질문을 하고 그 답변을 들은 뒤 결정을 하는 듯했는데 구체적인 내용은 알아들을 수가 없었다.

우리가 통역사제도를 이용한 것은 정말 탁월한 선택이었다. 일반 생활영어도 잘 듣지 못하는데 법률용어는 더욱더 낯설기 때문이다. 우리 순서가 되었다. 통역사는 보이지 않는다. 분명 우린 통역사를 신청하였으므로 한국인통역사가 배석하는 것으로 알았다. 순간 불안했는데 판사는 우리에게 한국인통역사를 신청한 사실을 묻는다. 우리가 그렇다고 답변하니 바로 어디엔가 전화를 걸더니 스피커폰으로 한국인 목소리가 들린다. 전화기속에서 한국인의 목소리가 들렸고 전화통역사는 판사의 말을 우리에게 통역을 해주고 우린 통역사의 설명을 듣고 우리가 답을 하는 식으로 진행되었다. 미국 법원에서는 통역사를 신청하는 경우 통역사가 배석하는 것이 아니고 전화통역서비스를 해주는 것이었다.

어찌되었든 우린 전화통역사의 도움을 받아 판사의 질문에 대한 답변을 하면서 우리가 위반한 사항을 알게 되었다. 우리가 교통법을 위반한 사항은 긴급차량이 있거나 경찰이 스티커를 발부하고 있는 경우 옆 차선이 있으면 차선을 옮겨주고, 차선이 없다면 속도를 줄여주도록 되어 있는데 우리는 이 부분을 간과했다는 것이었다. 이런 경우 벌금 $500 또는 90일의 구류처분을 할 수 있음을 설명하면서 우리에게 아래 3가지 중 1개를 선택할 수 있다고 하였다.

첫 번째는 죄를 인정하는 유죄이고

두 번째는 이의를 제기하고

세 번째는 묵비권을 행사할 수 있다고 한다.

단지 벌금을 내라고 하였다면 우린 이 사실을 빨리 잊기 위해 유죄라고 인정했을 터인데 벌금도 내고 구류도 살 수 있다는 말에 그 순간 우린 어떤 대답을 해야 할지 몰라 당황스러웠다. 그래서 우린 통역사에게 이렇게 말하였다. 우린 단지 경찰이 티켓을 발부하는 동안 차선을 피해주거나 속도를 줄여야한다는 미국교통법의 내용을 알지 못해 지나친 것이다. 법을 지키지 않은 것이 아니고 미국의 문화를 모르는 상황에서 정확하게 위법인지 모르고 지나친 것인데 이런 상황을 유죄라고 답변하여야 하는지 판단하기 어렵다고 하니 우리의 답변을 통역사로부터 들은 재판장은 재판장의 직권으로 묵비권을 행사할 것을 권하는데 수락할 것인지를 우리에게 물었다. 이 부분에서도 무엇이 옳은지 판단하기 어려웠지만 순간 나쁘지 않다고 생각되어 그러겠다고 답변하였다. 재판장은 이건은 본 재판에서 심리를 받게 된다며 본 재판일은 5월 15일이라 하면서 본 재판 시에는 변호사를 직접 선임할 수 있는데 직접 변호사를 선임할 것인지 관선변호사를 선임할 것인지를 우리에게 물었다. 우리는 어떤 선택을 하는 것이 좋을지 몰라 잠시 망설이다 관선변호사를 선택하겠노라고 답변했다. 이렇게 우린 미국에서 변호사까지 선임하게 되었다.

법원에서는 우리에게 관선변호사의 연락처를 알려주었다. 우린 알려준 관선변호사 사무실에 찾아 갔다. 변호사 사무실에 가는 동안 남편과 나는 괜히 유죄를 인정하고 끝낼 일을 너무 크게 공사를 벌이고 있지 않나 후회를 해보았지만 이제 돌이킬 수 없는 상황이 되어 변호사를 만났다.

물론 변호사와 간단한 인사 외에는 이러한 위반사항에 대해 우리의 입장을 설명할 길이 없었다. 우린 법원에 제출했던 우리의 해명서를 보여주었는데 변호사도 우리와 더 이상 대화를 하기 어렵다는 상황을 눈치챘는지 영어가 되는 한국 사람이 없냐고 우리에게 묻는다. 그래서 MSU의 강 교수님께 전화요청으로 변호사와 통화를 하게 하였는데 그때서야 변호사도 우리의 상황을 이해한 듯했다. 변호사는 우리가 사전에 작성한 위반내용에 대한 해명서와 비자, 여권 등을 복사를 한 뒤 재판 날 다시 만날 것을 약속하고 집에 돌아왔다.

그렇게 한 달간을 마음 편치 않게 지내고 있는데 재판 날을 며칠 앞둔 5월 12일, 관선변호사로부터 전화가 왔다. 우린 다시 변호사와 강 교수님과 통화하도록 연락을 하여 내용을 전달받았다. 강 교수님은 우리가 5월 15일 법원에 가지 않아도 된다는 것이다. 순간 우린 우와! 하며 손바닥을 마주쳤다. 변호사는 우리의 교통위반은 경범죄에 해당되므로 판사와 검사, 변호사가 합의하여 벌금 $130을 30일 내에 납부하는 것으로 결정하려고 하는데 우리의 동의가 필요하다는 내용의 전화였던 것이다.

법원에서는 우리 사건을 약식심리로 결정하려고 한 것 같았다. 우린 $500까지의 벌금을 예상하던 터라 $130이라고 해서 얼른 오케이 하였다. 우리가 오케이 하고 난 3일 뒤 변호사(Laura Mitchell & David Toy)로부터 온 우편물을 받았다. 벌금 130불과 변호사 비용 325불을 합해 455불을 내라는 내용이었다. 변호사 비용의 근거는 보석금 500불(Bond Set $500)에 대한 대가인 듯싶었다. 결국 예상했던 $500이 소요된 셈이다. 다만 변호사를 선임한 결과 45불은 절약(Saving)한 셈이다. 우리는 기한(30일) 내 벌금 모두를 납부하였다. 이 경우 변호사비와 벌금을 법원계좌에 입금하도록 되어 있어 $455를 변호사 계좌에 입금함으로써 미국 재정에 한 몫을 보태주었다.

변호사 비용청구서.

만약 우리가 계속적으로 미국에 거주를 해야 하는 경우라면 교통벌과금이 $100를 초과하는 경우 위 벌금 외에 우리나라의 교통안전교육(BDIC: 기본운전코스프로그램)과 같은 과정을 받아야 한다. 이 교육을 받지 않는 경우 위반사항이 운전기록에 추가되고 이 내용이 보험회사에 제공되어 자동차 보험료가 많이 오른다는 것이다. 이 건으로 늘 마음이 찜찜하고 개운하지 않았는데 고액의 수업료는 냈지만 마무리되니 마음이 홀가분했다. 이렇게 또 한 건의 문제가 종결되었다.

만약 우리의 영어가 능숙해서 경찰관이 티켓발부할 당시 설명을 잘하였으면 현장에서 빨리 마무리 지을 수 있었던 것을 석 달 동안 마음도 편치 못하고 힘들었단 생각이 들었다. 또한 당시 상황을 생각해보니 경찰관이 무브(move) 어쩌고 한 것 같은데 우리가 못 알아들으니 티켓을 발부한 것 같았다. 우리 부부의 영어가 짧으니 우린 잘못한 것이 없는데 왜 잡았냐고 물어볼 수도 없었고 무엇을 잘못한지도 모르면서 티켓을 받았고 받은 티켓의 심각성도 몰랐던 것이었다.

우리 부부의 서툰 영어 때문에 부자 미국 재정에 많은 보탬을 주었다. 그 후부터 우린 운전대를 잡는 동안은 아주 순한 양이 되었다. 어디에서도 미국 경찰관을 이제 그만 만나고 싶으니 우릴 더 이상 부르지 않았으면 좋겠다고 말하곤 했다.

또한 이 사건을 겪으면서 미국은 정말 단순한 법을 위반하여도 이렇게 몇 달 동안 사람을 힘들게 하는 법치주의 국가구나라고 생각되는 반면 우리와 같은 경범죄인 경우 본 재판을 거치지 않고 종결하도록 하는 것은 엄격한 법치주의 미국에서도 외국인을 배려하는 것이 아닌가 생각했다. 또한 범칙 당사자는 남편이나 남편과 내가 함께 법정에 동행하여 판사의 질문을 듣고 같이 답변을 해도 우리를 세트로 묶인해 주는 것이 고맙기도 했다. 미국에 있는 동안 남편의 어휘력과 나의 생활영어가 결합하여야만 영어의 난관을 조금은 해결할 수 있었기에 어디서나 늘 세트단위로 움직였다.

53RD DISTRICT COURT

1. COURT NOTICE

- Name :

- Address : *** Pine Forest Drive APT ***, East Lansing, MI
48823

- Ticket No ; X1139750

- Incident No ; 1216862014

- Proceeding : ARRAIGNMENT

- Court day / date : FRIDAY 4/04/14. 08:30 A M

- Officer : MICHIGAN STATE 012

- Notice date : 3/10/14

- Offense date : 2/21/14

- Offense : CAUTION EMER [Fail to Use Due Care Pass.
Emerg]

2. Defendant's Explanation

- Defendant's Status : About Me

My name is *** *** ****. I am from South Korea. In Korea, I
am a **** and ****. My age is 5*. So far, I have not made any
crimes.

I came to America last July 31, as a research scholar at Michigan State University. My proficiency of speaking and hearing English is not good. But I have no problem in writing and reading English.

- Explanation for Offense

In February, I was driving on the highway I-94 where a policeman had issued a ticket to someone else. I just kept driving my car without moving lanes, because I did not know the traffic laws of the United States. This is why I was issued a ticket. Now I understand the traffic laws and what I am supposed to do under those circumstances. I admit my mistake, and will promise that I will comply with the law in good faith until I return to Korea on July 25. It will be very grateful if you have mercy on my ignorance.

3. Reflection and Law observance

Throughout this incident, I had an opportunity to learn more about traffic law[the emergency vehicle]. I will never break any traffic laws. I am a only 7 month old baby like in the United States. I am immature in terms of English, and U.S. laws and customs, etc. Please consider my situation.

미국에선 순한 양이 되어라

늘 언급하는 바이지만 미국 땅은 넓고도 넓다. 이웃하고 있는 주를 가더라도 4~5시간은 기본이다.

미국에서 사는 동안 여행을 다니면서 도로에서 교통경찰관을 많이 보았다. 미국의 경찰차는 평상시에는 일반 차와 구별이 안 된다. 그러나 위반차량이 발견될 때는 빨강, 파랑, 하얀색의 경광라이트를 휘황찬란하게 켜는데 이럴 때 경찰차구나라고 알 수가 있다. 이렇게 경광등을 켜고 나타나는 미국의 경찰관은 막강해 보인다. 만약 교통위반으로 경찰차가 뒤따르는 경우 차를 안전한 곳으로 세우고 경찰이 올 때까지 얌전하게 기다려야 한다.

미국은 총기가 허용된 나라이어서인지 모르지만 교통경찰관에 걸린 경우 운전대에 손을 올려놓아야 한다. 손을 머무적거리거나 주머니에 두는 경우 위반자가 총기를 사용하는 것으로 오인될 수 있고 이때 경찰관이 판단하여 총기를 사용할 수 있다고 한다. 특히 내가 살던 미시간 주는 디트로이트의 자동차 산업이 망가짐에 따라 세수가 어려운지 도로에서 교통경찰관이 티켓발부하고 있는 모습을 자주 볼 수 있었다. 그때마다 어떤 운전자도 경찰관에게 대드는 모습을 보지 못했다. 이곳 교민들에게 들은 바는 경찰관에게 대들거나 따르지 않는 경우 더 큰 벌금 등 제재가 따르기 때문이라고 한다. 정말 미국은 공권력은 확실히 보장된 나라인 듯했다.

미국에서 잠시 사는 동안에도 여러 번의 교통티켓을 발부받고 벌금도 천

불나게 내다보니 순한 양이 될 수밖에 없었다. 그렇게 하지 않으면 바로 벌금이란 답이 오기 때문이다.

대형마트에서는 장시간 주차를 하여도 통제를 하지 아니하나 규모가 작은 음식점 등에서는 1시간 이상 주차를 하게 되면 가게 주인이나 종업원의 신고로 견인을 당하게 된다. 우리가 미국에 온지 얼마 안 되어 카페테리아 주차장의 장시간 주차로 견인을 당해 벌금 $204을 낸 것도 그 이유였다. 남부여행시에는 내비게이션을 잘못 입력하여 고속도로에 접근하지 못하고 미국 US지방도로를 이용함에 따라 갈 길은 멀고 마음이 조급하여 액셀러레이터를 살짝 살짝 밟아준다는 것이 제한속도를 위반하여 다행히도 벌금 없는 단순경고장(Warning)을 받았고, 남편은 단속경찰관으로부터 용서(pursade)를 받았다.

미국은 우리나라와 다르게 우회전 신호를 주고 있는 곳이 있는데 플로리다에서 빨강 신호에 우회전을 하여 벌금 $158을 냈다. 우리나라에서는 대부분 교통의 흐름이 방해되지 않는 범위 내에서는 대부분 우회전은 허용하고 있으므로 습관적으로 우회전을 하였는데, 미국은 신호등 옆에 있는 우회전금지(No Turn On Red)의 영어로 된 싸인(Sign)이 있는 경우 빨강 신호에서 우회전을 하는 것이 위법이라고 한다. 물론 우린 이 사실도 벌금을 내고서야 알게 되었다.

플로리다 여행을 하면서 주유를 하게 되었는데 영어로 된 표지판 싸인(Sign)이 쉽게 눈에 들어 올리 없어 아무런 생각 없이 주유를 마치고 우회전한 것이 CCTV에 찍혀 플로리다 교통안전국(City of Florida City Intersection Safety Program)에서는 우리의 위반사진과 함께 $158의 벌과금통지서(Traffic Fine)도 같이 보내왔다. 벌과금통지서에 적혀 있는 사이트에 들어가 보니 우리 차의 위반내용이 담긴 사진과 동영상까지 올라와 있었다. 우린 아무 소리 못하고 벌금을 얌전히 내었다. 우리가 인터넷으로 벌금을 납부하자 바로 교통안전국에서는 벌과금을 내줘 고맙단 메일을 보내왔다.

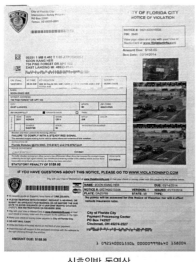

신호위반 동영상.

그 이후에도 디트로이트에서 랜싱방향으로 오는 I-94 고속도로에서 교통티켓을 받았는데 앞에서도 언급했듯 우리는 구체적으로 무슨 잘못을 하였는지 모르고 위반내용도 모르는 채 티켓을 발부받아 변호사비용에 벌금까지 낸 것이다.

그 다음부터는 주차장 곳곳에 장애인 주차구역 또는 예약된 (Reserved) 구역에 주차를 하게 되면 100불 또는 140불의 벌금을 물린다라고 쓰여 있는 푯말 등이 서서히 눈에 들어 왔고 우린 점점 순한 양이 되기 시작했다. 정말 미국의 벌과금은 너무 비싸기 때문이다. 우리나라의 교통벌과금보다 미국의 교통벌과금은 두 배 이상 넘는 것 같다.

그래서인지 이곳 현지인들은 준법정신이 투철해 보였다. 다운타운에서나 고속도로를 운전할 때에도 옆에 운행 중인 차들이 제한속도를 크게 벗어나지 않고 운전을 하는 것을 느낄 수 있다. 그들이 왜 그러는지를 처음에는 몰랐는데 1년간 사는 동안 천불나게 천불을 보태주고서야 알게 되었다.

우리는 운전하는 동안 제한속도가 25마일이면 25마일로, 45마일이면 45마일로 얌전하게 순한 양처럼 운전을 하게 되었다. 미국은 벌과금을 내는 것만이 다가 아니라 벌과금이 3회 이상이면 운전면허 정지 또는 취소가 가능하고 무엇보다도 자동차보험까지 영향을 미치므로 경제적인 손실이 너무 크다. 미국에 사는 동안에는 운전 중에 교통경찰차만 눈에 띄어도 자동적으로 속도를 줄이고 순한 양이 되었다. 너무 무섭다! 미국의 교통법규, 비싸다. 미국의 교통벌과금(Fine).

자유여행은 이렇게

미국은 어느 주를 여행하더라도 숙박시스템이 잘 되어 있는 것으로 보였다. 우리는 남부지역을 자동차로 자유여행을 하였는데 여행하는 동안 호텔이 아닌데도 숙소에 대한 불편은 없었다. 우린 주로 우리나라의 모텔급인 인(Inn)을 이용했다. 미국에 있는 인(Inn)이나 모텔(Motel)은 비용에 비해 수준이 괜찮은 편이어서 여행의 품격에도 지장이 없다.

자유여행

Inn 숙박잡지.

미국에서의 Inn은 그야말로 여행자를 위한 숙박시설이라 함이 정확한 표현일 것이다. Inn에는 주차장과 와이파이, 별도로 세탁실(Laundry)까지 갖추고 있어 여행 중 세탁이 가능하며, 방에는 전자레인지, 커피포트 등이 있어 햄버거 등 간단한 음식을 데워 먹을 수 있어 혹시 아침식사를 제공하지 않는 경우라 하더라도 간편식사가 가능하다. 더욱 괜찮은 것은 아침이 제공되는 숙소의 경우 Inn에서 제공하는 아침(breakfast)메뉴는 커피는 기본이며 와플 또는 식빵, 삶은 계란, 스크램블에그스(scrambled eggs), 씨리얼, 베이컨, 우유 등을 주고 있어 서양음식이 맞지 않는 나도 그럭저럭 해결할 수 있다는 것이다. 우린 아침은 주로 Inn에서 제공하는 음식으로 해결하였으며 점심은 여행 전에 쌀, 김치, 물, 밑반찬을 준비하였으므로 아침에 출발할 때 미리 준비한 전기밥솥에 밥을 하여 한국식으로 해결하니 여행경비도 절약되거니와 한국 음식을 맛볼 수 있어 좋았다.

미국에는 Inn의 종류가 많다. 누구라도 숙소에 도착하면 그 숙소에서는 그 지역의 쿠폰을 사용할 수 있는 잡지가 무료로 비치되어 인근의 숙박시설의 요금을 알아볼 수 있다. 물론 체인에 따라 시설 등의 차이는 조금씩 다르지만 슈퍼(Supper) 6,8, 홀리데이 인(Holliday Inn), 베스트웨스턴(Best Western), 나이츠 인(Knights Inn), 컴퍼트 인(Comfort Inn), 퀄리트 인(Quality Inn), 데이즈 인(Days Inn), 하워드존슨(Howard Johnson), 레드루프 인(Red Roof Inn) 등이 있는데 모두 체인으로 되어 있어 각 주마다 자신들이 선호하는 인에서 잘 수 있다. 우리가 사용한 숙박시설 중에는 베스트웨스턴이 음식도 숙박시설도 가장 으뜸이었고 다음으로 컴퍼트 인이 좋았던 것으로 기억된다.

숙박비는 대부분 저렴하다. 관광지가 없는 고속도로 인근 Inn은 $35을 주고도 잠을 잘 수 있는데 이곳은 트럭기사들이 저렴하게 장거리 운전 중 사용하는 것 같았다. 그러나 대도시인 시카고, 마이애미나 디즈니랜드가 있는 올랜도에 있는 인(Inn)은 비교적 비싸다. 일반적인 Inn의 숙박비가 $50~$60이라면 관광지 인(Inn)의 숙박비는 $80~$90정도이다. 인터넷에서 숙소예약을 할 수 있는 곳이 여러 사이트가 있지만 우린 주로 익스피디아(Expedia)를 통해 예약을 하였다. 이때 반드시 확인해야 하는 사항은 다음과 같다.

1. 와이파이가 무료인지 여부

2. 아침식사를 제공하는지 여부

3. 주차장이 무료인지 여부

장거리 여행 시에는 여행 목적지의 숙소를 한꺼번에 예약하기보다 현재 관광지에서 다음 관광지로 이동하기 전에 예약하는 것이 바람직하다고 보인다. 왜냐하면 혹시 현재 관광지에서 더 머무르고 싶거나 예상외의 일로 다음 예약숙소에 제때 도착하지 못할 수도 있기 때문이다.

또한 한국 사람들이 잘 사용하는 카톡이나 여행 중 예약 등 인터넷을 이용하고자 할 때 와이파이는 필수이나 별도로 와이파이 요금(피 - fee)을 받는 숙소도 있으므로 와이파이가 무료(free)인지를 확인할 필요가 있다. Inn에서는 대부분 아침을 제공해주고 있으나 그렇지 않은 곳도 있다. Inn에서 제공되는 아침은 간단한 식사이긴 하나 식비에 별도지출을 하지 않아도 되어 여행경비를 절약할 수 있어 경제적이다. 미국에서의 자유여행은 운전이 필수이므로 주차장은 두말할 필요가 없다.

우리는 자유여행 시에는 전기밥솥, 전기버너, 냄비와 쌀, 김치, 김 등 밑반찬을 추가로 갖고 다니면서 아침은 Inn에서 주는 식사로 하고 점심은 현지의 식당에 대해 잘 모를 수 있어 인스턴트인 햄버거 등으로 때워야 하므로 출발 전 밥을 하여 솥 째 갖고 다니면서 요긴하게 해결하였다. 더구나 한국과 미국은 근본적으로 식성이 달라 개인적으로 미국에서의 외식은 기대할 바가 없었기에 직접 해먹는 밥이 훨씬 좋았다. 저녁은 미국에 대부분 체인망이 있는 데니스(Denny's)에서 해결하기도 하고 가끔은 숙소 인근 마트에서 계란, 소시지 등을 장을 봐서 해결하기도 했다.

또한 여행 시 필수품은 물이다. 물은 낱개로 사는 것보다 패키지 단위로 사는 것이 경제적이다. 호텔급 숙박시설은 2병 정도의 물을 무료 공급하지만 Inn에서는 물을 서비스하지 않아 방에서 커피 등을 마시고자 할 때는 사전에 물을 준비해야 한다. 물은 낱개로 사는 경우 1병에 $1라면 20개들이 2팩 값은 $5정도이다. 그래서 물은 여행 출발 전 패키지 단위로 구입하는 것이 경제적이다. 우리도 여행 시에는 물 1팩을 늘 사서 차에 싣고 다니면서 필요할 때 사용했다.

제2부

영어가
　　짧으니
손발이
　　고생하다

짧은 영어로 고생한 내 손발

미시간은 미국 동북부지역에 위치하고 있어 겨울이 길고 날씨가 우리나라보다 추운 편이다. 또한 미시간은 5개의 호수로 둘러싸여 있어 이 호수로 인해 구름대 형성이 잦아 여름에는 비가 많이 오고, 겨울에는 눈이 많이 온다. 미시간 신입생인 나도 2013년에는 겨울눈을 실컷 구경했다. 그런 한편 해가 뜬 날은 정말 맑고 밝다. 밤에 하늘을 보면 옛 동요에서 불렀던 저 별은 나의 별이 바로 내 어깨에 얹어 있는 것 같이 밝고 가깝게 보인다. 그래서 미시간 주를 퓨어미시간(Pure Michigan)이라고 홍보하는 이유를 알 수 있을 것 같았다.

겨울 동안 눈이 많은 미시간은 제설작업이 빠르게 진행된다. 그러나 밤새 눈이 많이 내린 경우 미처 도로의 제설작업을 못하는 경우 도로가 위험하다고 하여 겨울 동안 초등학교는 종종 휴교를 한다. 이런 상황을 대비하여 미시간 교육당국은 연간 휴교일(School closing)을 5 ~ 6일을 잡아둔다고 하는데 겨울밤 사이 많은 눈이 내리면 어김없이 초등학교 대부분은 그 다음날 학교는 쉰다. 그래서 눈 내린 다음날 이른 새벽 그 지역 채널 TV에서는 하단에 자막으로 스쿨 클로징 지역을 계속적으로 보여주거나 인터넷(School closing Site)에서도 알려주고 있어 밤새 눈이 내린 다음날은 학교를 가기 전에 반드시 이를 확인할 필요가 있다.

아파트 앞의 쌓인 눈

그러나 우린 처음에 이러한 시스템을 잘 알지 못해 스쿨 클로징인데도 학교엘 가서야 휴교한 사실을 알게 되어 허탕도 여러 번 쳤다. 내가 다닌 ELS는 이 지역에서 운영하는 커뮤니티 성격의 학교인데, 그 운영과정이 초등학교의 시스템을 준용하고 있다. 2014년 1월 6일은 가을학기가 마치는 시기이므로 아무리 눈이 왔다고 하나 마무리 수업은 하겠지 하며 직접 학교엘 갔는데 역시 문이 잠겨 있었고 그 다음날도 마찬가지로 학교는 문을 열지 않아 마지막 수업을 하지 못한 채 한 학기가 끝났기도 했다. 나와 같은 생각이 있어서인지 나이든 레바논 모하메드 아저씨도 학교서 만났다. 나라가 달라도 나이 먹은 사람들의 생각은 비슷하다는 동감이 있어서인지 서로 겸연쩍게 웃으며 헤어졌다.

　　그뿐만 아니라 골프의 경우도 마찬가지이다. 미시간주립대학에서 운영하는 골프장이 두 곳이 있어 회원등록을 하였는데 여기는 시즌이 아닌 경우는 예약을 미리 하지 않아도 라운딩이 가능하나 성수기에는 미리 전화로 예약을 해야 원하는 시간에 라운딩을 할 수 있다. 우린 전화예약이 어려워 매일 매일 라운딩 전 내일 것을 현지에서 예약을 하고 오는데 다음날 만약 비가 오거나 다른 사정으로 라운딩이 어렵게 되는 경우 전화로 예약을 취소해야 하는데 이를 하지 못해 현지에 가서 직접 취소를 하였다. 그나마 상대방 얼굴을 보며 앞에서 하는 영어는 나름 소통이 가능하나 전화로 하는 대화는 그야말로 쥐약이다. 미국에선 영어가 되어야 살기 편하다. 하지만 우리 영어가 짧아 손발이 많은 고생을 하였다.

영어를 모르면 뭐든 손해를 본다

우리가 살던 미시간 주 랜싱에서는 세계적인 관광지인 나이아가라폭포 (The Niagara Falls)를 그나마 쉽게 갈 수 있는 곳이다. 나이아가라폭포는 미국 뉴욕 주에서 보는 방법과 캐나다로 넘어가 보는 방법 두 가지 코스가 있는데 나이아가라폭포를 제대로 보기 위해서는 뉴욕 주에서 보는 것보다 캐나다에서 보는 것이 더 멋있다고 하는데, 다만 미시간에서 캐나다 국경을 넘어야 하는 번거로움은 있다.

그래도 우리뿐만 아니라 이곳에 사는 사람들은 친·인척이나 친구들이 오는 경우 캐나다에 있는 나이아가라폭포를 안내하는 것이 단골코스가 되고 있다. 우린 이곳에 온 지 얼마 되지 않아 캐나다에 있는 나이아가라폭포를 다녀왔다. 이곳 이스트랜싱에서 나이아가라폭포까지 약 500마일 정도인데 자동차로 약 7~8시간 이상 걸린다. 장거리를 가야 하는 터라 금요일 학교 수업을 마치고 서둘러 오후 3시경 출발하였는데도 캐나다 국경에 도착하니 해가 지고 있었다. 나이아가라폭포는 국경에서도 5시간 이상을 가야 하는 거리이다.

국경이라야 한국의 고속도로 톨게이트와 비슷하게 보였다. 사전에 MSU에서 여행허가 비자서류를 받아 두었기에 비자와 여권을 보여주었다. 출입국 직원은 우리에게 알코올이나 음식물이 있는가를 묻고 우리가 없다 하니 통과시켜 주어 우리 스스로 타국에서 타국으로 처음 국경을 넘는 경험을 하였다.

약간의 흥분된 마음으로 국경을 통과하고 나니 이미 날은 어두운 터이라 캐나다 나이아가라 이정표를 향해 부지런히 질주하기 시작했다. 10월 말쯤이고 우리나라보다 북쪽에 위치해서인지 오후 5시가 조금 넘었을 뿐인데 밖은 어둡기 시작했다. 차에 기름도 떨어져 주유도 하고 저녁은 주유소 편의점에서 햄버거로 대충 때웠다. 미국이나 캐나다에서는 주유소에서 기름만 파는 것이 아니라 우리나라의 편의점처럼 햄버거나 커피 등 인스턴트 음식까지 팔고 있어 주유를 한 손님들은 식사를 하거나 급한 용무를 볼 수 있도록 되어 있어 편리하단 생각이 들었다. 우린 차에 기름도 가득 채우고 우리의 배도 대충은 채웠는지라 나이아가라폭포를 향해 달렸다.

한참을 가다보니 내비에서 보여주는 목적지가 얼마 남지 않았기에 숙소에서 먹을 술과 야식거리를 사러 인근 마트에 들렀는데 아무리 찾아도 술이 보이지 않았다. 한국이라면 술은 어디에 있느냐 하면 되겠지만 우리가 항상 그랬던 것처럼 매장에서 직접 확인하기 시작했다. 몇 바퀴를 둘러보아도 맥주 등 알코올 종류가 눈에 띄지 않았다. 우리는 아무 말 없이 첫 번째 마트에서 나와 다시 다른 마트를 찾았다. 그곳도 역시 맥주 등 술을 발견할 수 없었다. 이제는 아니다 싶어 주인에게 알코올이 있느냐(Do You have a achol)고 물으니 알아들었는지 노우 한다.

그렇다. 난생 처음 간 캐나다에서 술은 술 전문 가게(Liquor Store)에서만 팔고 마트에서는 술을 팔지 않는다는 것을 어찌 알았으랴? 마트 주인이 그 내용까지 알려주었으면 좋으련만 단순히 없다고만 하였고 우리도 그럼 어디서 살 수 있느냔 말도 물어보지 못한 것이었다. 우린 첫날은 그렇게 포기하고 다음날 토론토도 구경할 겸 시내에서 술을 사기로 했다. 다음날 토론토 시내에 진입하니 토론토 시내도 우리 서울만큼이나 교통이 복잡했다. 그때까지만 해도 우린 술을 마트에서 판다고 생각하여 이번에는 내비에 월마트 찍고 찾아 갔다. 월마트는 한국에서나 미국에서 생활에 필요한 모든 것을 팔고 있음을 알고 있었기에 의심 없이 월마트로 향한 것이었는데 월마트에서도 술은 보이지 않았다. 할 수 없이 마트 직원에게 술을 사려고 하는데 술이 안 보인다고 물어보니 이곳에선 술을 팔지 않으며 술은 전문 알코올 가게에서만 팔고 있다고 말해 주었다. 아마 영어가 되었다면 진작 알 수 있었던 것을 토론토까지 와서야 알게 된 것이었다.

이제는 술 파는 곳을 알게 되었으니 시간도 많이 지체되어 숙소 근처에 있는 가게에서 사기로 하고 숙소로 향했다. 숙소 인근에 술 상점(Beer store)이 눈에 띄었다. 그런데 우리가 주차를 하고 가니 가게 문이 잠겨 있었다. 우리가 주차 당시만 해도 가게 안에 사람이 있었는데 불과 몇 분 사이에 상황은 변한 것이다. 우리가 술 상점에 주차한 시간이 정확하게 밤 10시 1분이었는데 술 상점은 10시면 정확하게 문을 닫는다는 것이다.

영어가 어설프니 먹고픈 것도 제대로 묻지 못하는구나 하고 생각하며 우린 슬펐다. 남편은 많은 술을 마시지 않지만 반주를 즐기는 스타일이라 맥주 1병만 있어도 행복해 하는데 이렇게 이틀째 낭패를 보았다. 여행의 재미 중 하나가 먹는 것인데 이틀째 술맛을 볼 수 없으니 남편은 씁쓸했던 모양이었다. 숙소에 있는 빠(Bar)로 갔다. 맥주 1병을 주문한 뒤 한국서 자주하던 소폭(소주와 맥주)이 생각나 진빔 잔술 1잔을 추가했다. 점원에게 빈잔 하나를 부탁해 겨우 캐나다의 술맛을 볼 수 있었다. 그렇게 마신 술값은 $30이었다. 남편은 이 기억으로 인해 캐나다는 술을 아무데나 팔지 않아 나쁜 나라라고 농담처럼 말은 하곤 했다.

이렇게 영어가 약하면 미국이던 캐나다이던 영어권 나라에서는 먹을 것
도 제대로 못 먹고 몸만 고생을 한다. 머리가 나쁘면 손발이 고생한다는
말이 역시 실감났다.

내비도 말을 안 들어?

　2013년 12월 초에는 남편이 다니는 MSU와 나의 ELS가 모두 겨울 방학으로 약 2주간 남부여행을 하였다.

　우리는 되도록 많은 여행경험을 하기 위해 미시간에서 플로리다로 내려가는 길과 올라오는 코스를 다르게 잡았다. 지난 10월 캐나다에 다녀온 여행을 경험삼아 어렵진 않다고 생각을 했다.

　우리는 출발을 하기에 앞서 이스트랜싱에서 뉴올리언스까지 거리가 1,340마일이라고 소개한 여행책자를 참고하여 하루에 이동하기에는 물리적으로 힘든 거리이므로 중간 중간 잘라 가기로 하였다. 출발 첫날은 세인트루이스에서 숙소를 잡고 내비게이션에 세인트루이스를 입력하였다. 그런데 내비에는 목적지를 찾을 수 없다는 메시지가 떴다. 캐나다에 갈 때도 무난하게 잘 다녀왔는데…. 내비게이션 자체가 모두 영어로 되어 있으니 무엇이 문제인지 알 수가 없었다. 어차피 시카고를 경유해서 가야하고 시카고는 한 번 다녀온 경험이 있어 시카고가 왠지 친숙하게 느껴져 이번에는 시카고를 입력해보았다. 다행히도 시카고의 정보는 나타났다. 그렇다면 시카고까지 우선 가서 시카고 근처에서 다시 세인트루이스를 입력해보기로 하고 우선 출발을 하였다. 시카고에 가까워질 무렵 인근 휴게소(Rest Area)에 들러 다시 입력해보았는데 내비는 역시 세인트루이스를 찾을 수 없다는 메시지를 내보낸다.

우린 기기를 잘 알지 못하지만 내비게이션의 환경설정에 들어가 이리저리 헤매다 겨우 입력이 되어 미주리 주(Missouri)에 있는 세인트루이스에 도착할 수 있었다. 세인트루이스는 미국의 관문이라는 게이트웨이 아치(Gateway Arch)가 있어 그곳에서 2박을 하기로 하였다. 재밌던 사실은 남편의 머리칼은 하얀데 미주리 식물원을 보기 위해 표를 사면서 돈을 받을 때 나까지 시니어요금을 적용해 주어 하얀 머리 덕분에 반값으로 구경을 잘하고 세인트루이스에서 50마일 정도 떨어진 미주리 주의 숨겨진 보물이라고 하는 메라멕 동굴(Meramec Caverns)까지 구경을 잘하였다.

우린 다음 목적지를 뉴올리언스로 잡았다. 내비에서 보여준 정보는 세인트루이스에서 약 500마일 정도이며 도착 예정시간이 오후 7시 30분으로 되어 있었다. 하루에 이동하기에는 짧지 않은 거리이므로 다음날 일찍 출발하였다. 물론 내비에서 보여주는 정보는 쉬지 않고 운전할 때의 시간이다. 그러나 장거리이다 보니 가는 도중 식사, 화장실, 주유시간 등을 감안하면 도착시간은 훨씬 뒤가 될 것이라 판단되어 우리는 조금이라도 목적지에 일찍 도착하기 위해 주유할 때에 급한 볼일도 보고 식사도 차에서 간단하게 해결하였다. 그렇게 속절없이 운전을 하였는데도 목적지까지 남은 거리는 쉽게 줄지 않았다.

우리가 목적지에 가기 위해서는 지도상에는 I-55번 고속도로를 타야 하는데 이렇게 바쁜 우리의 마음은 아랑곳없이 내비게이션은 고속도로를 안내하지 않고 아캔자스 주의 알지도 못하는 골목길을 안내하여 우리 차는 아캔자스 주의 좁은 골목길을 이리저리 가고 있는 것이 아닌가? 이건 아닌데 하며 답답하였지만 그때 상황에서 미국의 큰 대륙 한가운데에서 내비게이션을 무시할 재간이 없어 그래! 내비를 믿어보자 하며 내비가 시키는 대로 따라 갔다. 이런 답답한 마음으로 가고 있는 도중 I-55번 고속도로가 우리가 가고 있는 길옆에 이정표가 있는 것이 아닌가? 무척이나 반가웠다. 그래 이제야 우리가 고속도로를 탈 수 있겠구나 생각하고 있는데 운전을 하고 있는 남편은 고속도로에 진입하지 않고 계속 국도를 타고 있는 것이었다. 나는 답답한 마음에 "당신 운전을 어떻게 하는 거야? 바로 옆길이 고속도로 진입로인데 왜 진입하지 못해"라고 힐난하니 남편은 그럼 네가 해보라며 운전대에서 내려오는 것이 아닌가? 그래 그까짓 것 못할 것도 없지 하며 나는 운전대를 잡고 남편이 잘못 왔다고 생각했던 길을 바로 잡기 위해 오던 길을 되돌아가 55번 고속도가 보이는 이정표에서 다시 출발하였다. 나도 55번 고속도로를 타려고 하는데 우리 차 내비는 고속도로를 안내하지 않고 남편이 타던 그 길을 역시 안내하는 것이었다. 남편은 너도 별수 없지 않느냐 하였지만 남편이 장시간 운전을 했기에 기왕 잡은 운전대를 계속 내가 잡았다. 우리 차는 마치 요술이라도 부리듯이 고속도로를 회피하며 미국에서 처음 보는 알지도 듣지도 못하던 골목길로 정처 없이 가고 있었다. 시간이 지날수록 우리의 목적지인 뉴올리언스의 도착시간은 점점 멀어져만 갔다. 점심때가 지나니 마음이 더욱 급해졌다. 물론 내비는 우리의 마음과 아랑곳없이 어디론가 우리를 안내하고 있었다. 이제 세인트루이스에서 출발할 때 생각했던 도착 예정시간보다 몇 시간이 멀어졌다.

그때만 해도 나는 낯선 곳이므로 되도록 제한속도를 지키려고 했다. 그런데 이렇게 가다간 오늘 안으로 도착하기 어렵다고 판단하여 가끔은 액셀러레이터를 살짝살짝 밟아줘야 하지 않겠냐며 도로표지판에 있는 제한속도를 무시하며 속도를 내기 시작했다. 이렇게 알칸사스 주를 절반 이상을 통과한 US HWY 165번 도로였는데 마을 입구라 그런지 제한속도가 30

마일에서 35마일이었고, 마을을 벗어나니 제한속도는 45마일에서 최대 55마일로 되어 있었다. 그래서 이때다 싶어 액셀러레이터를 다시 살짝살짝 밟기 시작하였는데 갑자기 경찰차가 반짝반짝 경광등을 밝히면서 내 뒤를 쫓아오는 것이 아닌가? 순간 내차 속도계를 보니 이미 68마일이었다.

나는 즉시 차를 도로 옆에 세웠다. 경찰관이 내게로 왔다. 경찰관은 내게 당신은 스피드오버를 하였다고 말한다. 그러면서 보험증권과 운전면허증을 보여 달라고 한다. 나는 당시 미국운전면허증이 없었으므로 한국에서 가져온 국제운전면허증과 남편의 자동차보험증권을 내 주었다. 경찰관은 내가 준 서류를 갖고 경찰차로 갔는데 5분 정도가 지나도 오지 않았다. 나는 기다리다 차에서 내려 경찰차로 갔다. 화장실이 급한데 어디 있느냐? 고속도로는 얼마나 머냐고(Where is restroom? I want restroom. How Far is Highway?) 물으니 경찰관은 내게 잠시만 기다리라고 한다. 그러면서 내게 하는 말이 지금 나는 당신에게 경고장(Warning Ticket)을 발부하고 있다고 했다. 그러더니 바로 내게 경고장을 주었다. 그러면서 하는 말이 5마일만 가면 고속도로를 만날 수 있다고 친절하게 설명도 해주었다.

경고장.

그래서 나는 고맙단(Thank you)인사를 하였다. 내가 받은 것은 벌금이 없는 단순 경고장이었던 것이었다. 그렇게 내가 티켓을 받고 나니 남편은 아니다 싶었는지 운전을 하겠다고 한다. 나는 운전대를 남편에게 넘겨주고 남편이 다시 운전을 하기 시작했다. 그런데 경찰관이 5마일만 가면 보인다는 고속도로(Highway)는 5마일이 훨씬 지났는데도 보이지 않았다. 마침 차에 기름도 떨어져 주유를 하기 위해 주유소에 들렀다. 남편은 주유를 하면서 혹시 당신이 시카고에서 내비에 손댈 때 고속도로를 회피한 것이 아니냐며 반농담조로 말하였다. 순간 나는 세인트루이스에서 출발 시 뉴올리언스를 찍으면서 내비게이션 환경설정을 건드린 것 같아 찜찜한 생각이 들었다. 혹시 이것저것을 건드리면서 안 건드릴 것을 건드렸는지 모를 수도 있단 생각이 갑자기 들었다. 남편이 주유하는 동안 나는 내비의 환경설정을 다시 들어가 보았다. 아뿔싸! 내비 속에 그동안 안 보이던 단어가 눈에 들어온 것이다. 내비게이션 상단에 어보이던스(Avoidance, 회피)라는 단어가 있었는데 그 아래 고속도로(Highway)와 빠른 시간(Fast Time)이 선택되어져 있었던 것이었다. 왠지 어보이던스라는 단어가 불길하여 핸드폰을 꺼내 찾아보니 '회피'라고 설명되어 있는 것이 아닌가? 세인트루이스에서 출발할 때 나는 빠르게 가겠다고 선택한 하이웨이(Highway)와 패스트타임(Fast Time)이 회피를 선택하였던 것이다.

그랬다. 그랬던 것이었다. 상단에 어보이던스를 못 본 상황에서 하이웨이와 패스트타임을 선택하였으니 내비가 어찌 하이웨이를 안내하고 빠른 길을 안내하였겠는가? 우리가 이제껏 하이웨이를 피하여 운전한 것이 당연하고 고속도로가 옆에 있더라고 진입하지 못한 것은 당연한 이치였던 것이다.

여기는 미국이다. 이곳의 내비게이션인들 영어가 아니겠는가? 영어에 약하니 손발이 무지막지한 고생을 하고, 남편과 티격태격하고, 그것을 어찌해보겠다고 제한속도를 무시하여 교통티켓(Trafic Ticket)을 받는 등 갖은 고생을 다한 것이다.

내비의 하이웨이와 패스트타임의 어보이던스를 해제하니 내비는 우릴 고속도로로 안내하였다. 목적지까지 남은 시간이 3시간이었는데 30분이 단축되었다. 겨울이다 보니 7시 30분인데도 밖은 깜깜했다. 내가 과속으로 달릴 땐 나를 나무랐던 남편도 마음이 바쁜지 제한속도를 무시하며 이럴 땐 살짝살짝 밟으라고 했던 나의 말을 흉내 내며 액셀러레이터를 밟기 시작했는데 얼마 되지 않아 경찰차가 또 경광등을 켜고 우리 뒤를 쫓아오는 것이 아닌가?

정말 미국 교통경찰은 발 빠른 것 같다. 운전 중에는 잘 보이지 않다가도 누군가 속도를 초과하면 바로 나타난다고 하던데 정말 그랬다. 역시 우린 차를 옆으로 붙이고 기다리니 경찰관이 다가왔다. 경찰관은 운전하던 남편에게 운전면허증을 달라고 하여 이번에는 남편이 미시간에서 발급받은 운전면허증을 건네주었다. 면허증과 남편을 번갈아보던 경찰관은 남편의 하얀 머리를 보아서인지 퍼스웨이드(Persuade)라고 말하면서 "Happy Holiday"라고 하며 그냥 가라는 것이 아닌가. 남편의 흰머리 덕분에 두 번째 덕을 보았다.

그렇다. 크리스마스 성탄절은 미국의 50개 주가 모두 공통적으로 쉬는 큰 명절인 것이다. 우리가 헤매던 그날은 크리스마스 전전날인 2013년 12월 23일이었다. 미국은 각 주마다 문화, 세금제도 모두 다르게 운영되고 있는데 크리스마스는 50개 주가 공통적으로 쉬는 몇 휴일 중 하나로서 교통경찰은 우리에게 호의를 베푼 것 같다.

우린 이렇게 같은 날 벌금(Fine)티켓은 아니지만 두 번씩이나 교통경찰관에게 교통위반을 지적당했다. 이때까지만 해도 미국경찰을 무섭다고 생각하지 않고 진심으로 감사하다고 생각했다. 이후부터 도착시간이 지연되더라도 도로표지판에 있는 규정 속도를 우린 철저하게 지켰다. 하루 동안에 다른 사람이 1년 동안 겪을 사건을 모두 겪은 기분이었다. 우여곡절 끝에 숙소 뉴올리언스에 도착했다. 숙소에 체크인한 시간이 11시 55분이었다. 5분반 지났다면 하루해를 넘길 뻔했다. 다행히도 우린 해안의 숙소에 짐을 풀고 노곤한 몸을 쉴 수 있었던 것이다.

우리는 이렇게 약한 영어로 인해 11시간의 운전 거리를 16시간 동안 운전한 것이다. 영어를 모르니 손발이 고생을 한 것이었다. 우린 덕분에 '미국에서의 여행은 곧 운전이다'란 걸 알게 되었다.

TIP

1. 속도위반 등으로 경찰차가 뒤에서 라이트를 켜고 쫓아오면 바로 차를 길 옆에 세우고 손을 운전대에 올려놓은 채 기다려야 한다.
   → 미국은 총기소지가 허용된 나라이므로 손을 주머니에 넣거나 움직이는 경우 오히려 경찰관이 총기를 사용할 수 있다 함.
2. 절대 차 밖으로 나와서는 안 된다.
   → 나와 같이 차에서 나와 경찰관에 접근한 행위는 아주 위험한 행동이라 함.
3. 적발 시 보험증권의 제시는 필수이다. 보험가입을 하지 않은 자체가 위반행위이다.

미시간 겨울이 더욱 추웠다

우리 부부가 살던 곳은 미시간이다. 미시간은 미국의 동북부에 위치하고 있어 겨울이 한국보다 길다. 더구나 내가 보낸 2013년의 미시간 겨울은 유난히 추웠다. 이곳에서 40년을 산 사람도 40년 만에 온 추위라고 하고, 13년을 산 사람은 13년 만에 온 추위라고 한다. 물론 3년을 산 사람은 3년만의 추위라고 하는데 나는 오자마자 추웠으니 미시간은 늘 이렇게 춥다고 생각되었다.

우리 부부는 이스트랜싱에 있는 히든트리(Hidden Tree)아파트에서 살고 있었다. 이 아파트를 처음 지었을 때는 이스트랜싱에서는 좋은 주거지였다고 한다. 그러나 우리나라의 신도시로 보이는 오케머스에 있는 센트럴파크 아파트가 생기고부터는 인기가 떨어졌다 한다. 우리와 같이 온 원우들은 대부분 센트럴파크 아파트에서 살고 있다. 그래서 우리들은 센트럴 아파트가 랜싱의 준 한인촌이라 말하곤 했다.

미시간주립대학의 VIPP과정에 오는 원우들은 대부분 한국의 대기업그룹에 속하는 회사에서 인재키움정책의 하나로 계속적인 교육시스템에 따라 이곳에 보내지고 있다. 그래서 그들끼리는 서로의 사전정보가 있어 살 집을 구할 때나 미국을 떠나올 때 집과 살림살이를 인계할 수 있어 많은 도움을 주고받고 있으나 남편은 이런 연결정보 없이 이곳에 홀로 왔으므로 오로지 교통만을 고려하여 지금 살고 있는 오래된 아파트를 선택한 것이다.

히든트리아파트.

2013년도의 미시간 겨울이 그 어떤 겨울보다도 평년 이상으로 추웠는지
는 인터넷을 검색하면 쉽게 알 수 있다. 2013년 11월부터 다음해 3월까지
의 평균 기온이 영하 20도 이하였다. 설상가상으로 우리가 사는 집은 오래
되어 히터를 온 종일 틀어도 추웠다. 히터가 들어오는 소리만 요란하고 춥
기는 마찬가지여서 히터가 고장 난 것 같아 아파트오피스에 가려고 마음
먹으면 그날은 우연하게 히터가 잘 나왔다. 그러나 히터가 애먹이는 날이
더 많았지만 가끔은 히터가 들어올 때도 있었으므로 이런 복잡한 상황을
관리실에 가서 설명할 자신이 없어 차일피일 미루고 있었다.

더구나 센트럴파크에 사는 김 부장님네가 이런 우리에게 전기히터를 빌
려주어 추위를 견디고 있었는데 2014년 1월말 즈음 한국에 있는 쌍둥이 어

린조카들이 3월 중순경 오려고 비행기 표를 예약했다며 막내올케로부터 연락이 왔다. 우린 갑자기 마음이 바빠졌다. 어른들은 그럭저럭 견뎠지만 강아지들이 감기들 것이 뻔한 상황이라 이제는 영어고 뭐고 마음이 급하여 관리실을 찾아갔다.

물론 그동안 열심히 배운 영어실력이 의지도 되었기에 아파트사무소에 갔다. 오피스직원에게 '우리 집이 매우 춥다(My room is very cold)'고 말하자마자 더 묻지도 않고 '예스, 오케이' 하며 곧 사람을 보내준다고 했다. 불과 1시간도 안 되었는데 수리하는 사람을 보냈다. 그에게 집이 춥다고 하니 수리공은 히터의 센서를 닦고 필터를 교환해주면서 앞으로는 괜찮을 것이라고 하였다. 우리가 사는 아파트는 오래된 아파트이다 보니 히터에 연결된 센서도 둔해진 모양이었다. 수리공이 센서를 깨끗이 닦아내고 필터를 갈아주었을 뿐인데 천둥치던 히터소리도 잠잠해지고 집도 따뜻해졌다.

우리 부부는 영어가 서투르다 보니 단지 한 마디만 하면 되는 영어를 지레 겁먹고 아파트관리사무소에 불평(컴플레인 - complain)을 하지 못하고 그동안 추위를 참고 살았던 것이다. 마침 영어학교(A+ English Language School)에서 자체 발행하는 신문에 영어로 인한 에피소드가 있으면 제출하라고 하여 이런 어이없는 사실을 제출해 신문에 실렸다.

〈Due to my weak English more cold winter days in Michigan〉

My husband has been at MSU (Michigan State of University) as a VIP (visiting international professional). So I came here to Michigan with him.

As soon as I arrived in Lansing, the next day my husband let me enroll at A+ ESL. However, I had forgotten my English. Before coming here, there was no difficulty in my life. My English was very weak but after I studied English in the ESL school, I began to speak a little bit.

I live in an apartment. Because it was so cold last winter in Michigan, the heater was on all day but It was not warm. So my house was very cold. But my husband and I couldn' t talk to Apartments Management Office because it was difficult to explain this fact in English. At that time we are not familiar with English. So we put up with the cold.

Finally, at the end of the winter I could say that my house is cold. Very soon the heater was promptly repaired. Since then my house has been very warm. Meanwhile I can say,

"My house is cold" , a sentence that was difficult. But now I can speak English a little bit and my English is getting much better.

So everything is thanks to studying ESL, in particular A+ English Language School has given good information to me about American culture, history, education system and more. Also, to all teachers and officials so many thanks.

By Kyeong Soon Lim

주차도 만만하지 않다

미국의 교통수단은 자동차가 대세다. 자동차에 부수적인 것이 주유와 주차다. 미국은 우리나라와 다르게 주유는 거의 셀프다. 그러다 보니 주유에 있어서도 가는 곳마다 주유소의 주유기종이 달라 우릴 종종 당황하게 만든다. 주유는 대부분 선불이었다.

대형마트나 식당 등은 대부분 넓은 주차장을 확보하고 있고 주차공간이 많지 않은 대도시는 공용주차장(Public Parking)을 운영하고 있어 주차는 비교적 용이하다. 공용주차장은 1일 주차(All day Parking)와 시간제 주차로 운영한다. 주차비는 주차요원이 받는 곳보다 셀프페이(self pay)를 하는 곳이 많아 직접 주차계산대에 주차시간을 입력한 후 해당하는 돈을 코인 또는 카드 등으로 지불하도록 되어 있다.

우리나라 유료주차장의 경우 주차요원이 있어 주차한 시간만큼 요금을 내면 되고 궁금한 것이 있더라도 한국 사람에게 한국말로 하니 아무런 애로사항이 없는데 미국은 주차관리인이 있다하여도 모두 영어로 물어야 하니 궁금한 사항을 모두 말하지 못해 답답할 때가 많다.

미국에 와 얼마 되지 않아서의 일이다. 남편은 미국 운전면허증을 발급받기 위해 관할 사무소에 가기로 하였다. 인터넷에서 검색한 주소는 랜싱 타운이었는데 랜싱은 미시간의 주도여서인지 이스트랜싱처럼 주차장이 여유롭지 않았다. 주차할 곳을 찾는 데 누군가 도로 옆에 차를 세우고 있어 우리도 그곳으로 갔다. 그곳에는 주차선이 있었고 주차선 앞에 작은 기둥이 있는데 그 기둥 위에는 기계가 설치되어 있었다. 그간 보지 못하던 기계였다. 코인주차기가 있는 주차장인 것이다. 그 누군가는 간단하게 차를 주차하고 사라졌다. 코인주차기계 설명서를 읽어보니 주차예정시간을 입력하고 그에 상당하는 동전을 넣으면 되는 것이었다. 우린 주차예정시간을 몰라 넉넉하게 2시간에 해당하는 요금을 지불하고 검색한 주소에 가보니 그곳은 잘못된 주소였다. 우린 15분 만에 다시 차를 빼야 하는데 이미 낸 주차료를 어떻게 해야 할지 몰라 포기하였다. 포기하고 돌아오는 차속에서 우린 영어 때문에 또 손해를 보고 있네 하며 씁쓸하게 웃었다.

시카고에서의 일이다. 시카고 관광을 위해 차를 가져갔는데 시카고는 미국에서 서너 번째 도시라 그런지 주차할 곳이 마땅치 않았다. 다행히도 공용주차장(Public Parking)은 눈에 띄어 우리가 가고자 하는 윌리스타워 근처에 있는 공용주차장에 주차를 하였다. 낮 동안 1일 주차가 $14불이라고 되어 있다. 주차요원이 있지만 주차료는 기계에다 지불하라고 단순 안내만 한다. 주차비 지불대로 갔는데 마침 우리 앞에 현지인이 주차료를 내고 있어 뒤에서 어찌 내고 있는지를 지켜봤다. 그 현지인은 버튼을 이용하여 주차비를 내고는 휭 떠났다. 우리 순서가 되어 시도하는데 플레이트 넘버를 입력하라고 한다. 플레이트 넘버는 또 무엇인가? 우리가 갖고 있는 운전면허증번호 또는 데 카드 비밀번호 등 알고 있던 번호는 죄다 입력해보아도 자꾸 오류라는 메시지가 뜬다. 그때 다른 현지인이 있어 플레이트 넘버가 무엇이냐고 물으니 그는 나를 자동차로 데려가더니 자동차번호판을 가리켰다. 문화의 차이든 언어의 차이든 무식의 한계가 어디까지 일까 생각하며 또한 한 가지씩 미국을 배워가고 있다는 지적 포만감도 가졌다.

몇 달이 지난 뒤 어린 쌍둥이 조카와 언니가 왔을 때도 시카고를 보여주기 위해 시카고로 향했다. 이전에 남편과 같이 시카고에 갔을 때 경험이 있어 주차장은 쉽게 발견하였다. 그나마 미국에서 몇 달을 살았다고 주차요금이 조금씩 다르다는 것도 알게 되어 주변을 돌아보기로 하였다. 어떤 주차장은 1일 주차에 $16로 되어 있다. 지난번 남편과 같이 왔을 때보다 $2이나 비싼듯해 건물 내에 있는 공용주차장을 이용하려고 건물 안으로 진입하였다. 들어가 보니 이곳은 1일 요금으로 따져볼 때 $16보다 훨씬 비싸 바로 나왔는데 나오려면 기본주차요금 $5을 지불해야만 했다. $2 아끼려다 $5만 낭비했다.

주차장 내 사람이 있다면 우리의 상황을 설명하여 그대로 나오면 되는데 실내주차장은 모두 기계로 움직여지므로 사람이 없다. 어찌되었든 오늘도 또 $5을 맥없이 그냥 준 셈이었다. 결국 나는 다시 돌아와 처음에 본 주차장에 $16을 주고 주차하였다. 이렇게 나의 지갑은 줄줄 새고 있었다.

때론 창조자요, 때론 파괴자

인간이 하는 일에는 안 될게 없다는 것이 평소 소신으로 겁을 상실하고 살고 있었다. 이런 무모한 사고방식은 미국에 사는 동안에도 마찬가지였다.

나는 기계에 문외한이라 기계를 내손으로 별 탈 없이 움직이는 것이 있다면 자동차운전 정도이다. 남편은 내가 미국 올 때 자신이 사용하던 컴퓨터를 가져올 것을 원하여 몸소 기내반입을 하여 가져갔다. 그런데 컴퓨터 환경이 맞지 않았는지 한국에서 잘 되던 컴퓨터가 부팅조차 되질 않았다. 물론 나의 컴퓨터에 대한 지식은 사무실에서 습득한 약간의 기능뿐인데 남편은 나보다 더 문외한이니 내가 손을 보기 시작했다.

무식한 나는 밤새 익스플로러 프로그램을 지웠다 깔았다 하여 겨우 부팅은 되었는데 인터넷은 열리지 않았다. 그나마 컴퓨터를 부팅이 가능하게 하였더니 남편은 이런 나를 창조자라고 하였는데 좀 더 잘해보려고 손을 대어 아예 고장을 내니 이제는 파괴자라고 불렀다.

이런 양극화현상은 영어에서도 나타났다. 남편은 군대에서 귀에 손상을 입어 평상시에도 TV를 크게 들을 정도로 청력에 문제가 있었으므로 고급영어의 어휘력은 좋아 읽고 이해하는 것은 나보다 우월하나 듣기는 애로사항이 많았다. 그런 반면 나는 생활영어에 있어서만 남편보다는 조금 나은 편이어서 우리 둘은 항상 같이 있어야 완전했다. 남편은 나의 생활영어를 철석같이 신뢰한 나머지 교통위반으로 받은 교통티켓을 내 말만 믿고 있다 큰일 날 뻔했다. 나는 소환장을 경고장으로 잘못 해석을 한 것이었다. 그런가 하면 아파트관리실에 찾아가 히터를 수선 받게 하고 겨울 동안 간이 주차장 사용권을 요청하여 미시간의 깊은 겨울동안 많이 내리는 눈을 피해 편한 주차를 할 수 있도록 하기도 했는데 이런 나에게 남편은 때론 창조자요 때론 파괴자라고 했다.

　이렇듯 나는 가끔 치명적인 실수도 하지만 생활에 있어서는 어디를 가든 완벽하게 해냈다. 이런 상황은 남편과 내가 한 학기를 같은 반에서 공부하는 동안 틈틈이 발생하고 있었다. 수업시간에 선생님이 설명하는 일반 이야기는 내가 알아듣고 고급단어는 남편이 알아들어 우린 완벽한 퍼즐을 맞히듯 영어공부를 하고 있었는데 이를 지켜본 우리 반 이솔데 선생님은 그동안 봐온 부부 중 가장 재밌고 좋아 보인다고 말해 주었다.

화려한 백수, 건방진 백수

　나는 결혼을 하고도 직장생활을 계속하였으므로 미국에 가기 위해 직장을 휴직함에 따라 35년 만에 처음 백수가 되었다.

　남편보다 두 달이나 늦게 출발하였다. 한국시간으로 2013년 10월 9일 낮 12시 25분에 인천공항을 출발하여 2013년 10월 9일 낮 11시 45분에 미국에 도착했다. 11시간 만에 미국 디트로이트공항에 도착하였는데 내가 도착하면 남편이 바로 기다리고 있을 줄 알았는데 낯선 곳에 남편이 보이질 않았다. 전화를 하니 오는 중이니 30분을 기다리란다. 30분이 지나니 남편이 왔다. 마침 점심때이므로 가는 도중 노베이란 곳의 한국인 식당에서 식사를 하였다.

　나는 미국에 대해서 아는 것이 별로 없었다. 다만 2012년에 하와이 여행을 다녀왔기에 지명정도 아는 것이 전부였다. 우리 차가 고속도로에 진입하면서 처음 본 미국의 풍경은 산은 보이지 않고 저 멀리까지 벌판만 보여 시야가 확 트인 것이 인상적이었다. 그렇게 1시간 30분 정도 달려 남편이 사는 이스트랜싱에 도착하였다.

　이곳도 핸드폰이 필수인지 남편은 우선 내게 미국핸드폰을 구입해주었고, 인근 골프장의 회원등록까

미시간고속도로.

지 일사천리로 해주었다. 저녁에는 미시간주립대 교수님과 저녁약속이 있다며 한국인이 운영하는 '산수'라는 곳에서 식사를 했다. 그렇게 저녁식사를 마치고 남편이 살고 있다는 아파트엘 당도했다. 25평이라는데 방(이곳에선 1 bed라 한다) 1개와 주방과 거실로 구성되어 있다. 모든 것이 새로웠는데 특히 벽에 수납장이 많은 것이 눈에 들어왔다.

다음날 시차 때문인지 머리가 아프고 쉬고만 싶었다. 남편은 내가 걱정스러웠던지 학교에서 돌아오자마자 나를 미시간주립대학에서 운영하고 있는 골프장으로 끌고 갔다. 우선 9홀만 워킹으로 라운딩을 하였다. 우리나라의 골프장은 퍼블릭이라도 비싼 편이나 이곳은 9홀을 도는데 $10이면 된다. 이곳의 골프장은 한국에서와 같이 럭셔리한 샤워시설이나 락커도 없다. 집에서 운동하기 편한 옷을 입고 주차장에서 신발을 갈아 신고 바로 라운딩에 들어가면 된다. 그렇게 첫 주말을 보낸 다음 월요일에 남편은 나를 인근 영어학교에 등록을 시켰다. 영어학교에서는 영어공부 외에도 자원봉사자(Volunteer teacher)가 우쿨렐레를 가르치고 있어 우쿨렐레도 배울 수 있었다.

미국에 오기 전까지 늘 직장생활을 하였기에 이렇게 나를 위한 시간을 갖는다는 것을 상상도 못했다. 그런데 미국에 와서 오전에는 영어를 배우고 오후에는 운동을 하며 시간을 보내면서 나의 화려한 백수생활이 시작되었다. 결혼해서 지금까지 나는 직장생활을 하였으니 월급이란 것을 받았기에 내가 번 돈은 남편의 눈치를 보지 않고 내 맘대로 관리하였는데 이곳에서는 내 수입이 없으니 일일이 남편에게 돈을 타서 써야 했다. 물론 내 쌈짓돈을 준비했다 하지만 어디까지나 그것은 비상금이니 아껴 두어야 했으므로 되도록이면 남편에 의지했다. 보편적인 외벌이 가정과 같이 남편에 의

존해서 살기 시작했다. 결혼 30년 만에 처음으로 남편에게 경제적으로 의지하였다. 대부분의 여자들이 쇼핑을 좋아하듯 나도 쇼핑이 좋은데 내게 경제권이 없으니 미국의 아울렛문화가 잘 되어 있은 들 남편의 눈치를 봐야 했다.

사고 싶은 것도 많고 꼭 사지 않는다 해도 아이쇼핑도 할 수 있는데 남편은 아예 아울렛자체를 좋아하지 않으니 남편에게 투덜거리기 시작했다. 마지못해 끌려가더라도 내가 무언가 살 낌새를 채면 남편은 담배를 핑계로 가게 밖으로 멀리 사라진다. 물론 내가 꼭 사야 할 때는 남편을 찾아 계산을 하게 했다. 그러면 남편은 나에게 꿍쳐 논 돈으로 계산을 하라고 한다. 바로 그때 "백수가 무슨 돈이 있어. 나는 지금 백수거든"이라고 말하면 백수? 아주 건방진 백수지 하며 마지못해 계산을 해준다. 이런 나는 화려한 백수요, 남편이 보기에는 건방진 백수였다.

여행이란 토끼는 잡았을까?

　이민을 목적으로 오지 않은 단기 거주하는 한국 사람은 미국에 사는 동안 무리를 해서라도 대부분 여행계획을 많이 잡고 여행을 한다. 한국에서의 미국 여행은 시간적으로나 경제적으로 쉽지 않기 때문이다. 그래서 자녀들이 방학을 하게 되면 방학을 하자마자 서부지역이든 남부지역이든 여행을 떠난다.

　미국의 주와 주 사이 접경이 시작하는 곳에는 대부분 방문자센터(Visitor Center, Information Center)가 있는데 여행 시 이곳에 들르게 되면 해당 주의 안내서와 지도, 책자 등 여행정보자료를 받을 수 있어 많은 도움이 된다.

그랜드캐니언 방문자센터.　　　　　델라웨어 주 방문자센터.

　사람마다 조금씩 다르겠지만 우린 우리가 사는 곳에서 가까운 곳부터 여행 계획을 세웠다. 미시간에서 가장 가까운 곳은 어퍼미시간(Upper

Michigan), 디트로이트(Detriot), 시카고(Chicago) 밀워키(Milwaukee)와 캐나다에 있는 나이아가라 폭포(Niagala Falls) 등이 있다. 그러나 아무리 가까운 곳이라 하더라도 자동차로 4~5시간 이상 이동해야 하는 거리이다.

또한 장기적인 전략으로 움직여야 하는 뉴욕, 보스턴, 워싱턴 DC 등 동부지역과 올랜도, 마이매미, 키웨스트가 있는 플로리다 주 등의 남부여행코스가 있고, 가장 많은 시간을 투자해야 하는 LA, 그랜드캐니언, 라스베이거스, 샌프란시스코, 요세미티 국립공원 등이 있는 서부여행코스가 있다.

물론 미국 본토와 멀리 떨어져 있는 알래스카와 하와이가 있는데 이 2개 주를 제외하면 모두 자동차로 여행이 가능하다. 또한 우린 여행을 하는 동안 미국의 아이비대학 내에서나 뉴욕, 시카고 등에서 특색 있는 조형물을 많이 볼 수가 있었는데 미술을 잘 모르는 나도 보는 재미가 있었다.

1. 미시간(Michigan)

우린 우리가 사는 미시간을 알기 위해 미시간 북쪽에 있는 어퍼미시간(Upper Michigan)을 다녀왔다. 미시간은 두 개의 반도로 되어 있다. 미시간 주는 지도상으로 모자와 장갑의 모양을 하고 있는데 모자처럼 생긴 곳은 미시간 위쪽에 위치하고 있다 하여 어퍼미시간 또는 어퍼패닌쉴라(Upper Michigan or Peninsula)라 부르며, 장갑같이 생긴 다른 하나는 우리가 살고 있는 랜싱이나 디트로이트(Detroit)가 해당된다. 이를 로워미시간(Lower Michigan) 또는 로워패닌쉴라(Lower Peninsula)라고 한다. 미시간은 세계적으로 유명한 5대 호수 중 4개의 호수가 있다. 이 호수가 미시간을 둘러싸고 있어 우리나라의 한반도와 같이 미시간을 반도(Peninsula)라고 부른다.

특히 어퍼미시간과 로워미시간 사이는 매키낙브리지(Mackinac Bridge)로 이어져 있는데 어퍼미시간은 로워미시간보다 춥다. 또한 어퍼미시간에 있는 매키낙아일랜드는 청정자연을 보호하기 위해 자동차가 없으며 교통수단으로는 자전거나 말을 이용하는 것이 특징이다. 우리도 이곳에서 자전거를 빌려 2시간 동안 섬 전체를 돌아보았다.

매키낙브리지.

매키낙아일랜드에서 자전거를 탄 모습.

슈피리어 호 일출.

2. 밀워키(Milwaukee)

밀워키는 미국 위스콘신(Wisconsin)주 동부에 있는 미시간 호 서쪽에 접하고 있다. 1848년도에 주정부가입이 되었으며, 주도는 메디슨(Madison)이다. 일반적으로 주도 메디슨보다 할리데이비슨(Harley - Davidson) 오토바이가 있는 밀워키(Milwaukee)가 더 알려져 있고 맥주, 소시지, 치즈로도 유명하다. 할리데이비슨은 미국 최대의 모터사이클 제조회사다. 우린 밀워키에 있는 재래시장(Public Market)에 들러 생선초밥 맛을 본 후 할리데이비슨 오토바이 박물관에 갔다.

박물관홍보물에 할리데이비슨 오토바이는 1903년도에 최초로 시작되었다고 하는데 1907년도에 만들어진 오늘날 자전거와 같은 오토바이가 특히 눈에 들어 왔다. 할리데이비슨은 배기량 883cc 이상의 대형 모터사이클을 제조하고 있다는데 V형 엔진에서 나오는 배기음이 말발굽소리와 비슷한 것이 특징이라고 한다.

밀워키 재래시장 회초밥.

할리데이비슨.

밀워키 재래시장.

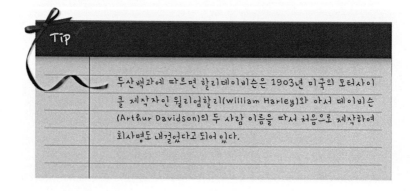

Tip

두산백과에 따르면 할리데이비슨은 1903년 미국의 모터사이클 제작자인 윌리엄할리(william Harley)와 아서 데이비슨(Arthur Davidson)의 두 사람 이름을 따서 처음으로 제작하여 회사명도 내걸었다고 되어 있다.

3. 나이아가라폴스(Niagala Falls)

나이아가라폭포는 캐나다 온타리오 주 나이아가라폴스와 미국 뉴욕 주 나이아가라폴스와 접하고 있어 나이아가라폭포를 관광하는 방법은 두 가지 길이 있다. 그 하나는 미국 뉴욕 주에서 보는 것과 다른 하나는 캐나다를 통해 보는 것이다. 나는 기회가 있어 미국과 캐나다 양쪽에서 모두 보았는데 캐나다에서 보는 나이아가라폭포의 느낌이 더 좋았다.

나이아가라폭포는 미시간 랜싱에서 자동차로 3시간 정도 가게 되면 포트휴런과 캐나다 온타리오의 국경을 넘게 된다. 국경을 넘은 뒤 4시간 정도이면 나이아가라폭포에 갈 수 있다. 또한 나이아가라폭포는 세계적으로 알려진 명소이므로 미시간 주에 살고 있다면 꼭 가봐야 하는 여행지 중 하나이다. 나는 이곳에 오자마자 처음으로 가보게 되었고, 가족이 방문할 때마다 안내를 하다 보니 4번이나 다녀왔다. 아들과 가는 도중 이런 이야길 하니 아들은 남들은 쉽게 가지 못할 곳을 동네 호수 가듯 가네요 한다. 나이아가라폭포는 갈 때마다 박력 있는 물줄기가 장관이다. 폭포를 바라보자면 힘찬 물줄기와 뽀얗게 떠 있는 그 속으로 빨려 들어가는 기분과 박력 있게 떨어지는 물소리가 황홀했다.

나이아가라폭포.

뉴욕 쪽에서 본 나이아가라폭포.

겨울의 나이아가라폭포.

나이아가라폭포에 왔을 때는 대부분이 흐린 날이었다. 4번 중 한번만이 날씨가 맑아 폭포에 얹힌 무지개를 볼 수 있었다. 무지개가 있으니 삼킬 듯한 폭포와 무지개의 조화로움이 보는 맛을 한층 높여주었다. 금강산도 식후경이란 말도 있듯 먹거리까지 훌륭하면 금상첨화가 아닌가? 나는 두 번째 갔을 때 우연히 한국 사람이 운영하는 식당 영빈관을 발견하였다. 이곳에서 오징어볶음, 잡채, 김치찌개 등을 먹었는데 한국에서 먹던 맛 그대로였다. 사장님이 캐나다에서 꽤 오래 사신 듯한데도 김치와 밑반찬을 직접 만드신다고 하는데 김치 맛도 일품이었다. 그 맛을 잊지 못해 아들이 왔을 때 아들에게 그 맛을 보여주려 했으나 문이 닫혀 있어 아쉬웠다. 영빈관보다 장소도 크고 인테리어는 괜찮은 다른 한국 식당을 찾아 갔지만 음식 맛은 실망스러웠다. 혹시 캐나다 나이아가라폭포에 가게 되면 인근에 있으면서 주차장도 여유가 있는 영빈관을 방문해보라고 조심스럽게 소개해 본다.

또한 나이아가라폭포를 바로 앞에서 보기 위해서는 주차가 필수이므로 하루 종일(All day)주차를 할 수 있는 장기주차장과 30분 이상 주차가 가능한 단기주차장(Short Term)이 있어 두 곳 주소를 소개한다.

영빈관(VIP)

5703 Ferry st Niagara Falls, Ontario CANADA

장기주차(나이아가라폭포주차장)

6600 Niagara pky Ontario, CANADA

단기주차(Short Term)

Niagara parks Police Porkinglot

4. 시카고(Chicago)

두산백과에 따르면 시카고의 기원은 1803년에 구축된 디어번요새에서 비롯되었다. 처음에는 1개 중대의 병사 주둔으로 시작되어 1834년에 시가 되고 1848년에 일리노이~미시간 운하가 개통되었고 같은 해 철도가 부설되고 1870년까지 대륙횡단노선을 포함해 주요 철도가 모두 통하여 미국 제1의 교통도시가 되었는데 1871년 10월 8일 27시간에 걸친 대화재로 시카고 시의 대부분이 소실되었다고 되어 있다.

대화재 이후 빌딩들이 들어서 현재 시카고는 아름다운 빌딩들이 많아 특히 건축학도들이 관심을 갖는 도시라고 한다. 미국에서 가장 아름다운 도시 1위가 시카고, 2위는 샌프란시스코, 3위는 시애틀이라고 할 정도이다.

시카고는 미시간 호를 끼고 있는 관계로 바람이 많다. 그래서 바람의 도시(윈드시티 - Wind City)라고도 한다. 미시간 호와 만나는 시카고 강은 시카고 도시 한 가운데를 흐르고 있다. 인류의 문명은 강을 끼고 발전한다는 것

이 입증되는 것이 시카고 강이라 생각되었다. 시카고 강 크루즈투어를 통해 옥수수 모양의 쌍둥이 콘 빌딩(Corn), 마리나시티, 트리뷴타워 등 현대건축물을 감상할 수 있어 시카고 강의 크루즈투어가 인기 있는 관광 상품의 하나이다.

콘 빌딩.

나는 가족들 덕분에 시카고 강에서 2번의 크루즈관광을 하였다. 매해 3월 17일은 미국의 전통휴일인 세인트 패트릭데이(ST Patrick's day)가 있는데 이는 아일랜드의 상징인 그린 색으로 옷을 입고 시카고 강도 녹색으로 물들인다고 한다. 나는 시점이 맞지 않아 녹색으로 변한 시카고 강은 보지 못했으나 영어학교에서 인터넷시간에 본 바로는 꽤 볼만한 관광꺼리란 생각이 들었다.

시카고는 1871년도의 화재로 도시 전체가 소실되어 대부분의 건물이 1930년대 들어서서 도시가 깨끗하다. 1974년도에 완공된 윌리스타워(Willis Tower, 옛 명칭 시어스타워/Sears Tower)는 110층인데 103층 전망대에서 바라보면 시카고 전체가 한눈에 들어온다. 나는 미술에 대해 잘 알지 못하지만 곳곳에 있는 조각물이 인상적이었으며 시카고의 박물관, 미술관이 워싱턴 DC에 있는 스미스온 박물관 못지않게 좋았다. 2000년도를 기념해 조성했다는 밀레니움 공원, 시카고

스케줄.

시카고 강 보트투어.

시카고 강 근처의 건물들.

강을 유람할 수 있는 네이비피어(Navy Pier)도 시카고에서 꼭 보아야 하는 곳 중 하나이다.

5. 남부여행

남편과 나는 겨울 방학을 맞이한 2013년 12월 초에 약 2주간의 일정으로 남부여행을 하였다. 우리는 내려갈 때와 올라올 때의 코스를 달리했다.

한 여행책자에서는 이스트랜싱에서 시카고, 세인트루이스, 뉴올리언스까지 거리가 1,340마일이라고 소개하고 있다. 우린 이스트랜싱에서 출발하여 키웨스트에 이르기까지 운전시간과 관광지를 감안하여 시카고를 거쳐 세인루이스에서 2박을 하였다.

세인트루이스는 미국의 관문이라는 게이트웨이아치(Gateway Arch)가 볼만하다고 하여 아침 일찍 갔다. 미국은 시카고의 시워스타워, 엠파이어스테이트빌딩이나 케이트웨이아치 등의 전망대에 가기 위해서는 반드시 까다로운 검색을 받아야 한다. 게이트웨이아치 케이블카를 타기까지 까다로운 검색은 맘에 들지 않았지만 전망대에 올라가면 세인트루이스 시내가 한눈에 보여 좋았다.

인근 미주리식물원을 들러보고 세인트루이스에서 50마일 정도 떨어진 미주리 주의 숨겨진 보물이라고 하는 메라멕 동굴(Meramec Caverns)까지 들러보고 다음날 일찍 뉴올리언스를 향해 출발하였다.

게이트웨이아치(Gateway Arch)

200 Washington Ave, St Louis MO 63102(☎877-982-1410)

메라멕동굴(Meramec Caverns)

HWY 44 Exit 230 stanton, MO 63079

게이트웨이아치.

메라맥 동굴.

뉴올리언스 조형물.

내비는 세인트루이스에서 뉴올리언스까지의 거리가 500마일이 훨씬 넘는 것으로 보여주었다. 이는 쉬지 않고 운전할 때의 시간이다. 장거리이다 보니 가는 도중 식사, 화장실, 주유시간 등 운전시간 외에도 쉬는 시간도 필요하기 때문에 세인트루이스에서 아침 일찍 출발하여도 저녁 해지기전까지 도착하기란 어려울 것이라 판단되어 아침 8시쯤에 출발하였는데 내비는 뉴올리언스의 도착예정시간이 오후 7시 30분으로 되어 있었다. 우린 되도록 목적지에 일찍 도착하기 위해 주유할 때에 급한 볼일과 식사도 차에서 간단하게 해결하였다.

그렇게 속절없이 운전을 하였는데도 목적지까지 가는 거리가 너무 멀고도 멀었다. 미국에서의 여행은 운전이란 것을 실감하였다. 더구나 우린 내비의 환경을 잘못 설정하여 고속도로를 피해 지방도로로 달리다 보니 남은 거리와 예상도착시간이 점점 멀어져만 갔으며 세인트루이스에서 출발할 때 보여준 예상도착시간이 7시였으나 10시로 점점 멀어지고 있었다. 우여곡절 끝에 뉴올리언스에 도착하니 11시 55분이었다. 다음날 뉴올리언스 구

시가지인 프렌치 쿼터를 관광했다. 뉴올리언스 구시가지는 잭슨광장을 중심으로 문화행사가 이루어지는 것 같았다. 재즈음악이 흐르는 잭슨광장 거리에는 오고가는 관광객들이 어울려 춤을 추는 것과 화가들이 거리에서 그림을 그리는 풍경을 보며 예술의 거리란 생각이 들었다. 우린 미시시피 강하구를 운행하는 스팀보트도 타고 프렌치마켓도 들러보고 유명하다는 도

마네 도넛.

스팀보트.   톨플라자 안내표지.

넛가게 마네(Cafe Du Monde)에서 30분을 기다려 달콤한 도넛의 맛도 보았다.

다음날 마이애미를 가야 하는데 뉴올리언스에서 마이애미까지의 거리도 600마일 이상으로 만만치 않았다. 미국에는 우리나라와 같이 고속도로 휴게소를 볼 수 없었으나 이 구간에서 유일하게 톨플라자(Toll Plaza)란 고속도로휴게소가 있어 주유도 하고 간단하게 식사도 하였다.

우린 세인트루이스의 아픈 기억 때문에 서둘러 출발하여 달렸는데도 별말썽이 없었지만 마이애미 숙소에 도착하니 역시 밤 12시가 다 되었다. 마이애미에서 3박을 하면서 첫날은 우리나라의 해남과 같은 미국의 최남단인 키웨스트에 다녀왔다.

키웨스트는 쿠바까지 90마일(Miles-154㎞)이라고 쓰여 있고 미국의 최남단이란(SouthernMost - Point - continental U.S.A.) 기둥이 관광명소이다. 우리가 간 날은 관광객이 많아 사진을 제대로 찍지 못하였다. 키웨스트는 당초 섬이었지만 바닷길을 놓아 자동차로 갈 수 있도록 길을 만들었고 이 도로명은 South US - 1번 도로인데 키웨스트까지의 거리가 약 120마일 정도로 기억되는데 제한속도로 인해 3시간 정도 걸린 것 같다. 또한 이곳에는 어니스트헤밍웨이(Ernest Hemingway)가 쿠바에서 건너와 작품을 썼다는 헤밍웨이의 생가가 있는데 이 또한 키웨스트의 유명한 관광지 중 하나이다.

키웨스트로 가는 바닷길.

최남단 이야기.

헤밍웨이 생가.

두 번째 날에는 마이애미에서 우리나라의 경전철과 비슷한 메트로무버 (Metro mover)를 탔다. 특이한 것은 요금이 무료(Free)이며 몇 바퀴를 돌아도 된다. 메트로무버로만 돌아보아도 마이애미를 대충 볼 수 있다. 우린 두 바퀴를 돌고서야 마이애미비치가 있는 곳에서 내렸다. 이곳에는 여행사를 통하지 않고도 직접 투어를 할 수 있는 표를 여기저기서 팔고 있다. 우린 자동차와 배를 겸용한 수륙양용의 차 덕투어를 탔다. 덕투어는 육로에서는 자동차로, 해변으로 갈 때에는 배로 변신을 하여 마이애미해변을 볼 수 있도록 해주는 우리나라에 없는 특이한 관광코스였다.

마지막 날에는 에버글레이지국립공원(Everglades National Park)을 들러보았

다. 자연생태 공원에서 악어 등을 구경하고 플로리다 시내로 나오는데 조그마한 가게인데도 많은 사람들이 모여 있어 우리도 차를 세웠다. 우리나라의 상설

농산물판매장과 비슷한데 농산물만 파는 것이 아니라 농장에서 수확한 싱싱한 과일로 즉석 아이스크림을 만들어 주기도 했다. 사람들이 많아 번호표를 받고 30분쯤 기다려 겨우 맛을 보게 되었는데 아이스크림을 좋아하지 않는 나도 좋았다. 상호가 '로버트 이즈 히어(Robert is Here)'인데 이곳은 먹거리와 60대로 보이는 남자가 기타를 치며 1960년대의 올드 팝송도 불러주어 음악도 함께 즐길 수 있어 금상첨화였다. 우리나라도 이러한 다양한 아이템을 곁들여 관광객의 주머니를 털 수 있도록 벤치마킹 하면 좋겠단 생각을 해보았다.

우린 마지막으로 올랜도엘 갔다. 위키백과사전에 따르면 올랜도는 미국 플로리다 주 중부 오렌지 군의 군청소재지(1856)이며 1844년도에 미국 육군 주둔지였던 개틀린 요새를 중심으로 정착이 시작되었다고 한다. 처음에 저니건이라고 불리던 이곳은 1857년 세미놀 전쟁 중에 죽은 육군보초병 올랜도 리브스를 추모하여 개칭되었다고 한다. 1880년에 사우스 플로리다 철도가 들어섰으며, 1883년에는 탬파(남서쪽 160㎞)까지 연장되었다. 1950년 이후 108㎞ 동쪽에 케이프커내버럴 항공우주산업단지가 건설되고, 1971년 월트 디즈니 월드(남쪽으로 23㎞ 떨어져 있는 면적 1만 1,000ha의 오락휴양단지)가 설립

됨으로써 인구가 증가하고 경제적으로 큰 발전을 이루었고 상업·유통업·제조업(특히 우주·전자 장비), 감귤류·겨울채소 재배업, 관광업 등이 주요 경제활동이며, 올랜도 해군훈련소를 포함해 여러 정부기관들이 있다. 교육기관으로는 올랜도존스대학, 플로리다공과대학교(1968), 발렌시아지역사회대학(1967) 등이 있다고 되어 있다.

올랜도에는 월트디즈니랜드가 있다. 디즈니랜드(Disneyland)는 크게 매직킹덤(Magic Kingdom), 할리우드스튜디오(Hollywood Studio) 애니멀킹덤(Aniaml Kingdom), 엡콧(EPCOT, Experimental Prototype Community of Tommorrow)과 워터파크(Water Park) 등이 있다. 우린 시간상 매직킹덤과 엡콧만을 들러보았다. 디즈니랜드에서는 패스트패스(Fast Pass)를 이용하여야 기다리는 시간을 절약해서 많은 시설을 이용할 수 있다. 인기 있는 종목(attraction)은 대부분 30분 이상을 기다려야 한다. 패스트패스는 디즈니랜드의 입장권을 패스트패스 기계 안에 넣으면 패스트패스티켓이 나오는데 이 티켓에는 1시간 정도

이용시간이 나타나 있으므로 정해진 시간에 패스트패스 입구에 오면 바로 입장할 수 있는 사전예약이라고 볼 수 있는데 나는 이런 제도를 잘 몰라 30분 이상 스탠바이 입구에서 기다려야 했기 때문에 많은 시설을 경험하지 못했다.

이곳에 와보기 전까지는 디즈니랜드는 아이들이나 가는 놀이터인 줄 알았는데 엡콧은 어른

도 함께 즐길 수 있는 공간이다. 단순한 놀이문화라기보다 곳곳에서 미국의 역사를 알도록 구성하였고, 각 나라별로 꾸며 놓은 월드쇼케이스(World Showcase) 등은 이곳을 찾는 사람들에게 미래를 제시해주는 꿈의 테마파크란 생각이 들었다. 과거에서 미래까지 알 수 있도록 아이템을 만들어 세계적으로 많은 사람들이 이곳을 찾도록 만든 월트 디즈니의 매력이 아닌가 생각했다.

올랜도를 정점으로 미시간 주로 가는 도중 애틀랜타에서 2014년 신년을 맞이했다. 애틀랜타에는 대표적인 관광지로 스톤마운틴(Stone Mountain), 마틴루터킹생가(The Martin Luther King Jr, National Historic Site), 애틀랜타식물원(The Atlanta Botanical Garden), 아쿠아리움(The Georgia Aquarium), 코카콜라(World of Coca-Cola) 등이 있는데 신정휴일이라 다른 곳은 생략하고 산 하나가 거대한 바위로 된 스톤마운틴에 올라 새해를 맞이하여 힘찬 다짐을 하기도 했다.

흔히들 미시간 주에 사는 사람들은 겨울철에 남부여행을 할 때에는 아래지역으로 내려갈 때에는 옷을 하나씩 벗는다고 한다. 반대로 남부여행

을 마치고 올라갈 때는 벗은 옷을 하나씩 입으면서 집에 온다고 하는데 올랜도에 있을 때만 해도 반팔 티셔츠를 입었었는데 오하이오 주 신시네티를 통과할 무렵에는 많은 눈이 내리고 어두워 도저히 운전하기 위험하여 고속도로 인근에 있는 Inn에서 예정에 없던 하룻밤을 자고 다음날에서야 집에 도착했다.

6. 동부여행

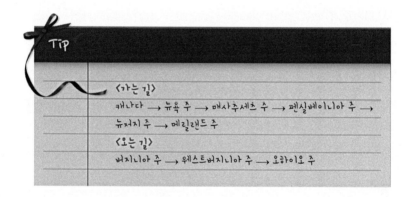

동부여행은 미시간주립대학 VIPP과정에서 필드트립(Field Trip)을 하고 있는데 다행히도 가족동반을 허용하여 그 스케줄에 따라 여행을 하였으므로 그 스케줄을 정리하였다.

첫날: 캐나다에서 유명한 아이스와인의 제조장(아이스와이너리 - Ice Winery)에서 아이스와인 맛을 본 뒤 캐나다에서 바라보는 나이아가라

폭포를 관광하다.

둘째 날: 캐나다 반대편인 미국 뉴욕 주의 고트아일랜드(Goat Island)에서 바라보는 나이아가라폭포를 관광하고 보스턴으로 향하다.

셋째 날: 매사추세츠 주 보스턴에 있는 하버드대학(Havard University), 매사추세츠공과대학(MIT), 코네티컷 주에 있는 예일(Yale)대학을 방문하다. 이때 미래의 2세가 이곳 대학을 꿈꾸게 하기 위해 보여줄 티셔츠와 기념품 몇 가지를 사다.

넷째 날: 미국독립 이전 뉴욕으로 이주한 네덜란드인을 인디언이나 외적으로부터 보호하기 위해 만든 벽에서 유래되었다는 뉴욕시(New York City)에 들러 월가(Wall Street), 미국의 독립선언 100주년을 기념으로 1886년도에 프랑스로부터 받은 45m 크기의 자유의 여신상(Statue of Liverty), 유엔빌딩(UN Building), 엠파이어스테이트빌딩(Empire State Building), 브로드웨이 타임스스퀘어광장(Time Square Street)을 돌아보고뮤지컬의 명소 브로드웨이에서 '맘마미아(Musical Mammamia)'를 보다.

다섯째 날: 뉴저지 주에 있는 프린스턴대학(Princeton University)을 견학하고 미국의 수도인 워싱턴D·C(Washington District of Columbia)로 가다.

여섯째 날: 동부여행 마지막 날 워싱턴 D.C에 들렀는데 마침 벚꽃축제를 하고 있어 한국에서 보지 못한 벚꽃을 이곳에서 보게 되었다. 이곳에 있는 백악관(White House), 국회의사당(National Assembly), 워싱턴기념탑(Washington UOMment), 워싱턴항공우주박물관, 스미스소니언박물관(Smithsonian Museuns), 링컨기념관(Lincoln Memorial), 토마스제퍼슨기념관(Thomas Jefferson Memorial), 국립미술관, 국립자연사박물관과 알링턴국립묘지(Arlington National Cemetery)에 들러 한국전쟁기념관(Korean War Memorial)을 둘러보다.

▲ 하버드대학 티셔츠.

▲ MIT대학.

▲ MIT대학.

▶ 자유의 여신상.

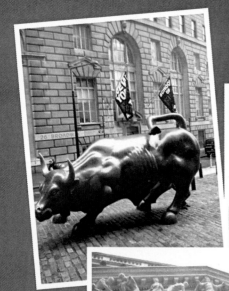

▲ 뉴욕 조형물.

▲ 뉴욕 전경.

◀ 뉴욕증권시장.

▼ 프린스턴대학 조형물.

▲ 타임스퀘어 광장.

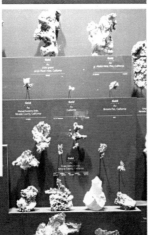

◀▲자연사 박물관

◀▼한국전쟁 조형물 및 기념석.

7. 서부여행

 미시간 주에서 서부지역을 자유여행하려면 보통 30일 정도를 잡는다. 이렇게 긴 시간 여행일정을 잡을 때 여행사패키지를 선택하면 장시간 운전을 하지 않아도 되고 가이드의 구수하고 재밌는 이야기를 들을 수 있어 좋다. 반면 자유여행은 일정에 쫓기지 않고 여유 있게 관광을 할 수 있는 장점이 있다. 우린 5월 14일에 학기를 마쳤고 나는 6월말이면 귀국할 예정에 있었고 더구나 미국에 있는 동안 한 달이라도 영어를 배우기 위해 방학동안 오픈하는 섬머스쿨(Summer School)을 등록한 상태이므로 시간상 도저히 자유여행을 할 수 없어 패키지여행을 선택하였다.

 나는 미국의 서부하면 영화에서 보던 총잡이와 그랜드캐니언, 요세미티, 라스베이거스 정도로만 알고 있었는데 이 외에도 콜로라도 강이 흐르는 라플린이란 곳도 아름다웠다. 여행사에서는 5박 6일 동안 서부지역을 모두 보여주기 위해 일정 대부분을 새벽 4시에 출발하는 것으로 하여 오히려 우리가 자유여행을 하려고 계획했던 여행지보다 더 많은 곳을 볼 수 있도록 안내해주어 다행히도 우린 웬만한 서부지역 코스는 모두 관광하였다.

 빡빡한 스케줄에 따르다 보니 이동 도중 버스 안에서 여행객들이 졸기 시작하니 가이드는 잠광과 관광, 발광에 대해 우스개소리를 한다. 여행 내내 잠만 자면 잠광이요 여행 동안 제대로 보는 것이 참다운 관광이며 발광은 그야말로 발광이라며 기왕 비싼 돈과 어려운 시간을 내서 하는 여행인데 잠광은 억울하지 않겠냐며 발광은 아니라도 관광을 제대로 해야 한다고 말하며 조는 여행객을 깨우기도 했다. 이렇게 5박 6일을 관광한 여행사의 스케줄을 혹시 개인적으로 자유여행 시 참고할 수 있도록 여행사의 일정을 정리하였다.

가. 로스앤젤레스(LA-Los Angeles)

로스앤젤레스는 미국 캘리포니아 주에 있는 서남부의 항구도시이며 우리 교민이 가장 많이 살고 있는 도시로 알려져 있다. 우린 여행사를 통한 서부여행을 위해 미시간에서 LA로 이동하였다. 일찍 예약을 하지 못한 관계로 애리조나(Arizona)주 피닉스(Phoenix)를 거쳐 LA에 갔다. 그간 TV 등에서 LA 한인 타운에 대한 이야기를 많이 전해 들었는데 직접 가서 보니 정말 한국의 한 마을을 그대로 옮겨 놓은 듯했다. 곰탕, 설렁탕, 고향손칼국수, 쌈밥 등 한국말 상호가 그대로 LA에서도 사용되고 있었다. 더구나 LA 공항에서의 한국말 안내방송은 무척이나 정겹고 자랑스럽게 들렸다.

우린 서부여행 중 LA에서 30년 이상을 살고 있다는 교민들과 여행을 하면서 많은 이야기를 나누었는데 그들은 오랜 기간 한국을 떠나 있어도 조국에 관심이 갈 수밖에 없다며 제발 나라가 어려운 일이 있을 때 대통령을 심하게 나무라지 말란 당부를 했다. 외국에 나가면 모두 애국자가 된다고 하는데 그런 충정에서의 당부란 생각이 들었다.

나. US Route 66번 도로

미국에는 대륙횡단도로인 US Route 66번 도로가 있다. 이는 LA에서 시카고까지 8개 주를 거치는 도로인데 이는 미국이 경제공황을 겪을 무렵 이를 타개하고자 1926년도에 착공하여 1938년도에 완공되었다 한다. US Route 66번 도로가 통과하는 8개 주는 캘리포니아 주, 애리조나 주, 뉴멕시코 주, 텍사스 주, 오클라호마 주, 캔자스 주, 미주리 주, 일리노이 주이다.

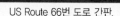

US Route 66번 도로 간판.

　　US Route 66번 도로는 법정도로명이 아니므로 미국 지도상에는 나타나 있지 않으나 미국 사람이면 누구나 다 알고 있고, 달리고 싶어 하는 꿈의 도로, 향수의 도로라고 한다. 루트 66번 도로는 『분노의 포도』를 쓴 소설가 존스타인 백(John Steinbeck)이 '엄마의 길(The Mother Road)'이라고 부른 미국 최초의 서부 횡단도로인데 길이는 총 3,943㎞라고 한다.

　　그래서인지 인터넷에서도 루트 66도로에서 찍은 사진이 많이 올라와 있고, 서부여행 시 통과하면서 들른 편의점에서도 US Route 66번 도로와 관련된 옷, 모자 등 각종 기념품을 팔고 있어 우리도 티셔츠와 액세서리 등을 샀다.

다. 캘리포니아(California) 주

캘리포니아는 1849년대 금광이 발견되어 이 금을 캐고자 본토사람들은 물론 유럽 등 세계 각지에서 사람들이 몰려와 살기 시작한 것을 계기로 현재는 미국 50개 주에서 가장 많은 인구가 살고 있다.

특히 캘리포니아 주에 있는 다뉴바(Dinuba) 시는 최초로 우리의 선조들이 하와이의 사탕수수밭에 2년의 계약으로 옮겨오게 되면서 한인의 이주 역사가 시작된 곳이다. 이 계약이 만료됨에 따라 선조 한인들은 하와이에서 다뉴바 시로 이주하여 살았다고 한다. 이곳에서 어렵게 살면서도 십시일반으로 임시정부수립을 위한 독립자금도 보태다 이곳에 묻혔다고 하는데 우리들이 이런 삶을 모르고 있는 듯해 너무 안타깝다며 이런 사실을 알게 된 이상 관심을 가져야 한다고 가이드는 설명해 주었다.

이런 내용을 인터넷에서 검색해보니 우리의 선조들이 1903년에 하와이에 첫발을 내디딘 후 처음으로 노동계약이 끝난 1905년 5월부터 본격적으로 본토 캘리포니아에 진입하여 다뉴바 시에 이주하였다고 되어 있고, 2012년도에서야 다뉴바 시에서 최초로 약 92년 전인 1920년 애국동포들의 눈물겨웠던 독립운동을 재현하였다고 uykim33님의 블로그에 나타나 있다.

외교부사이트에서도 2013년 3월 1일 다뉴바 시 부시장이 참석하여 독립기념행사를 하였음이 소개되어 있음을 보았다. 늦게나마 이민 선조부터 대대로 이어져오는 행사에 다뉴바 시에서도 관심을 갖고 지원한다 하니 우리 본국에서도 이에 대한 깊은 애정을 가졌으면 하는 생각을 하게 되었다.

라. 샌프란시스코(San Francisco)

샌프란시스코 전경.

앨커트래즈 섬.

샌프란시스코는 과거와 현재, 미래가 공존하는 도시라고 인터넷 등에서 소개되고 있다. 미국서부를 상징하는 금문교(Gold Bridge)가 있는데 이는 샌프란시스코 시민들이 성금을 모아 세웠다고 한다. 앨커트래즈 섬은 1861년 남북전쟁 당시 포로를 수용하다 이후 섬 근처에는 바닷물의 빠른 유속과 낮은 수온, 섬 주위에 상어가 서식하고 있어 탈옥이 불가능한 지리적 요건을 갖고 있어 장기복역수를 위한 수감시설로 활용했다고 한다. 이곳에서는 단지 3명만이 탈옥에 성공했다고 하는데 현재는 미국 인디언들의 교유·문화센터로 사용한다고 한다.

* 참조 US아주투어 2014 세계 일주를 위한 여행 길잡이
* 참조 프렌즈 미국 season 1(이주은 정철 강건우 지음)

금문교.

마. 라플린(Laughlin)

라플린은 콜로라도 강을 사이에 두고 네바다 주와 애리조나 주에 걸쳐 있다. 네바다 주는 최남단 콜로라도 강가에 위치하고 있으며 제2의 라스베이거스라고 가이드는 안내하였다. 우리도 콜로라도 강이 흐르는 휴양의 도시 라플린에서 하루를 숙박하였는데 평온함을 느낄 수 있는 그런 곳이었다. 저녁에 택시배를 타고 콜로라도 강을 돌아보는데 학창시절에 배운 콜로라도의 달 밝은 강이라고 생각하니 더욱 마음에 남았다. 콜로라도 강은 또한 서부의 물을 공급하는 서부의 젖줄이라고도 한다. 특히 라플린은 일조량이 많고 습기가 적어 현지인 은퇴자들이 선호하는 곳 중 하나라고 하는데 내가 미국의 거주자라면 한번쯤 고려해볼 만한 그런 장소였다.

바. 그랜드캐니언(Grand Canyon)

그랜드캐니언은 누구나 기회가 있으면 가고픈 여행지가 아닌가 싶다. 흔히들 "신은 그랜드캐니언을 만들고, 인간은 라스베이거스를 만들었다"고 한다. 그만큼 두 곳은 자연의 힘으로 되어 있던 인간이 만들었던 놀라운 결과물이라 생각되었다. 그랜드캐니언은 애리조나 주에 있다. 또한 애리조나 주에는 모뉴멘트밸리가 있다고 하는데 패키지일정에 때문에 못 봐서 아쉬웠다.

그랜드캐니언으로 가는 동안 넓은 모하비 사막을 한없이 지났다. 세계적인 명소 그랜드캐니언(Grand Canyon)은 크게 사우스림(South Rim)과 노스림(North Rim)으로 구분할 수 있는데 대부분의 여행객이 찾는다는 사우스림을 보았다. 특히 단층의 색깔이 다르고 협곡 사이로 콜로라도 강이 흐르고 있는데 지금도 나바호 등 인디언 부족들이 살고 있다고 하였다. 이곳은 직접

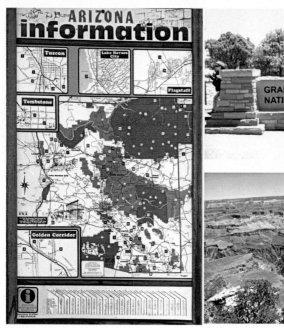

애리조나 주 인내판.　　　　　　　그랜드캐니언.

내려가기 어려운 곳이라 하여 경비행기 투어를 하였는데 경비행기 속에서도
그랜드캐니언 협곡의 웅장함을 느낄 수 있었다.

사. 브라이스캐니언(Bryce Cnyon)

미국 유타 주에 있는 브라이스캐니언은 2000년 전부터 인디언이 살고 있으며, 1874년 브네저 브라이스라는 목수의 이름을 따서 지어졌다고 하는데 암석이 마치 조각칼로 빚어 놓은 것처럼 아기자기하며 정교하다. 자이언캐니언이 남성적 느낌이라 비유하자면 브라이스캐니언은 여성적 느낌이다. 나도 이에 전적으로 동감하였다. 나는 그랜드캐니언, 자이언캐니언, 브라이스캐니언 중 가장 으뜸이 브라이스캐니언이라 생각되었다.

아. 자이언캐니언(Zion Cnyon)

자이언캐니언은 자연의 경외감을 느끼는 곳이라 하며 신의 정원이란 뜻을 가졌다고 한다. 1909년 국가유적지로 지정된 후 국립공원으로는 1919년 지정되었으며 가장 오래된 국립공원이라고 소개하고 있다. 미국은 터널을 구경하기 어려운데 자이언캐니언에는 손으로 직접 뚫었다는 카멜터널이 있다. 특히 그랜드캐니언이나 브라이스캐니언은 직접 가보기 어려워 전망대를 통해 바라보는데 비해 자이언캐니언을 직접 가까이 가서 바라보고 느낄

수 있어 대부분의 사람들은 자이언캐니언을 선호한다고 가이드는 말했다.

* US 아주투어 〈2014 세계 일주를 위한 여행 길잡이〉 참조

자. 라스베이거스(Las Vegas)

네바다 주에 있는 라스베이거스는 내가 이곳에 와 보기 전까지는 카지노가 많은 도박의 도시로만 알고 있었다. 그런데 카지노 외에도 컨벤션센터, 관광, 공연, 쇼 등 각종 위락시설을 갖춘 종합적인 도시란 생각이 들었다.

라스베이거스 신시가지에 베네치아호텔, 벨라지오호텔, 플라밍고호텔, 뉴욕뉴욕호텔, 플래닛 헐리우드호텔, 호텔왕 스티븐 윈이 세운 첫 번째 호텔 미라지호텔과 그의 이름을 따서 만든 윈호텔, 윈호텔과 같은 디자인으

로 1년 뒤에 지었다는 앙코르호텔 등이 있는데 라스베이거스의 호텔 대부
분은 세계적인 명소를 테마로 하여 지었기에 호텔투어 자체만으로도 관광
거리가 된다고 가이드는 말을 해 주었다.

가이드는 우릴 베네치아호텔로 안내했다. 베네치아호텔은 베네치아를 실
내에 그대로 옮긴 듯하였는데 인공적으로 만든 하늘이 무척이나 인상적이
었다. 그곳에서 각종 공연이 펼쳐지는데 아리아 한 곡을 들으면서 여행의
노곤함을 달랬다.

다음은 벨라지오호텔로 갔다. 벨라지오호텔은 예쁘게 꾸민 실내정원과 미
국에서 유명하다는 유리공예가 츄울리(Dale Chihuly)의 연꽃잎작품이 호텔천정
에 2천여 개가 장식되어 있는데 가이드는 이 연꽃잎 1개 값이 6백만 원 정도

라고 하니 그 작품 값만 해도 120억 원 정도이다. 그뿐만 아니라 야간에 행해지는 벨라지오호텔 앞에서 야간 분수 쇼는 장관 중의 장관이다.

마지막으로 라스베이거스의 구도시인 다운타운에 있는 전구쇼를 보았다. 우리나라의 재래시장 골목같이 보이는 천정을 모두 전구로 장식하였는데 이 전구를 이용해 7분간 보여주는 쇼가 장관이다. 더구나 이를 설치한 회사가 우리나라 기업 엘지(LG)이니 더 한층 뿌듯했다. 쇼를 보는 동안 한 모퉁이에 엘지의 로고가 있어 우리나라의 기업홍보도 톡톡히 한몫을 볼 것이란 생각이 들었다.

차. 요세미티(Yosemite)

요세미티는 미국 서부 3대공원(요세미티국립공원과 옐로스톤, 그랜드캐니언) 중 하나인데 캘리포니아 주에 있다. 1890년대 미국자연보호운동가 존 뮤어가 발견하였다고 소개하고 있으며 해빙기의 시작으로 물이 녹아 폭포와 호수가 생겨난다고 하는데 크고 작은 폭포가 많다고 한다. 나는 미국에서 가장 높다고 하는 요세미티폭포와 면사포폭포를 보았다. 빙하가 흐른 곳은 U자 모양의 계곡이 생기는데 요세미티는 U자 모양을 이루고 있어 빙하의 침식작용으로 만들어진 계곡임을 입증하는 것이라고 가이드는 설명을 해주었다. 다행히도 우린 5월 중순에 관광을 한 터이라 그 폭포에 물이 많아 보기 좋았다.

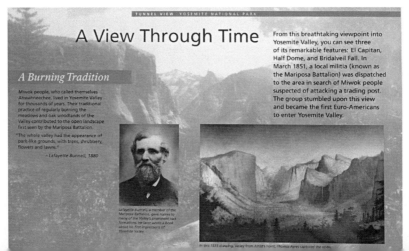

카. 시애틀(Seattle)

시애틀은 캐나다와 국경을 가까이하고 있는 미국 북서부지역에 위치하고 있다. 스페이스니들(Space Needle) 등의 관광명소 외 시애틀에는 4가지 유명한 것이 있다고 한다. 세계 최대항공기회사인 보잉사(Boiing)와 컴퓨터 소프트웨어 회사인 마이크로소프트(Microsoft), 유리공예가 츄울리(Chully), 그리고 우리나라에서도 잘 팔리고 있는 원조 스타벅스(Starbucks) 커피 1호점이 있다.

스타벅스의 창업자 하워드 슐츠(Howard Schultz)가 이탈리아의 낭만적인 거리와 행복한 사람들로 가득 찬 작은 카페를 상상하며 향기를 넣은 커피를 만들었는데 이는 미국의 밋밋한 이전 커피와는 다른 맛이었기 때문에 유명해지기 시작했다고 가이드는 설명하였다. 또한 시애틀의 주말은 크루즈데이라고도 한다고 한다. 알래스카로 떠나는 크루즈가 시애틀에서 출발하고 도착하는데 대부분 주말에 출발하고 도착하기 때문에 붙여진 이름이라고 한다.

시애틀크루즈.

알래스카를 위한 크루즈는 항상 시애틀에서 출발하여 시애틀로 돌아온다 우린 크루즈에서 내린 날 파이크플레이스마켓(Pike Place Market)에 있는 스타벅스 1호점에 들러 30분 이상 줄을 서서 커피맛을 보았는데 가게 입구에 '1912'라고 쓰인 숫자가 원조 1호점의 역사를 가리키는 것 같아 오래 기다리면서도 지루하지 않았다. 맛있다고 소문난 러시아 만두집(Piro Shky)에서 고기만두의 이국적인 맛도 보았고 시애틀의 명소 중의 명소라고 하는 재래시장(Public Market)에 들러 오랜만에 생굴을 사먹는 등의 호사도 누려 보았다.

시애틀 재래시장.   러시아 만두집.

* 프렌즈 미국 season 1(이주은, 정철, 강건우 지음) 참조

타. 그 외 솔뱅, 칼리코

애리조나 주 모하비사막에 바스토라는 작은 도시가 있다. 이곳에 서부민속촌이라고 불리는 곳은 칼리코(Calico)인데 폐광 은광촌이라고 한다. 이곳은 광부들이 일을 마치고 한잔하던 술집 등을 그대로 재현하고 있어 낭만적인 느낌이 좋았는데 칼리코의 잔재가 지금까지 내 마음에 남아 있다.

　솔뱅(Solvang)은 미국 내 덴마크민속촌으로 불리는 곳인데 태양 볕이 드는 전원이라는 뜻이라고 한다. 미국 캘리포니아 주 샌타바버라카운티에 있는 작은 도시로서 LA에서 101번 도로를 따라 160마일 정도 달리면 만날 수 있는 곳이다. 거리는 덴마크상징의 풍차가 있고 십자방향으로 있는 예쁜 상가에서는 아기자기한 물건들을 팔고 있는데 나는 이곳에서 구두와 모자를 샀다.

8. 알래스카(Alaska)

미국의 49번째 주인 알래스카 주는 앤드
류존슨(Andrew Johnson) 대통령 집권 당시
1867년도에 소련으로부터 720만 달러($7.2
million)를 주고 구입하였다고 한다. 우리는
이러한 알래스카를 한국에 돌아가면 다시
가기가 쉽지 않다고 판단하여 서부지역의

노르웨지안 크루즈.

자유여행계획을 여행사의 패키지여행으로 바꾸는 대신 알래스카의 크루즈
여행(Cruise)을 추가하였다. 우린 노르웨지안 펄(NORWEGIAN PEARL)의 크루즈
여행을 하였는데 이는 배에서 7박 8일 동안 먹고 자는 그야말로 힐링투어 그
자체였다. 2일에 하루 정도는 뭍에 내려 관광을 하도록 해 주었는데 맨 처음
알래스카의 주도 쥬노(Juneau)에 들러 멘델홀 빙하와 금세기의 마지막 빙하 글
레시아베이(Glacier Bay)를 보았다. 우린 빙하를 직접 눈으로 보면서 지구의 온
난화가 얼마나 심각한가를 생각했다. 우리가 보고 있는 순간에도 거대한 빙
하는 계속 깨져 바다로 흘러내리고 있음을 목격하였던 것이다.

아이스버그.

스케그웨이.

두 번째는 스케그웨이(Skagway)라는 곳에 우릴 내려 주었다. 스케그웨이
란 클링족의 언어로 '북풍의 집'이란 뜻을 가지고 있다고 한다. 또한 스케그
웨이는 1889년 금광석이 발견되면서 탐험가들이 금광을 찾아 몰려들었다
고 하는데 그래서인지 스케그웨이 시내에는 유난히 다이아몬드 등 쥬얼리
상가 등이 많았으며 관광객들 대부분이 목걸이 등을 구입하였다. 또한 광
부들이 금광의 꿈을 찾아 헤맸다던 고도 873m(2,865피트)의 계곡을 화이트
패스(White Pass Summit) 관광기차로 돌아보며 알래스카의 자연을 보았다.

화이트패스 기차.

또한 케치칸(Ketchikan)에서는 삭스만 원주민마을을 둘러보았는데 예술조각가들이 토템을 조각하여 마을에다 세워둔 모습이 마치 우리나라의 장승과 같아 보여 친근감이 있었다.

끝으로 배는 캐나다 밴쿠버 섬 빅토리아에 정박하여 우리에게 부차트정원(Butchart Garden)을 돌아볼 시간을 주었다. 제니 부차트 여사와 그녀의 남편 로버트 핌 부차트 씨가 인근 포틀랜드 시멘트공장에 공급하기 위해 채굴되었던 석회암채석장을 아름답게 꾸며놓아 현재는 이 정원을 보기 위해 관광객이 오기 시작하였다고 한다.

영어라는 토끼는 잡았을까?

미국에서 사는 동안 잡아야 할 2마리의 토끼가 있다면 그것은 영어와 여행이다. 여기에 하나를 추가하자면 골프다.

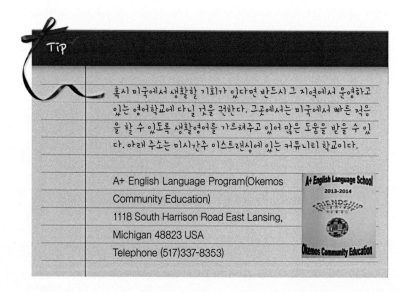

TIP

혹시 미국에서 생활할 기회가 있다면 반드시 그 지역에서 운영하고 있는 영어학교에 다닐 것을 권한다. 그곳에서는 미국에서 빠른 적응을 할 수 있도록 생활영어를 가르쳐주고 있어 많은 도움을 받을 수 있다. 아래 주소는 미시간주 이스트랜싱에 있는 커뮤니티 학교이다.

A+ English Language Program(Okemos Community Education)
1118 South Harrison Road East Lansing, Michigan 48823 USA
Telephone (517)337-8353)

늘 일만 하던 내가 미국에서 어떻게 시간을 보내야 하나 고민이 되었는데 그것은 쓸데없는 기우였다. 오전에는 커뮤니티에서 운영하는 ELS(English Language School)에서 영어를 배우고 오후에는 저렴하게 운영하고 있는 골프장에서 운동을 했다.

이 교육제도는 미국에 장기 거주를 하고 있는 외국인에게 영어, 문화 등을 알게 하여 미국생활에 빨리 적응할 수 있도록 도와주는 교육 시스템이라고 볼 수 있다. ELS에서는 테스트를 통해 공부할 반을 정해준다. 학교 측에서는 내게 중급반에서 공부할 것을 권하였으나, 영어회화가 자신이 없어 첫 학기는 기초반(Beging Class)에서 시작하였다.

기초반은 나를 포함하여 총 11명의 학생이 있었다. 수업은 오전 8시 30분에 시작하여 11시 30분에 마친다. 우리 반 선생님은 밴 하센져(Ben Hassenger)였다. 밴은 남자 선생님인데 나보다 1살이 많았다. 한국에서 영어를 가르친 경험이 있었다며 내게 친절히 대해 주었다. 또한 그는 음악을 아주 좋아하며 특히 우쿨렐레를 잘 켰다. 결국은 다음 학기에 우쿨렐레와 관련한 일을 하기 위해 학교를 그만두었지만 일주일에 한 번 우리에게 우쿨렐레를 가르쳐주기 위해 학교에 오셨기에 나도 덕분에 우쿨렐레를 배워 간단한 미국 전통팝송 몇 곡을 우쿨렐레와 함께 배웠다.

오랜만에 하는 영어가 낯설기도 했지만 재미도 있었다. 특히 스위스에서 온 비에라 할머니와는 많은 이야기를 하였다. 비에라는 우리 엄마뻘인 83세였는데 56년생 아들과 둘이 살고 있다며 아들 이름은 데이비드라고 하였다. 아들은 MSU대학의 교수인데 남편을 하늘로 보낸 뒤 아들이 있는 이곳에 오게 되었다고 하였다. 우리 반은 기초반이라 나와, 비에라, 압달라 외에는 영어를 읽고 쓰는데 서툴렀다. 나는 쓰고 읽는 것은 대충 되는데 말은 잘 못하는데 반하여 다른 친구들은 말이 그럭저럭 되는데 읽고 쓰는 것을 어려워했다. 그런데도 여러 나라 친구들과 몇 안 되는 단어로 의사소통(small talk)을 하는 휴식시간이 즐거웠다.

미국에서는 나이가 많으나 적으나 같은 환경에 있으면 친구(Friend)라 한다. 물론 11명의 학생은 나라도 다르고 나이도 각기 달랐다. 나이가 50대 이상은 스위스에서 온 비에라, 이란에서 온 샤디 그리고 나를 포함한 3명이 었으며 나머지는 20~30대였다. 그들이 처음에 내 이름을 부르며 친구라고 부를 때 무척이나 어색했고 적응이 되질 않았다. 처음에 나는 친정엄마뻘인 비에라에게 감히 친구라는 말은 하지 못하다 이곳에 사는 동안은 이곳의 문화를 따라야 한다고 생각을 바꾼 뒤부터 조심스럽게 이름을 불렀다.

10월 31일은 미국의 전통 휴일인 핼러윈데이(Halloween day)라고 하는데 이날에는 노란 호박을 속을 파낸 뒤 눈, 코, 입을 만든 호박등(Jack-O'-Lantern)을 집 앞에 장식을 하는데 우린 팀별로 만들어 호박등을 만들고 펌킨파이도 만들어 보았다. 나는 처음으로 이국땅 낯선 행사에 참가하면서 첫 학기에 외국인 친구들과 자연스럽게 생활하는 법을 배웠다. 참 좋은 친구들이었다.

이곳 학교에서는 처음 이민자 또는 외국인이 미국에 조기 적응을 하도록 미국의 일반적 생활문화, 기초영문법 등 생활영어를 가르친다. 학기 중에는 3회 정도 현장학습(Fields Trip)이 있는데 이때는 학교의 모든 반이 함께 움직인다. 첫 현장학습은 평범한 미국인이 사는 모습을 보여주는 홈비지팅(Home Visiting)이었다. 인솔교사 1명과 학생 7~8명이 그룹을 지어 미국의 일반가정집을 방문하는 현장학습인데 우리 팀은 내가 살던 아파트와 가까운 거리에 있는 바브 소여(Barb Sawyer-Koch's House)의 집을 방문하였다. 미국의 현지인이 어떻게 살고 있는지 궁금하였는데 이런 현장학습을 통해 잘 알게 되었다.

홈 비지팅은 우리가 도착하면 호스트(Host)는 집안 전체를 안내해주었고 다과와 차를 마련하였다. 내가 방문한 집의 주인(Host and Hostess)은 미시간주립대학에서 오랫동안 근무하고 있는 교수댁이었다. 그래서인지 집안에는 많은 책이 눈에 띄었고 LP레코드판이 무척이나 많았다. 물어보니 약 4천 장이 넘는다고 하였다.

집에 한국 병풍 등 우리나라의 옛 물건 여러 점이 눈에 띈 것이 인상적이었다. 나는 한국에서 왔는데 어떻게 한국 병풍이 있느냐? 한국을 아느냐고 물으니 13살 된 한국 아이를 입양하여 키웠다고 했다. 지금은 30살이고 현재는 캐나다에서 유치원 교사를 하고 있다고 친절하게 설명을 해주며 대구를 가보

있기 때문에 한국을 조금은 알고 있다고 하여 그 집의 기억이 많이 남았다.

두 번째 현장학습은 미시간에서 현재 활동 중인 미술가 해젤 리지(Hazel Ridge)의 작업실과 갤러리를 방문하였다. 그는 자연을 사랑하여 올빼미 등 동물과 대화를 할 정도로 동물을 사랑한다고 말하였다. 부인도 그림을 그린다고 하는데 갤러리가 무척이나 예뻤다(사진 참조). 특히 남편은 올빼미와 대화를 하는 등 자연과 어우러져 사는 모습과 느낌을 그림으로 그리고 글로 쓰고 있다며 꽤나 두꺼운 노트 2권을 우리에게 보여주었다. 삽화를 넣어 그날그날 동물과 주고받은 느낌을 적은 노트였다. 그것에 매료되어 나도 내가 미국에 사는 동안 좌충우돌 경험담을 써야겠다고 결심하게 되었다. 이런 과정을 거치면서 나의 한 학기가 끝났다.

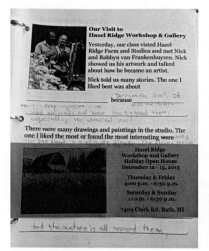

헤젤 리지 초대장과 갤러리.

2013 Begining Class(Ben Hassenger)

번호	구분 (section)	이름(name)	나라(country)	비고(note)
1	Teacher	벤(Ben)	미국(U.S.A)	
2	Volunteer	샤롯(Charlotte)	미국(U.S.A)	자원봉사선생님
3	Student	마리아(Segac Maria)	수단(Sudan)	
4	"	모아힙(Mwuhib)	수단(Sudan)	
5	"	압달라(Abdullah)	사우디아라비아 (Sandi Arabia)	
6	"	수디(Sucdi)	소말리아(Somalia)	
7	"	샤갈(Sagal)	소말리아(Somalia)	
8	"	비에라(Vera)	스위스(Swizerland)	
9	"	샤디(Shadi)	이란(Iran)	
10	"	화리스(Faris)	이란(Iran)	
11	"	리얀(Reyan)	이라크(Iraq)	
12	"	루디나(Rudina)	시리아(Syria)	
13		임경순(Kyeong Soon Lim)	한국(South Korea)	

　밴 선생님은 사우디아라비아 친구 압달라와 내게 상급반으로 갈 것을
권하여 두 번째 학기에는 중급반(Intermediate)으로 옮겼다. 중급반에서는
기초반보다 영어회화뿐만 아니라 미국역사, 문화, 교육시스템 등을 좀 더
심도 있게 가르쳐 주었다. 특히 학교에서 매달 무료로 주는 영어신문(Easy
English News)은 미국을 이해하는 데 많은 도움을 받았다.

　중급반 선생님은 이솔데(Isolde Jamison)인데 여자 선생님이었다. 두 번째
학기에는 남편도 내가 다니는 학교가 괜찮게 보였는지 미시간주립대학 과
정을 병행하면서 같은 반에서 공부를 하였다. 중급반은 기초반보다 학생

중급반.

수가 많았다. 등록한 학생은 20명이 훨씬 넘었지만 학교에 나오는 학생은 대략 18명 정도였다. 중급반에는 남편과 나를 포함해 한국 학생이 모두 4명으로 한국 학생 수가 가장 많았다. 그래서인지 이솔데 선생님도 우리나라에 많은 관심을 보여주었으며 우리 부부는 가끔 이솔데와 점심식사를 하였는데 이솔데 선생님은 미국의 생활상에 대해 많은 이야기를 해주었고 이런 인연으로 우리는 한국으로 돌아온 뒤에도 가끔 메일을 주고받는다.

중급반에서의 첫 번째 필드트립(Fields Trip)으로 미시간 주의 주도 랜싱에 있는 의사당(Michigan's state Capitol Building)을 방문하였다. 미시간주의사당은 1879년도에 지은 뒤 1992년도에 리모델링을 하였다고 하는데 미국에 있는 의사당은 미시간주의사당을 비롯해 건물이 대부분 비슷하며 아름답다. 의사당 건물 안벽에는 그간 미시간주지사를 지낸 주지사들의 사진이 전시되어 있었다. 이중 포드 대통령의 미시간주지사 시절의 사진도 보였으며, 특히 1947년도부터 1948년까지 주지사를 지낸 KIM SIGLER의 한국식 이름이 눈에 띄었다. 혹시 한국 사람일지도 모른다는 생각에 사진을 찍고 메모를 해두었다.

두 번째는 이스트랜싱과 접한 오케머스에 있는 초등학교(Hiawatha Elementary School)를 방문했다. 미국 초등학교의 시설과 아이들이 공부하는 교실에서 일일 체험을 할 수 있는 행사였는데 우리가 학교에 도착하니 이미 학생들이 현관에서 우릴 기다리고 있었다. 그중 한 여학생이 한복을 곱게 입고 맞이하여 기분이 더욱 좋았다.

이러한 행사를 인터내셔널페어(International Fair)라고 한다. 우리는 4학년(Forth Grade) 교실을 방문하였는데 우리 1명 당 초등학생 2~3명이 학교의 도서관, 체육관 등 이곳저곳을 안내해주었다. 나를 안내한 학생은 시스틴과 에쉬카(Sistine, Eshika)였다.

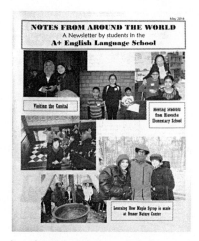

교실에는 커다란 모니터에 하루의 수업스케줄을 보여주고 있었다. 교실에 들어가니 학생들은 우리에게 할 질문지를 준비하고 있었는데 내게도 미국은 언제 왔느냐 등 15개 정도의 질문을 하였다. 또한 학생들이 연극, 체육 등의 수업을 하는 모습을 보았는데 연극 지도를 하는 학생이나 선생님의 모습이 인상적이었다. 또한 그들이 이용하는 도서관, 체육관 등을 살피는 공식적 행사를 마치고 나니 식당에는 이미 간단한 다과회(Dry food)가 마련되어 있었다. 이 음식은 오늘 행사를 위해 학생들이 직접 집에서 마련한 것이라며 설명한 뒤 나를 안내한 시스터와 에쉬카도 음식을 만들었다며 직접 만든 쿠키를 내게 주었다.

이에 보답으로 우리학교 ELS에서도 이들을 위한 행사준비를 하였다. 각 나라별로 부스를 만들어 자신의 나라를 소개하도록 하는 것인데 다행히도 이 행사는 다른 반까지 함께 하는 것이므로 한국 학생이 모두 11명이었으므로 다른 나라보다 인원이 많아 한국관을 만드는데 수월했다. 한국관에서는 우리나라의 옛것과 현대의 모습을 함께 보여주며 제기차기 등은 우리가 시범을 보여준 뒤 학생들이 직접 하도록 하니 더욱 재미있어 했다. 특히 싸이의 강남스타일은 모든 학생들이 안다고 하여 음악과 함께 말춤을 추었는데 이곳에서도 한국을 알도록 한 것이 자랑스러웠다.

나는 우리나라 학생 중 가장 나이가 많은 이유로 미국 초등학생들 앞에서 우리나라를 소개하고 인사법도 알려주는 영광스러운 기회를 가졌다. 또한 나는 밴 선생님께 틈틈이 배운 우쿨렐레로 어설프나마 그들 앞에서 공연을 하는 영광을 가졌다.

세 번째 현장학습은 3월 20
일, 이 지역의 특산물인 메이플시
럽(Maple syrup)축제가 있어 그곳
(Fenner, Nature Center)을 방문하였다.
우리나라의 고로쇠 물과 같이 슈
가 단풍나무에 구멍을 뚫어 물통
을 매달아 수액을 받고, 이렇게 받
은 수액을 열을 가해 시럽을 만드
는 것인데 슈가 단풍나무는 캐나
다와 미시간에서만 유일하게 서식

하고 있어 메이플시럽이 이 지역의 특산물이라고 한다. 우리나라의 조청을
만드는 과정과 많이 흡사하며 다만 많은 양의 단풍수액에서 얻어내는 시
럽의 양이 적은 관계로 값은 비싼 편이다. 메이플시럽은 우리나라에는 없는
것이어서 이 시럽으로 만든 솜사탕의 맛도 보고 시럽도 몇 통 샀다.

마지막 현장학습은 2014년 5월 7일 미시간박물관에 가도록 되어 있었는
데 그날은 한국에서 온 아들을 픽업(Pick up)하느라 참석하지 못해 많이 아
쉬웠으나 미시간박물관에 있는 자동차의 역사에 대해서는 이미 디트로이트
에 있는 포드박물관을 다녀온 터이라 아쉬움은 덜했다.

2014년 5월 14일, 드디어 지난해(2013. 10. 14)부터 다닌 학교(A+English
Language School)의 프로그램에 따라 모든 과정을 수료했다는 수료증
(Certificate of Participation)을 받았다. 특이한 점은 수료증을 주면서 그 학생
의 출석률을 발표한다는 것이다. 그리고 출석률에 따라 주는 상품도 다
르다. 나는 94% 출석을 하였음을 알려주었다. 그동안 4일의 결석이 있었

다. 2차례 가족의 방문으로 여행을 안내하기 위해 부득이하게 결석했다. 이날(Certificate Day)행사 시 모든 선생님, 학교관련자, 전체 학생들은 각자가 준비한 음식(dish to pass, Food or drink to share)으로 식사(Luncheon)를 하였다. 그동안 배운 영어로 많은 이야기(Small Talk)를 하면서 석별의 정을 나눴다. 사람의 정은 서양이나 동양이나 모두 같은

파트락파티 초대장.

것 같다. 지난 해 추수감사절에도 우리 반에서 직접 만든 펌킨파이(Pumpkin Pie)와 참가한 학생들이 가져온 음식으로 파트락(Potluck)파티를 하였다. 타국에서 경험한 즐거운 파티였다.

수료식 안내문.

나의 Certificate of Participation(수료증).

미국에서도 한 학기를 마치는 마지막 날에는 우리나라에서 책거리를 하듯 함께 식사를 한다. 우리 반은 다음날 인근 카페테리아에서 더치페이로 브런치 타임을 가졌다. 이번 학기를 마치고 우리와 같이 자기네 나라로 돌아가는 학생이 있는가 하면, 다른 학교(LCC 등)로 옮기는 사람도 있어 이 브런치 타임은 아쉬운 이별의 시간이기도 하였다. 서로 사진을 찍어주고 서툰 영어로 이별인사를 하며 미국에서의 우리의 공식적인 학교생활을 끝냈다.

2014 Intermediate Class(Isolde Jamison)

번호	구분 (Section)	이름 (Name)	나라 (Country)	비고 (note)
1	Teacher	이솔데(Isolde)	오스트리아(Austria)	
2	Student	징따오(GU Jingtao)	중국(China)	
3	〃	홍(Hongchen)	중국(China)	
4	〃	딜다르(Dildar)	중국(Xin Jang)	
5	〃	디엪(Diep)	베트남(Vietnam)	
6	〃	압달라(Abdullah)	사우디아라비아(Sandi Arabia)	
7	〃	타티아나(Tatiana)	브라질(Brazil)	
8	〃	엘리아나(Eliana)	브라질(Brazil)	
9	〃	와히드(Waheed)	수단(Sudan)	
10	〃	로자나(Rosana)	아르헨티나(Argentina)	
11	〃	파티마(Fatima)	레바논(Lebanon)	
12	〃	쥬리(Yury)	콜롬비아(Colombia)	
13	〃	모하메드(Mohammod)	이란(Iran)	
14	〃	민트(Mint)	태국(Thailand)	
15	〃	킨하센(Kin Hussein)	소말리아(Somalia)	
16	〃	전명진(Jean Myung Jin)	한국(South Korea)	
17	〃	김유정(Kim You Jeng)	한국(South Korea)	
18	〃	임경순(Lim Kyeong Soon)	한국(South Korea)	
19	〃	허순강(Soon Kang Her)	한국(South Korea)	

여행은 운전이다

사람들은 기념일이거나 인생의 전환점 등에 있을 때 여행을 선택한다. 한국에서의 여행은 서울에서 부산 끝자락까지 이동한다 하여도 자동차로 4~5시간 정도면 갈 수 있다. 통상 서울을 출발지로 볼 때 부산이나 속초는 한국에서는 모두 장거리 여행에 해당된다. 우리 부부는 한국에서 종종 자동차로 여행을 하면서도 여행을 운전이라고 생각하지는 않았다. 그러나 미국은 다르다.

미국은 주에서 주를 이동할 때에 대중교통이 만만치 않다. 그래서 대부분 직접 자동차로 움직이거나, 비행기를 이용한다. 비행기로 여행을 하는 경우 시간을 벌 수 있는 장점이 있지만 현지에서 자동차를 렌트하여야 하는 번거로움이 있다. 렌트하지 않게 되면 이동이 불편하고 낯선 식사를 모두 사먹어야 하는 번거로움도 있다. 그러나 자동차로 자유여행을 하게 되면 운전을 직접 해야 하는 피로감은 있지만 여행비용도 적게 들고 구간 이동이 편리할 뿐만 아니라 미리 준비한 한국 음식재료로 숙소(Inn)에서 직접 취사를 할 수 있어 한국 음식 맛을 보며 여행할 수 있는 장점이 있다.

미국을 자동차로 여행하면서 느낀 점은 뉴욕이나 시카고 등 대도시 일부를 제외하고는 노 트래픽(No traffic)이다. 교통 혼잡이 없어 오히려 제한속도를 초과할 것을 걱정해야 하므로 이런 경우 자동차의 크루즈기능을 활용하여야 한다.

내가 살던 이스트랜싱에서 가장 가까운 도시는 디트로이트와 시카고다. 디트로이트까지는 약 60마일 정도인데 자동차로 약 1시간 30분정도 걸리며, 시카고까지의 거리는 203마일(320㎞)이 조금 넘는 거리인데 자동차로 보통 5시간 정도 소요된다. 시카고까지의 거리는 대략 서울에서 부산까지의 거리에 해당된다. 사정이 이러하니 랜싱에서 남부여행을 자동차로 움직이려면 2주 정도는 잡아야 하고, 서부여행은 보통 1개월을 잡아야 한다고 이곳 한인들은 말한다.

지난 연말에 우리도 자동차로 남부여행을 하였는데 정말 대충 돌아보는 데도 약 2주일이 소요되었다. 우리가 2주 동안 남부여행을 하면서 통과한 주가 12개 주이며 대략 5,100마일(8,160㎞)을 운전하였다.

〈통과한 주〉

미시간(Michigan) → 인디아나(Indiana) → 일리노이(Illinois) → 미주리(Missouri) → 알칸사스(Arkansas) → 미시시피(Mississippi) → 앨라배마(Alabama) → 플로리다(Florida) → 조지아 (Georgia)→ 테네시(Tennessee) → 켄터키(Kentuckey) → 오하이오(Ohio) → 미시간(Michigan)

이 운전 거리를 계산해 보면 하루 평균 이동거리는 보통 425마일(약670㎞)이었다. 미주리 주에 있는 서부의 관문이라는 게이트웨이아치를 관광하고 뉴올리언스로 가기 위해 미시시피 주로 이동하였는데 이 구간에서는 나의 영어무지로 하루 동안 무려 900마일을 운전해야 했다. 900마일을 킬로미터(㎞)로 환산하면 1,440㎞이다. 서울에서 부산까지 거리를 430㎞보고 환산해 본다면 부산까지의 편도길 3회에 해당되는 거리이니 영어의 무지로 손발이 무지막지 고생한 것을 알 수 있다.

다음 날도 내비에 뉴올리언스에서 마이애미까지를 입력해보니 거리가 630마일이었다. 사실 630마일 자체도 먼 거리이긴 하지만 내비에서 보여주는 거리가 실제거리인 줄 알고 전날 900마일도 운전하였는데 이쯤이야 하고 부담 없이 출발하였다. 가는 도중 주유를 하면서 남은 거리를 확인해보니 출발 시 보여준 거리보다 훨씬 이동거리가 늘어났다.

구글에서 제공하는 거리는 직선거리를 보여주는 것이나 실제 운전 거리는 목적지까지 도로가 직선도로가 아니기 때문에 실제거리는 보통 이보다 더 많을 수밖에 없다. 마이애미까지 거리가 내비에서 630마일이었는데 실제 운전 거리는 910마일을 운전한 것으로 되어 있었다.

이후부터 우리 부부는 여행지를 이동할 시는 구글거리(Google distance)인지 리얼거리(Real distance)인지를 구분하게 되었다. 누구라도 내비게이션에서 보여주는 거리를 믿고 운전계획을 잡으면 낭패를 볼 수 있다. 특히 서부지역의 여행계획을 잡았다면 더욱 이를 고려해야 한다. 내비가 보여주는 거리는 직선거리이며 실제거리는 그보다 더 많다는 것을 우리도 고생을 하고서야 알게 된 것이다.

경험상 구글거리와 리얼거리는 도로가 직선이냐 굽었는지에 따라 보통 20%에서 심지어는 40%까지 차이가 났다. 이날도 우리가 도착한 시간은 밤 11시 55분이었다.

구글거리와 리얼거리는 별개란 사실을 남부여행을 마치고 알았다. 더구나 미국은 거대한 대륙의 나라이므로 주에서 주로 이동하기 위해서는 장거리 운전이 필수적이므로 미국의 여행은 운전이라고 감히 말할 수 있다.

무지하면 주마다 내비가 필요하다?

　한국에서는 해외여행을 하려면 대부분 여행사를 통하지만 미국에 사는 동안에는 직접 여행스케줄을 짜서 여행을 떠난다. 여행 중에 숙소를 예약하며 다음 여행지로 가야 하니 내비는 필수다.

　우리도 맨 먼저 어퍼미시간에 다녀왔다. 익스피디아 사이트(Expedia Site)를 통해 숙소를 예약하고 그 숙소주소를 내비에 찍고 출발하니 아무리 낯선 지역이라도 걱정이 없었다. 내비는 운전 정보이외에도 도착예정시간, 이동거리를 보여주기 때문에 낯선 이국땅을 이동하는데 필수다. 더구나 우리와 같이 영어가 약한 사람에게는 한국말까지 지원되니 금상첨화다. 더구나 내비는 국경을 넘어 캐나다까지도 지원이 잘 되므로 첫 국경 나들이인 나이아가라폭포도 잘 다녀왔다.

　이런 경험으로 남부여행 기간 약 2주간 머무를 도시와 갈 곳을 일사천리로 계획을 잡았다. 그런데 출발 시부터 문제가 발생했다. 목적지를 입력해도 내비가 말을 듣지 않는 것이다. 예전에 어퍼미시간이나 캐나다의 나이아가라폭포를 여행할 때에는 목적지를 입력하면 바로 거리를 계산하여 예상이동거리 및 시간정보를 보여주었는데 갈 길도 먼 남부여행의 첫 도착지 세인트루이스를 입력하자 목적지를 찾지 못한다(not found)는 메시지만 보여주었다. 이미 다음 도착지까지 숙소를 모두 예약해 두었는데 첫 목적지를 찾아내지 못하니 당황하지 않을 수 없었다. 이를 어쩌지? 내비의 환경설정이 모두 영어로 되어 있고 타고난 기계치이므로 무엇이 잘못된 것인지 고장이 난 것인지 알 수가 없었다. 캐나다 여행 시에는 아무런 말썽이 없었기 때문에 처음에는 내비가 고장이 난 것으로 생각하였다.

시간이 자꾸 지체되니 남편은 내비 없이 우선 시카고까지는 갈 수 있으니 시카고 근처에서 다시 입력해보자고 했다. 거기서도 안 되면 시카고에 있는 베스트바이(BEST BUY: 미국의 전자제품상가)를 찾아 내비를 다시 사자고 했다. 그렇게 우왕좌왕 하는 동안 출발시간이 1시간이나 지연되었다. 시카고 근처 주유소에서 다시 세인트루이스(St. Louis)를 입력하였는데 내비의 결과는 마찬가지였다. 이제는 별 수 없이 내비를 사자며 쉼터(레스트에리어 - rest Area)에서 차를 세웠다. 미국은 대부분 우리나라와 같은 고속도로휴게소개념이 아니다. 단지 이곳에서 급한 볼일을 해결하고 자판기에서 간단한 음료나 스낵을 살 수 있도록 되어 있는데 이곳에서 내비의 환경설정에 들어가 이곳 저곳을 살펴보았다.

이리저리 살펴본 결과 내비에 목적지를 입력할 때 그 목적지의 주소를 입력한 후에 다시 주소창에서 해당 주(State)를 입력해야 함을 알게 되었다. 그래서 이번에는 내비에 게이트웨이아치를 입력하고 해당 주인 미시시피 주(Mississippi)를 입력하니 내비는 정말 우리가 원하는 정보를 보여 주었다. 남편은 이렇게 해내는 나를 보고 대견하다 했다.

우리의 무지로 여행할 주마다 매번 내비게이션을 살 뻔했다. 다행히도 이런 사실을 내가 중간에 알아내어 우리가 계획한 여행지를 무사히 다녀왔기에 여행도중 다른 주로 이동할 때마다 남편에게 여기서도 내비를 사야겠네 하며 놀려대는 여유까지 부렸다.

TiP   미국에서 장기여행 중 쉬는 공간

1. 미국에서는 우리나라와 같이 고속도로에 대부분 휴게소가 없다. 다만 레스트에리어 혹은 주와 주가 바뀌는 입구에 있는 방문자센터(visitor center) 또는 웰컴센터(wellcome center), 서비스센터(Service center), 주유소, 패스트푸드점 등에서 화장실을 이용하거나 커피 등을 마실 수 있다.

2. 레스트에리어(Rest Area)는 장거리 여행자에게 꼭 필요한 곳이다. 깨끗한 화장실과 자판기(Bending Machine)가 있어 간단한 스낵과 음료수를 살 수 있고, 물 마시는 곳(water fountain)이 있고, 푸른 잔디밭에 마련해 놓은 피크닉 테이블이 있고 애완견을 운동시키는 곳까지 마련하고 있어 훌륭한 쉼터다.

3. 동부, 서부, 남부, 북부를 여행 중 우리나라 고속도로의 휴게소와 같은 곳은 마이애미로 가는 도중에 있던 서비스플라자(Service Plaza)라는 곳이 유일했다.

가족들의 방문

나는 외국에 친척이 살고 있다면 외국에 가보고 싶다는 막연한 공상을 한 시절이 있었다. 그런데 내가 미국에서 살게 된 것이다. 우리가 미국에서 사는 동안 두 차례의 가족방문이 있었다. 첫 번째는 언니, 막내올케, 쌍둥이 조카 등 여자 4명이 3주간을 머물다 갔고, 두 번째는 아들이 다녀갔다. 언니는 내가 직장생활을 잘할 수 있도록 나의 아들을 돌봐주어 늘 고마운 마음이었고, 막내올케는 한국에서 같은 아파트 단지에서 살면서 정을 주고받은 사이다. 더구나 쌍둥이 조카딸들은 올케도 일을 하고 있던 터이라 미국오기 전까지 거의 매일 아침 동생과 어린이집에 등원시켜주었기 때문에 정이 흠뻑 들었다.

그런 가족이 방문한다니 무척이나 반가웠다. 더구나 그때는 내가 미국생활에 조금 익숙해질 무렵이라 쌍둥이 조카들의 재롱이 눈앞에 삼삼했다. 2014년 3월 14일은 언니가 도착하는 날이라 우리 부부는 디트로이트 공항으로 마중을 나갔다. 그들을 위한 점심으로 김밥, 과일, 음료수 등을 마련하여 도착예정시간보다 1시간이나 먼저 가서 기다렸다. 그렇게 반갑게 맞이하며 3주간의 동거가 시작되었다.

가족들이 방문하기 전에는 외식을 한다 해도 특별히 기대하는 메뉴가 없어 하루 세끼를 거의 집에서 요리해 먹었다. 매일 집에서 식사를 해도 우리 두 사람의 식사준비는 그리 어렵지 않았다. 더구나 나는 결혼 후 계속 직장생활을 하였기에 가족을 위해 먹고 사는데 크게 신경을 쓰지 못하였으므로 이곳에서 처음으로 남편을 위해 음식을 만들고 본연의 주부의 역할을 처음 해보았다. 오히려 요리하는 것이 오랜만이어서인지 먹을 것을 장만하고 요리하는 것이 재밌었다. 아마 결혼을 한 후 31년간 밥을 한 횟수보다 지난 1년 동안 밥을 한 횟수가 더 많다고 느껴질 정도였다.

그런데 언니와 조카의 방문으로 모두 여섯 식구가 되니 식사준비가 양적으로 많이 달랐다. 두 식구일 때는 계란 1줄(미국은 12개임)을 사오면 일주일 이상 먹을 수 있었는데 계란 3줄을 사와도 1주일 내 바닥이 난다. 쌀도 20kg 1포대이면 3달을 먹었는데 6식구가 먹으니 3주일 만에 동이 났다. 그러다 보니 먹는 것을 마련하는 것 자체가 노동이 되었다. 그런데 거기다 관광을 시켜주어야 한다. 주중 오전에는 영어학교에 다녀온다. 오자마자 식사준비를 하여 점심을 먹고 오후에는 나만 바라보는 언니에게 이곳 사는 모습을 보여주기 위해 인근 마트와 아울렛, 쇼핑몰 등을 부지런히 안내했다. 또한 주말에는 다운타운을 벗어나 관광을 하였다. 내가 사는 이스트랜싱에서 가족 또는 친지들이 방문 시 안내할 수 있는 관광지는 대략 2군데다. 하나는 캐나다에 있는 나이아가라폭포이고 다른 하나는 미국의 3번째 도시라고 하는 시카고를 구경시켜주는 것이다.

남편은 당시 집필 중이라 3월 말까지 원고를 출판사에 넘겨주어야 했으므로 나 혼자서 가족을 안내하게 되었다. 첫 주말에는 내가 사는 곳에서 1시간이면 갈 수 있는 프랭큰무스(Frankenmuth)에 갔다. 프랭큰무스는 미국 내 독일인 마을인데 영화 '메디슨카운티의 다리'를 찍었다던 지붕 있는 다리*(Frankenmuth's Wooden Covered Bridge)가 있어 특별한 의미가 있었고, 이곳 현지인들도 자주 찾는 곳이기도 하여 이곳을 안내했는데 주말이어서인

지 사람들이 붐볐다. 또한 인근에 브로너스 (Bronner's)라는 크리스마스 장식용 물건을 팔고 있는 대형 상가가 있는데 브로너스는 성탄절이 아니어도 구경하는 재미도 쏠쏠하여 이곳에 들러 종, 촛대 등 몇 점을 샀다.

또한 이왕 나온 김에 5마일만 가면 있는 버치런아울렛(Birch Run Outlets)에서 쇼핑도 함께 했다. 버치런아울렛은 나이키, 라코스테, 노스페이스 등의 메이커들이 많이 있어 한국 사람들이 특히 좋아하는 곳이라 한다. 우리도 이곳에서 티셔츠, 잠바 등을 샀다.

나는 귀국하기 전 프랭큰무스를 또 가게 되었는데 우리가 간 날 지역행사 퍼레이드가 있어 좋은 구경을 하고 돌아왔다.

* (19 ZEHNDER'S 79 HOLZ BRUCKE(Wood Bridge)

위 다리는 나무로 되어 있고 지붕이 있다. 영화 '메디슨카운티의 다리'에 나오는 촬영지라고 한다. 원래 아이오와 주에 있었다 하는데 방화로 소실되어 미시간 프랭큰무스에도 재현되었다 함.

⟨Address⟩

Main street& Covered Bridge Lane Frankenmuth, MI 48734

두 번째 주말에는 캐나다에 있는 나이아가라폭포로 향했다. 이번에도 캐나다 국경을 넘는 방법을 택했다. 캐나다 국경을 넘을 때는 술이나 과일을 가져갈 수 없다. 만약 이를 소지하다 발각되면 벌금 몇 백 불은 각오해야 한다. 지난 해 남편과 같이 공부하던 원우 중 한 명이 캐나다에서 미국으로 들어올 때 먹고 남은 사과 2개가 발견되어 $300의 벌금을 물었단 얘기도 들었던 터라 국경 넘기는 긴장이 되는 구간이기도 하다. 나이아가라폭포까지 7 ~ 8시간이 걸리는데 이번에는 남편 없이 어린조카들을 동승한 채 초보가이드인 나 혼자 운전해 국경을 넘어 목적지까지 가야하는 부담이 무척이나 컸다.

우린 김밥과 과일 등 이것저것 먹을 것을 마련하였다. 캐나다 국경이 가까올 무렵 과일은 모두 먹어 치웠다. 캐나다 국경에 다다르니 출입국 직원이 우리 차로 다가온다. 나는 우리의 여권을 모아 주며 애기들이 있어 먹을 것이 있노라고 말을 하였다. 그들도 사람인지 차 안에 쌍둥이를 보더니 오

캐나다의 고속도로 휴게소.

케이 한다. 목적지까지 가는 동안 유일하게 휴게소를 하나 발견하여 어린 조카들을 위해 고속도로 휴게소에 잠시 들러 휴식을 하고 주유도 하고 아무 일 없이 예약한 숙소에 도착하였다. 미국이나 캐나다 여행 중 우리나라와 같은 고속도로 휴게소를 만나는 것은 쉽지 않아 이러한 휴게소를 만나면 무척이나 반가웠다.

나이아가라폭포를 잘 보기 위해서는 폭포 바로 앞에 있는 주차장에 주차를 해야 한다. 홍보물에는 나이아가라주차장의 주소가 여러 개 있었지만 어떤 것이 나이아가라폭포와 가장 가까운 주차장인지 알 수 없었다. 이리저리 헤매다 겨우 찾아 주차를 하고 폭포를 안내했다. 다행히도 쇼핑을 싫어하는 남편이 없어 우린 맘 놓고 인근 아울렛에서 쇼핑도 하였다.

쇼핑을 마치고 거리를 구경하다 우연히 한국 식당인 영빈관을 발견하여 캐나다에서 모처럼 한국음식을 먹을 수 있는 호사를 누렸다. 이렇게 2박 3일 동안의 나이아가라폭포 초보가이드를 무사히 완수하였다.

세 번째 주말에는 시카고를 안내했다. 이번에는 예약된 숙소가 시카고와 30마일은 떨어진 곳이었다. 어린조카와 동승이다 보니 장거리 운전을 하더라도 빨리 달릴 수 없었다. 쉼터(rest area)가 있는 곳에서는 거의 쉬면서 가다 보니 어른끼리면 5시간이면 될 것을 하루 종일 걸린 듯싶다. 시카고 첫날은 숙소 인근을 돌아보았다. 다음날은 시카고 다운타운에 있는 보트투어를 하기 위해 준비한 주소를 내비에 찍고 1시간 이상을 갔는데 도착해보니 엉뚱한 곳이었다. 아마 영수증에 있던 주소가 티켓판매주소가 아니고 본사 주소였던 것 같았다. 헤맨 끝에 시카고에 도착했다. 그러나 전에 남편과 왔을 때 주차한 주차장이 보트투어 티켓판매소와 얼마만한 거리에 있었는지 알 수 없어 우선 눈에 띄는 곳에 주차를 하고 매표소까지 택시를 탔다. 기사에게 보트투어 티켓판매소까지 가자고 했다. 어린아이가 있어서인지 택시기사는 운전대에서 내려 유모차까지 직접 실어주는 등 친절을 베풀어 주었다. 이렇게 어렵게 티켓팅을 하여 언니와 올케에게 시카고 구경을 시켜주었는데 가족들은 헤맨 자체도 관광이라며 나를 이해해주어 힘 받아 시카고프리미엄아울렛까지 다녀오는 등 시카고의 2박 3일 관광안내도 무사히 끝냈다.

미국에 오기 전까지는 해외여행을 할 때 패키지여행을 하였기에 가이드만 잘 따라 다니면 되는데도 여행이 피곤할 때가 있었다. 미국에 와서도 남편과 둘이 자유여행을 할 때에도 대부분 운전, 주차, 티켓팅을 남편이 하고 나는 보조역할만 하면 되었다. 그러나 이번에는 내가 가이드와 운전까지 하다 보니 정신이 없었다. 기름은 왜 빨리 떨어지는지 간간이 주유도 해야 했고, 서툰 내 영어실력으로 주차장을 찾아 주차를 해야 했으니 초보가이드가 신경 쓸 것이 이만저만이 아니었다. 더구나 운전하는 동안 조카가 어리다보니 중간 중간 자주 쉬어야 하니 어른끼리 움직이는 것보다 시간도 훨씬 더 많이 걸렸다. 나는 비로소 여행가이드가 얼마나 힘든 직업이란 것도 알게 되었다. 이렇게 3주간 엉켜 생활하다 보니 나는 완전히 지쳤었다. 그러나 가족들이 떠나는 2014년 4월 5일은 우리도 남편이 다니는 미시간주립대학에서 진행하는 동부여행을 출발하도록 되어 있어 새벽에 일어나 준비를 해야 했다.

우리의 출발은 8시 30분이고 가족의 비행기 출발시간은 오후 3시 45분이므로 가족의 점심을 마련하기 위해 새벽 4시에 일어났다. 이동하면서 쉽게 먹을 수 있는 만만한 음식이 김밥이므로 새벽에 김밥을 싸고 와플도 굽고 과일을 먹기 좋게 준비했다. 아침 일찍 일어났는데도 허둥대고 바빴다. 그렇게 정신없이 출발한 나는 6박 7일의 동부여행 중 5일째 날에 몸에 두드러기 증상이 나타났다. 나는 음식이 잘못 되었나 생각해보았지만 일행 모두는 괜찮았다. 지난번 남부여행을 한 뒤에도 두드러기 증상이 있었는데 몸이 피곤하면 나타나는 증상인 것 같았다. 그간 미국에서 남편과 둘이 조용하게 살다 갑자기 3주간 많은 식구와 엉켜 살다보니 몸이 탈이 난 것이었다.

여행사를 통해 서부여행을 할 때 LA에서 30년 이상을 살고 계시다는 여러 어르신들과 가족들의 방문에 관해 많은 이야기를 나누었는데 한국에서 오는 가족들의 방문이 딱 2박 3일까지만 반갑다는 말에 모두 공감했다. 그 이후는 서로 부담스럽기에 여행사를 통해 여행하도록 안내해주고 있다며 그들도 한국에 가더라도 친지나 아는 집에 되도록이면 머무르지 않고 모텔 등 숙소를 이용한다고 말씀하였다.

또한 어르신들에게 충격적인 이야기를 듣게 되었는데 이곳에 사는 이민자들은 유학생 며느리를 반가워하지 않는다고 한다. 이민자 2세들은 부모님이 고생하는 것을 보고 살았기에 스스로 홀로서기가 되는데 한국 유학생들은 다르다고 한다. 대부분 부모님에 의존해서 공부를 하고 있어 이곳 2세들과 문화차이가 많다고 한다. 설사 결혼을 하여도 어려움을 이겨내지 못하고 한국으로 아이와 함께 가버리고 나면 찾을 길도 없어 자녀들에게 되도록 유학생과 결혼하지 말 것을 권한다고 하였다.

원우 간 정을 나누다

남편을 포함하여 미시간주립대학(MSU- Michigan State University)의 국제전문인양성과정(VIPP - Visiting International Professional Program)으로 미국에서 연구하고 있는 한국의 원우들은 대략 20여 명이다.

이곳 원우들은 대부분 5개월 또는 1년간의 단기코스이므로 항상 떠나는 원우와 새로 오는 원우들이 교차한다. 물론 같은 회사에서 서로 오고가는 이들은 본인들이 살던 집, 차, 살림도구 등을 모두 이전 사람에게 물려받아 생활하므로 어려움도 적고 경제적이다. 그러나 남편의 경우는 미국에 올 때나 떠날 때 연결고리가 없어 불편했을 뿐만 아니라 경제적 손실도 컸다.

미국에 와서는 생활에 필요한 밥솥, 전기포트 등 주방용품과 책상, 식탁 등의 가재도구를 새로 사야 했고 떠날 때는 이런 생활용품이나 주방용품을 물려줄 수 없어 아깝게 버려야 했다.

원우들은 가끔 모여 식사를 하면서 서로의 정보를 공유하며 땅 설고 물 설은 타국생활을 해내고 있다. 원우 중에 한국에서 가족방문이 있을 때에는 사전에 약 등의 필요한 물건을 보충하기도 하고, 한국에서 공수한 음식이나 식재료를 나눠먹기도 하였다.

2014년 3월, 우리 집에 4명의 가족 방문이 있었을 때에도 미시간의 3월은 한참 겨울이었으므로 우리 집은 이불과 베개 등의 여유가 없었는데 김 부장님네가 이불과 전기담요를 빌려주어 3주간 따뜻하게 지낼 수 있었으며 우린 언니가 가져온 밑반찬을 나눠먹었다.

이렇듯 원우 간에는 자주 만나고 있으므로 누군가 어디가 아프다하면 한국에서 준비해 온 상비약을 아낌없이 나눠서 병원에 가지 않아도 종종 해결이 되었다. 모두들 한국을 떠나올 때 의료보험 등을 가입하고 왔지만 미국은 병원비가 많이 비싸므로 되도록 병원을 가지 않으려 애쓴다.

의료보험제도는 미국보다 우리나라가 훨씬 잘 갖춰진 것 같다. 적어도 우리나라에서는 큰 병 외에는 병원 가는 것이 두렵지 않았는데 미국은 병원에 가는 것 자체가 경제적으로나 언어적으로 큰 부담이다. 아주 오래 전 일이라는데 원우 중 한 명이 장파열로 병원을 찾게 되었는데 이 증상을 영어로 설명하지 못해 치료를 받지 못해 죽었다고 한다.

그래서인지 미국은 오바마케어를 두고 정계나 여론에서 한창 시끄러웠다. 이곳에 장기 거주하고 있는 우리 교민들도 시니어(65세 이상)가 아닌 경우 병원비 부담이 크다고 말한다. 정말 다급하지 않으면 큰 수술 등은 비행기를 타고 한국 가서 하는 것이 더 경제적이라고 말할 정도이다. 나도 감기 기운이 있을 때 우리보다 먼저 귀국한 임 과장이 주고 간 감기약으로 고생을 하지 않았다. 이렇듯 이곳에서는 원우들 간에는 서로 필요한 것을 공유(share)하며 생활의 어려움을 해결하였다.

이곳에 오기 전까지 한국에서 하는 일은 각기 달랐지만 미국에서 생활하는 동안은 한 가족과 같이 지냈다. 어느 아울렛이 싸고 좋으며, 한국 식당이 어디에 새로 생겼는데 맛이 좋다더라 등의 생활정보를 주고받는다. 특히 김 부장님네는 대학 다니는 딸과 아들이 함께 와 늘 정보의 바다이므로 우린 많은 도움을 받았다. 미국의 대표 음식 중 하나인 스테이크(steak)를 잘하는 곳 '텍사스로드하우스'도 김 부장님이 알려주었다. 아들이 왔을 때

가보았는데 아들도 스테이크 맛이 훌륭하다고 했다. 이 음식점은 오스트리아 체인점인데 종업원들이 무척이나 명랑하게 서빙을 하여 즐거웠으며 서비스 메뉴로 빵과 땅콩이 무한리필로 나오는데 특히 갓 구운 빵은 맛이 좋았다.

이렇듯 필요한 정보를 주고 애로사항을 서로 해결해주다 보니 원우들 간에는 사람의 향기를 맡을 수 있다. 머나먼 타국이다 보니 더욱 친밀하게 지내기도 하겠지만 이곳에 오는 원우들 대부분이 기본적인 마인드가 있어 잘 지내지 않았나 생각된다.

우린 특히 김 부장님네, 임 과장, 손 차장, 한 과장네 가족, 태희네 가족과 자주 만났다. 서로 번갈아 집에 초대하여 식사를 하며 인근거리에 여행도 함께 하곤 했다. 미국 사람들은 자기 집에 식사를 초대할 때에는 참석자들로 하여금 음식을 가져와서 파티를 하는 파트락(Pot Luck)파티를 하지만 우린 한국 사람이니 한국 정서를 살려 초대하는 집에서 음식과 마실 것을 모두 장만하여 식사를 한다. 다만 특별한 음식이 있는 경우에만 그 음식을 가져가기도 했다.

나는 알래스카 크루즈 여행 때 먹던 연어절임회가 생각나 마트에서 연어를 사다 소금물에 2일간을 염장한 후 냉장고에 건조시켜 재연을 하였는데 반응이

좋았다. 크루즈에서는 미역이 없었지만 나는 미역과 양파, 고추를 슬라이스하여 함께 내놓으니 모두들 괜찮은 메뉴 개발이라고 칭찬해주어 기본이 괜찮았다. 한국에서도 다시 해보리라 마음먹었는데 아직 시도하지 못했다.

내가 귀국하기 10일 전, 한국 원우들이 가장 많이 사는 센트럴파크아파트에 벼락이 내렸다. 그곳 원우들은 갑작스런 벼락으로 난민신세가 되었다. 아파트관리소에서는 주민들에게 들어가지 못하게 하고 있으므로 김 부장님네 가족은 며칠간 우리 집에서 지내야만 했다. 이렇듯 미국에 사는 동안 원우들은 가족에 대한 이야기, 어릴 때 자란 이야기 등을 허심탄회하게 하면서 사소한 것도 서로 걱정해주거나 축하해준다.

원우 부인 중 태희 엄마는 나와 같이 A+ ELS를 다녔다. 나는 중급반에 있었지만 태희 엄만 영어도 잘 알고 회화까지 잘해 고급반에서 수업을 들었다. 또한 그녀는 요즘 보기 드문 젊은 엄마다. 2살, 5살 두 아이를 키우면서 학교생활도 열심히 했다. 특히 학교에서 인터내셔널페어(International Fair) 행사 때 한국을 소개하는 과정이 있었는데 나는 태희 엄만 애들도 어리고 하여 역할을 주지 않으려고 했지만 오히려 적극적으로 자기 역할을 찾아 제기차기 시범을 보여 미국 초등학생들에게 한국을 잘 소개할 수가 있었다. 특히 영어 학교에서는 유창한 영어로 미국 선생님과 막힘없는 대화를 나누고 있어 나는 늘 대견하고 자랑스러웠다.

생활용품을 그대로 버리기 아까워 귀국하기 전 누군가 필요한 사람에게 주기 위해 공지를 하였다. 다행히도 같은 반에서 공부하는 신장이 고향인 중국 친구 딜다르가 필요한 것은 직접 보고 가져가겠노라고 하여 우리 집을 방문하였다. 딜다르는 TV다이, 교자상 등 필요한 것을 선택한 후 얼마를 주면 되느냐고 물었다. 무료다(There are Free)라고 하니 딜다르는 우리가 파는 줄로 알았던지 무척이나 고마워했다.

딜다르가 내가 귀국 전 우리 부부를 집에 초대하여 직접 만든 만두와 치킨요리를 해주어 맛있게 먹었다. 더구나 그녀는 신장에 계신 부모님이 보냈다는 스카프도 내게 선물로 주었다. 그러면서 미시간에 다시 오게 되면 꼭 자기 집에서 머물 것을 강조하며 우린 아쉬운 작별인사를 하고 헤어졌는데 나는 한국에 와서도 가끔 그녀에게 안부전화를 하는 사이가 됐다.

텍사스로드하우스(Texas Roadhouse)

208 E. Edgewood Blvd Lansing, MI, 48911

치매 방지용 고스톱

미국에 가기 전 준비한 것 중 하나가 화토였다. 미국에 가기 위한 짐을 싸면서 가방 한구석에 챙겼다. 그러나 막상 미국에 도착해 보니 생각보다 바빴다. 주중 오전에는 영어를 배우고 오후에는 골프, 주말에는 미시간 주 인근을 여행하다 보니 시간이 바쁘게 지나갔다. 미시간은 우리나라보다 겨울이 일찍 시작되고 또한 길다. 날이 추우니 오전에 학교를 다녀오면 오후에 운동을 하지 못하니 한가했다. 물론 영어공부를 한다지만 우리가 수험생이 아니므로 오후 내내 하는 것은 아니기에 저녁이면 시간이 생겼다. 한국이라면 드라마을 보거나 TV을 보는 재미도 있으련만 영어공부용 CNN 뉴스는 1시간 정도만 시청한다. 겨울이 깊어짐에 따라 나는 남편에게 혹시 어쩔지 몰라 화토을 갖고 왔노라 말하니 꺼내오라 한다. 이때부터 우린 치매방지에는 고스톱이 최고라고 위안 삼으며 저녁마다 고스톱을 쳤다.

우린 게임에 앞서 규칙(Rule)을 정했다. 처음에는 각자 $60을 꺼내 놓고 2시간 동안 하기로 했다. 물론 한도는 $30로 정했다. 이런 규칙으로 진행하다 보니 내가 따는 경우도 있지만 남편이 따는 횟수가 더 많았다. 모처럼 내가 따는 날이었다. 남편의 자금은 불과 몇 불밖에 남지 않아 한 판만 더 하면 바닥이 날 것 같아 마지막 힘을 주어 내가 고을 하였는데 오히려 고바가지을 써서 3불을 주어야 했다. 그런데 내가 3불을 준다는 것을 잘못 주어 22불이나 준 것이다. 미국 지폐는 $1나 $10나 $20나 지폐의 크기나

색깔도 같아 구분이 쉽지 않아 $1짜리 3장을 준다는 것이 $1짜리 2장과 $20짜리 1장을 준 것이었다. 내가 돈을 주자마자 남편이 묘한 웃음을 지어 왜 웃느냐고 했더니 말을 하지 않았다. 그래서 그렇게 지나갔는데 그 뒤부터는 남편이 따기 시작하고 오히려 내가 잃고 있었다. 나는 이번에도 $3을 준다는 것이 좀 전과 같이 또 $22을 준 모양이었다. 그랬는데 이번에는 남편이 갑자기 웃으면서 나는 돈이 더 이상 필요하지 않다며 내게 돈을 다시 주는 것이다. 이 남자가 뭘 잘못 먹었나, 돈이 필요 없다니? 그 묘한 웃음의 정체가 무엇이며 무슨 뚱딴지같은 소리냐 했더니 그제야 사실을 고백하였다. 내가 두 번이나 돈을 더 주었다는 것이다. 지난 판에는 돈이 거의 올인 지경이라 모른 척하고 받았지만 이번에는 양심상 도저히 받을 수 없어 사실을 밝힌다며 나를 놀려대는 것이 아닌가? 나는 이런저런 사유로 따기보다 잃는 날이 늘 더 많았다.

그 다음부터는 나는 약이 올라 재경부 예규를 받았다면 규칙을 변경하자고 했다. 각자 꺼낸 총 금액이 $60인데 한도 $30이 너무 크니 $20로 변경하자고 했다. 또한 딴 돈 중 50%는 잃은 사람에게 되돌려주자며 환불제도까지 만들었다. 거기다 게임시간이 길수록 내게 불리했으므로 2시간에서 1시간으로 단축했다. 이렇게 변경된 규칙을 적용하자 나의 승률이 조금은 높아졌다. 재수 좋은 날은 내가 남편을 올인 시킨 경우도 있었다. 우린 게임시간 1시간 타임을 걸고 벨이 울리면 3판 정도는 추가로 하였지만 정확하게 규칙을 지켰다.

치매 방지를 위해 시작한 고스톱이 오히려 치매증상이 있음을 확인하는 치매 확인용 고스톱이 된 것이다. 돈 줄 때 내가 남편에게 잘못 준 것은 물론 총명하다는 남편도 바닥에 있는 짝을 제대로 챙기지 못하는 경우가 종종 있었다. 그럴 때면 나는 모른 척하고 있다 내가 짝을 맞추고는 반대로 남편의 약을 올렸다. 또는 게임이 끝나 점수를 계산할 때 홍단이 났는데도 이를 제대로 챙기지 못해 점수에서 빼거나, 패를 사전에 흔들어 점수에 배를 주도록 되어 있는데 흥분한 나머지 흔든 점수를 챙기지 못할 때면 계산을 마친 후 상대편 약을 올리기도 하였다.

또한 게임에서 점수가 나지 않은 경우 다음 판에서 배판을 적용하도록 하였는데 이때 배판인 경우 당초 선을 잡은 사람이 다시 선을 잡아야 하는데 누가 선인지 몰라 서로 우기기도 하고 점수난 사람은 난 점수의 두 배를 받아야 하는데 이를 챙기지 못하는 등 순간 치매현상이 종종 발생했다. 경로당에서 어르신들이 고스톱을 치면서 선이 누구인지 몰라 선은 모자를 쓴단 얘기를 들은 적이 있는데 우리도 가끔 웃으면서 선에게 모자를 씌우기도 했다. 미시간의 긴 겨울동안 치매방지용 고스톱이 아니라 치매 확인용 게임이 되었던 것이었다.

10불에 해맑아지는 여자

나는 늘 경제활동을 하고 있었는데 휴직을 하고 미국에 가보니 사정이 달라졌다. 내 수입이 없으니 남편이 경제권을 갖게 되었다.

30년 이상을 눈치란 것을 모르고 살다 슬슬 눈치를 보기 시작했다. 물론 나의 비상금은 있지만 되도록 손대지 않기 위해 버티자니 은근 치사한 부분이 많았다. 남편도 한국에서는 내게 인색하지 않았지만 타국에서 한정된 수입으로 생활을 꾸려야 하니 그럴 수밖에 없다는 것을 모르는 바는 아니지만 경제권이 없다는 것이 어떤 것인지를 실감하였다. 그동안 모르고 지냈던 전업주부들의 심정이 이해되었다.

대강 이러하다 보니 미국에서의 10불, 20불이 큰 단위로 느껴졌다. 마트에서 장을 볼 때나 아울렛에서 쇼핑을 할 때도 가격표에 10불 이상만 붙어 있어도 이리 보고 저리 보며 벌벌 떠는 내 모습을 발견할 수 있었다. 당시 미국에 왔던 언니도 내가 많이 변했다고 말했다. 한국에서 돈 만 원 정도는 신경 안 쓰고 쓰던 내가 미국에서는 $10에 벌벌 떠는 여자로 변한 것이다. 물론 나는 남편에게 너무하다, 치사하다며 수없이 부질없는 단어를 쏟아냈지만 남편의 마음도 아는지라 더 이상 어린애처럼 보채지 못했다.

생필품을 사기 위해 일주일에 한두 번 정도는 마트에 가는데 미국의 대형마트에서는 물건 값을 계산할 때, 점원은 캐시백(cashback, 적립금환급)할 것인지를 묻곤 한다. 이때 예스라고 대답하면 얼마를 할 것인지 묻고 원하는

금액을 현찰로 내어준다. 은행 역할의 일부를 해주고 있어 우리나라보다 편리하다고 생각한 부분이다. 남편은 내가 마음에 걸리는지 마트에서 가끔 캐시백을 해주었다. 그렇다고 많은 돈이 아니다. 캐시백 20불 또는 40불을 받아 내게 반을 준다. 나는 캐시백하여 돈을 받을 때가 가장 좋았는데 남편은 10불을 받는 순간 내 얼굴이 무척이나 해맑았다며 놀려댔다.

한국이라면 말도 안 되는 소리다. 10불이래야 만 원 정도인데 현찰 10불에 내 자존심도 모두 내려놓고 해맑아지다니? 그래서 나는 여건이 허락하는 한 직장을 그만두지 않을 것임을 결심했다. 미국에서 10불에 해맑다는 자존심을 만회하기 위해 직장에 복직하여 월급을 받자마자 미국에서 사 모은 기념품을 넣어 둘 가구도 사고 내가 입을 옷을 사면서 모처럼 나의 구겨진 자존심을 펴 보았다.

신앙생활은 아름답다

남편은 미국에서 그간 다니지도 않던 교회를 다니기 시작했다. 미시간주 립대학의 한국 도우미 학생이 미시간 이스트랜싱에 있는「새소망침례교회」를 추천해 주었다고 한다. 남편도 내가 가기 전 까지는 혼자이다 보니 특별한 외출이 없었기에 교회를 다녔다고 한다. 물론 구역 단위로 모이는 목장(한국의 구역예배)모임도 다니고 있었다.

남편과 나는 어린 시절 교회에 가본 적은 있었다. 신앙심에서라기보다 크리스마스 때 교회에서 먹을 것을 주고 선물도 주기에 이벤트 성격으로 다닌 것이 전부였다. 그리고 성인이 되고나서는 양가 모두 가톨릭이나 개신교에 관련이 없던 터이라 교회를 다니지 않았다. 다만 우리나라의 사찰들을 여행하면서 사찰이 왠지 우리 정서에 맞는 듯해 등산을 가는 경우 사찰이 있으면 108번의 절을 하는 정도가 우리 부부의 신앙에 대한 전부였다.

물론 나에게는 세례명이 있다. 내 의지이기보다 내가 애기였을 때 받은 세례명이다. 나는 애기 때 유난히 병치레가 심하여 죽을 고비를 몇 번 넘겼던 모양이다. 태어난 지 1년도 안 되었을 무렵 아기인 내가 숨을 몰아쉬는 것이 꼭 죽을 것 같았다고 한다. 엄마는 내가 사용하던 기저귀와 옷을 모두 빨아두어 죽으면 같이 묻어 줄 준비를 하였다고 한다. 그때 우리 친정 옆집에는 동우 할머니라는 분이 살고 계셨는데 아마 성당엘 다니셨던 모양이다. 우리 엄마는 내가 곧 죽을 것 같아 옷가지를 애가 갈 때 주려고 모두 빨았노라고 하니 동우 할머니는 기왕이면 내가 좋은 곳에 가도록 기도를 해주겠다면서 날 데리고 성당엘 갔고 그렇게 나는 영세란 것을 받았다고 한다.

내 세례명은 마리아라고 한다. 내가 중학교 1학년쯤 되었을 때 동우 할머니가 내게 직접 이야기를 해주었다. 그러시면서 하시는 말씀이 네가 자라거든 성당엘 꼭 다니거라 하였다. 그러나 친정 엄마는 내가 성당이나 교회를 다니는 것을 원치 않았고, 결혼을 한 뒤 시댁도 종교와는 무관하여 우리 부부는 특별한 신앙생활을 하지 않았다.

남편이 참석했던 목장은 섬김목장이다. 섬김목장은 두 집사 내외분 중심으로 운영되고 있었다. 한 분은 박 교수님 내외분이고, 다른 한 분은 강 교수님 내외분이다. 모두 미시간주립대학과 관련된 교수님이다. 목장모임은 격 주 금요일마다 두 집사님의 집에서 돌아가면서 한다. 내가 미시간에 도착한 이후부터는 주말 대부분 여행계획을 잡다 보니 교회도 빠지고 목장모임도 참석을 하지 못하였다.

그런데도 두 교수 내외분은 목장모임이 열릴 때마다 친절하게도 우리에게 목장모임에 참석할 것인지를 이메일로도 보내고 전화로도 묻는다. 목장모임은 격주 금요일마다 갖는데 목장모임에 오시는 분은 우리 부부 외에도 이모님이라는 내외분과 미세스 김 등이 참석하였다. 목장모임은 모임을 주최하는 댁에서 밥, 국 등 기본음식을 마련하고 참석자는 반찬이나 후식 등 과일을 마련하여 식사를 하기 때문에 나도 무생채 등 반찬을 만들어가거나 또는 과일, 빵 등의 후식을 준비하여 갔다.

식사를 마치게 되면 예배를 드리는데 나는 성인이 되어 처음으로 예배란 것을 해보았다. 한국에서도 주위에서 교회에 오라는 권유도 많이 받았지만 선뜻 나가지 않던 교회문화를 먼 타국에서 접하게 된 것이다. 목장모임에 참석하기 위해 두 교수님댁을 방문하면서 강 교수님 내외분이나 박 교수님 내외분은 정말로 너무 선하고 정말 하느님과 함께 사시는 분들이란 생각을 많이 했다. 물론 나는 많은 감동을 받았고 내 자신을 반성하기도 했다. 핑계이겠지만 사실 내가 그동안 교회 나가는 것을 꺼렸던 것은 일부 신앙인에 대한 못마땅한 부분이 있어 선뜻 마음이 다가서지를 못했기 때문이다. 그러나 이곳에서 두 분 내외분으로 하여금 교회에 대한 긍정마인드가 절로 생겼다.

내가 아기였을 때 일이지만 굳이 종교를 찾자면 성당엘 다녀야 할 듯하고 지금 내 정서는 불교가 맘에 드는 이런 저런 복잡한 생각이 있었다. 새소망침례교회에서는 주일예배를 마치면 항상 점심식사를 제공했고 나도 여러 번 식사한 적이 있는데 식사준비는 목장모임에서 돌아가면서 한다. 내가 가던 섬김목장의 차례가 되었을 때 식사준비에 참석하였다. 다음 주부터 한국에서 언니와 조카들이 이곳에 옴에 따라 당분간 교회를 나가기가 어렵다고 판단되어 식사준비를 더욱 열심히 했다. 약 2백 명이 먹을 식사를 일요일 전날인 토요일 오후 4시부터 교회에서 준비하였다. 메뉴는 어묵 국이다. 강 교수님 사모가 미리 준비한 재료로 나는 어묵을 먹기 좋게 자르고 파도 썰고 무와 다시마, 멸치 등을 우려내어 어묵국물을 만들고 나니 8시가 되었다. 섬김목장의 성도들이 많지 않아서인지 식사준비는 박 교수님 내외분, 강 교수님 내외분 그리고 나를 포함하여 5명이 모두였다.

이번 점심은 내가 일을 도왔지만 앞으로는 계속 두 분 내외가 고생할 것이라 생각하니 괜히 미안하고 안쓰러웠다. 다른 목장은 모르겠지만 섬김목장은 두 교수 내외분의 철저한 봉사로 유지된다는 생각이 들었다. 일요일 당일에도 식사를 준비한 5명이 밥과 국을 퍼 주었다. 성도들의 식사가 끝난 후 설거지까지 마무리하였다. 200명이 먹을 수 있는 살림이다 보니 대형 국통과 전기밥솥도 여섯 개 정도가 있었는데 모두 정리하고 나니 3시가 되었다. 나야 이번이면 마지막이겠지만 두 분 내외는 앞으로도 계속 그렇게 하실 것이다.

　나는 두 분 교수 내외분이 하느님을 위해 선한 마음으로 하시는 모습을 볼 때 존경스러웠다. 교수신분이지만 주방에서 궂은일을 가리지 않고 하는 모습에 깊은 감명을 받았다. 신앙심이 아니면 쉽지 않을 것이란 생각이 들었다. 정말 신앙인은 아름다웠다. 모든 신자들이 이런 분들이라면 교회의 앞날은 정말 번창할 것이란 생각을 하면서 한편으로 이런 신앙의 힘이 낯선 이국땅에서 살 수 있는 버팀목이 아닌가 생각했다.

한국인에겐 한국 음식이 최고다

우린 한국 사람이다. 우리가 미국에 살고 있다고 하여도 매일 먹는 끼니로 스테이크와 빵을 어찌 즐길 수 있으랴! 이곳 인근 마트엘 가면 통로 중 하나는 미국인의 주식인 빵으로 가득 채워져 있다. 그만큼 빵이 미국에서는 주요한 식재료이나 나는 미국에 사는 동안 그 빵을 한 번도 사지 않았다.

우리는 대부분 세끼 식사를 모두를 집에서 해결했다. 외식이라고 해봐야 우리 입맛과 거리가 있어 기대치도 없기 때문이다. 이곳에도 한국 식당이 몇 몇 있지만 전통적인 한국 맛보다는 이곳 현지인도 먹을 수 있도록 변형된 메뉴이다. 가끔은 피자나 치킨 정도는 식사로 대신했다. 나는 고기보다 야채를 좋아하고 회, 젓갈을 좋아하기 때문에 서양식 식사와는 거리가 멀다. 다행히도 이곳에서도 쌀과 한국 요리를 할 수 있는 식재료를 파는 한인마트가 있어 한국 식단을 만들어 낼 수 있었다.

냉동오징어를 사다 소금물에 10일 이상 숙성시켜 오징어젓갈을 만들고 냉동새우를 사다 간장새우장도 만들어 먹었다. 미국마트에서도 두부와 시금치 정도는 팔고 있어 두부를 굽거나, 양념 찜을 만들고, 시금치도 무치고 무생채도 만들어 미국에서도 한국 맛을 찾았다. 한국에서만 맛 볼 수 있는 짠 무도 만들었다. 소금물에 무를 30일 이상 담가 두니 제법 짠 무 맛이 났다. 더구나 결혼한 이래 처음 단독으로 배추 10포기를 사다 소금에 절여 김장을 하였는데 양이 많지 않아서인지 재미있었다. 이렇게 미국에서 한국 음식을 만들어 먹는 맛은 한층 더 기대감을 주었다.

중국 신장(Xin Jang) 위구르(Uyghur)가 고향인 딜다르는 어느 날 내게 한국의 김치를 좋아한다고 했다. 특히 남편은 더 좋아하여 한인마트에서 가끔 김치를 사다 먹는데 비싸서 직접 만들어 먹고 싶으니 김치 만드는 방법을 배우고 싶다 한다. 나는 자신이 없어 순간 망설였으나 지난 가을 혼자 해본 김장실력을 믿고 월요일에 김치 만드는 법을 알려주겠다고 했다. 미리 구입할 것을 알려주었고 배추는 하루 전 일요일에 미리 소금에 절여놓으라고 메모해 주었다.

월요일 학교에 온 딜다르는 일요일에 김치재료를 모두 준비해 놓았다고 한다. 학교를 마치고 그 친구가 사는 아파트엘 갔다. 딜다르 남편도 같은 고향인데 일본에서 박사를 마치고 지금은 미시간주립대학(MSU)의 암세포 실험 연구실에서 근무한다. 딜다르 부부는 계속 미국에 살 예정이며 그린카드를 받고 시민권을 갖는 것이 꿈이라고 하였다.

딜다르는 배추 2포기를 소금에 절여 두었다. 딜다르에게 절인 배추를 씻고 마늘과 생강을 잘게 다지고, 파는 적당한 크기로 썰도록 하였다. 딜다르는 이러한 과정을 모두 사진에 담아 앞으로 혼자 할 때 참고하겠다고 한다. 김치 만들 모든 준비가 되었기에 배추와 준비된 양념을 넣고 버무렸다. 생각보다 김치는 쉽게 되었다. 그 친구에게 간을 보라 하니 오케이 한다. 김치를 2일 내지 3일이 지난 뒤 먹도록 당부하였다.

김치 만들기가 끝나자 딜다르는 나를 위해 미리 만들어 둔 중국식 물만두를 해주었는데 우리나라도 만두를 먹어서인지 식감이 비슷하여 맛있었다. 다음날 딜다르는 우리 반 친구들에게 나로부터 김치 만드는 것을 배웠다며 자랑하니 이솔데 선생님도 김치를 좋아하여 가끔 롯데마트에 들러 김치를 사먹는다고 말했다. 그러면서 김치 만드는 법을 원하는 친구 모두에게 보여줄 것을 원하였지만 시간이 여의치 않아 결국은 해주지 못하고 귀국했다. 다만 내가 김치를 만들어 몇 포기를 선생님께 드렸는데 맛있게 잘 먹고 있다고 내게 고마워했다.

내가 이곳에서 한국의 민간 김치 홍보대사가 될 줄 어찌 알았겠는가? 김치는 한국인만 좋아하는 게 아니라 외국인도 상당수가 좋아하고 있음을 알았다. 또한 외국인들은 김치뿐만 아니라 여행 시 뉴욕이나 시카고의 한국 식당에서 줄을 서서 기다릴 만큼 한국 음식을 좋아하는 것을 알 수 있었다.

내가 다녔던 학교에서는 추수감사절(Thanks Giving Day) 또는 마지막 수업일에 파트락파티(Potluck Party)를 하였는데 학생들은 각자 자기 나라의 대표음식을 가져왔다. 이때 자기 나라의 대표음식이면서도 같이 즐길 수 있는 음식이어야 하므로 메뉴선택을 잘해야 했다. 나는 잡채를 만들어 갔다. 내가 만든 음식이 한국 음식을 대표한다고 생각하니 신중했다. 더구나 잡채를 만들어 본 것이 15년도 넘은 것 같아 우선 2인분을 만들어 남편에게 맛을 보게 한 후, 다시 15인분을 만들어 브링디쉬(bring dish)하였다.

처음 학기에 우리 반은 나 외에 이란 1명, 소말리아 2명, 시리아 1명, 수단 2명, 이라크 2명, 스위스 1명, 사우디아라비아 1명 모두 11명, 7개의 나라 사람으로 구성되었다. 각양각색이란 말이 딱 어울린다. 여기에다 다른 반 친구들의 음식까지 모아놓으니 그야말로 음식이 총천연색이다. 음식 종류가 워낙 많아 맛을 보지 못하거나 또는 입에 맞지 않아 못 먹거나 어찌 되었든 맛을 보지 못한 음식도 꽤 있었는데 잡채를 비롯한 불고기, 떡 볶음 등 한국 음식은 대부분 바닥이 났다.

　또한 이곳에는 찰스 강이나 코리아하우스 등 한국 식당이 서너 개가 있는데 어쩌다 그곳에 가면 손님이 무척 붐벼 기다려야 한다. 한국 식당에 한국인만 오는 것이 아니라 외국인도 많이 와 식사하는 광경을 흔히 볼 수 있어 한국 음식이 미국에서도 통하는 음식이란 생각이 들었다.

스마트폰의 새로운 발견

핸드폰의 본래 기능은 전화를 걸고 받는 것이다. 한국에서는 주로 전화를 걸거나 받는 정도의 용도로만 사용하였다. 그런데 미국에 있는 동안은 한국에서는 잘 사용하지 않던 기능을 아주 유용하게 사용하였다. 스마트폰이 처음 나왔을 때 초기사용자들의 불편하더라는 이야기만 듣고 스마트폰이 어느 정도 대중화되었을 때서야 나도 스마트폰을 사용하였다.

스마트폰을 구입하고도 처음에는 전화를 걸고 받는 것 외 스마트하게 사용하지는 못했다. 그러나 점차 시간이 지날수록 사용방법이 발전했다. 멜론에서 음악을 내려 받고 지하철 내비게이션과 서울버스와 연계하여 도착시간과 출발시간을 실시간 체크하여 출·퇴근 시에 편리하게 이용할 정도가 되었다.

그러던 중 미국에 오면서 핸드폰의 본래 기능은 정지하고 왔다. 미국에서 한국의 핸드폰이 별 쓸모가 없다고 생각했기 때문이다. 그런데 그게 아니었다. 핸드폰의 전화기능은 제거하였지만 또 다른 기능이 많았던 것이었다. 외출을 하더라고 한국 핸드폰은 손에 꼭 쥐고 다니는 필수품이 되었다.

첫 번째로 핸드폰에는 사전기능이 있다. 적어도 미국에서는 핸드폰의 본래 기능보다 부수적 기능인 사전기능을 압도적으로 사용했다. 영어사각지대에 있던 나는 마트를 가더라도 바로 사전기능에서 단어를 찾아 바로 바로 알아내 무지함을 보완했다. 진열대에 있는 상품이 모두 영어로 표기되어 모르는 단어가 눈에 띄면 스마트폰의 사전을 찾았기 때문에 많은 도움이 되었다. 또한 내가 다녔던 ELS 학교에서도 더욱 더 필요했다. 미국에서 생활하면서 검색한 영어단어가 5천 개가 넘었으며 귀국 후에도 모르는 영어가 있으면 핸드폰에서 바로 바로 찾아 이용하고 있다. 나에겐 핸드폰의 사전기능이 소중한 정보다.

두 번째로 요긴하게 사용했던 기능은 카메라기능이다. 미국 여행의 추억을 담기 위해 별도로 카메라를 준비하지 않았기에 핸드폰에 있는 카메라를 사용하였다. 이는 비단 나뿐만 아니라 여행지에서 만난 관광객 대부분도 핸드폰으로 사진을 찍는 것을 종종 볼 수 있었다. 핸드폰의 카메라기능이 여행자의 소중한 추억을 보관하는 곳이 된 것이다. 또한 학교에서 공부할 때 미처 메모하지 못하는 경우 책의 필요한 지면이나 컴퓨터화면을 사진에 담아와 집에서 복습할 때에도 유용하게 사용했다.

굳이 한 가지를 더 추가하자면 메모기능이다. 생활하면서 갑자기 떠오르는 생각이나 해야 할 일 들이 있을 때 핸드폰의 메모란에 입력을 해두어 나중에 잊지 않도록 하였고, 알람기능은 아침에 모닝콜 외에도 남편의 학교 픽업시간, 게임시간의 종료 등 시간 관리에도 요긴한 기능이다.

이렇듯 핸드폰 본래의 기능 외에도 내 스스로 스마트하게 사용했다는 사실이 놀라웠다. 미국에서 한국의 핸드폰은 새로운 발견 그 자체였다. 더구나 나는 한국을 떠나올 때 핸드폰의 전화기능 및 문자기능을 모두 정지시키고 왔는데도 인터넷과 연결된 와이파이를 이용한 카카오톡으로 가족 또는 친구와 소식을 주고받을 수 있어 좋았다.

물론 내가 특정 통신회사와 연관이 된 것은 아니지만 미국에서 생활하는 동안 한국의 핸드폰이 한국에서 느끼지 못한 부분에서 많은 도움이 되었기에 예찬론을 써 보았다.

여자의 쇼핑은 무죄다

　일반적으로 여자는 쇼핑을 즐기지만 남자들에겐 재미없는 일 같다. 내 남편만 봐도 내가 쇼핑을 가자하면 갑자기 얼굴이 편안해 보이지 않는다. 그 편안치 않는 속내에는 2가지 이유가 있다. 하나는 속절없이 사대는 여자의 속성에 재미가 없고, 또 하나는 그 재미없는 시간을 같이 있어 줘야 하는데 있다. 나도 예전에는 쇼핑을 즐길 줄 몰랐는데 이제는 생활에 필요한 것을 사는 것이든 아이쇼핑을 하든 쇼핑자체가 여자에겐 활력소라는 생각이 들었다.

　식료품을 사고자 할 때 집 근처 한인마트인 롯데마트와 동양마트를 이용했다. 시카고나 디트로이트를 가게 되는 경우 H마트에서 장을 보기도 한다. 대부분 이러한 곳은 한국 사람이 운영하는 마트이므로 종업원도 대부분 한국 사람이어서 언어에 특별히 신경 쓸 필요가 없어 편안하게 이용하는 편이었다. 그러나 식료품 외의 생활용품은 마이어(Meijer)를 주로 이용하였는데 마이어는 소형가전제품이나 생활용품의 종류가 많고 싸서 선택의 폭이 넓어 선호하였다. 특히 마이어는 우리가 살던 아파트에서 2마일 정도의 가까운 위치에 있어 걸어 갈 수도 있고 마트 자체가 커

H마트 점포망.

서 통로를 걷는 것 자체가 운동이 되어 더욱 좋았다.

우리나라에도 이마트, 농협하나로마트, 홈플러스 등의 대형마트가 많이 있지만 미국에도 종류가 많다. 다른 주는 잘 모르겠지만 미시간에는 마이어, 월마트(Walmart), 라이트에이드(RITE AID), 크로거(Kroger), 타겟(Targer) 등이 있는데 그 중 마이어가 대세이다. 세계적인 월마트도 미시간에선 마이어에 밀린다. 또한 마이어에는 없는 것 빼고 다 있다. 그런데 농산물만 사기 위해서라면 우리나라의 가락동 농산물시장과 같은 농산물시장(Horrock Farm Market)을 이용하는 것이 경제적이다. 호럭팜마켓은 우리나라와 같이 좌판에 진열된 과일이나 채소를 사고자하는 만큼 담아 저울에 달아 사면 된다. 호럭팜마켓은 마이어보다도 20~30% 정도 싸게 살 수 있는 곳이다.

나는 남편이 워낙 싫어 하니 아이쇼핑을 많이 못 한다. 원우들의 가족을 통해서나, 영어학교에서 누군가로부터 괜찮은 쇼핑몰이 있다는 정보를 알게 되면 나는 꼭 한 번쯤은 가봤다. 그러다보니 살던 근처의 쇼핑몰은 대부분 다 가보았다. 언니가 왔을 때는 시카고에 있는 시카고프리미엄아울렛(Chicago Premium Outlet)도 갔는데 예전에는 늘 시간에 쫓겨 쇼핑을 한다는 것이 스트레스도 풀리고 이렇게 재밌는지 잘 몰랐다. 기억나는 TV 광고문구가 생각났다. '여자의 변신은 무죄' 그렇다면 여자의 쇼핑도 무죄일까?

더구나 내가 사는 미시간 주 이스트랜싱(East-Lansing)은 시골스럽다. 미시간의 주도가 랜싱(Lansing)인데 랜싱과 이스트랜싱은 불과 10마일 거리에 있는데 랜싱이나 이스트랜싱 모두 조용하다. 이스트랜싱은 미시간주립대학(MSU, Michigan State of University) 근처에 가야 그나마 사람구경을 할 수 있다. 그렇지 않으면 마트나 쇼핑몰에 가야 볼 수 있다. 사람들이 모두 자동차로 이동해서인지 평상시에는 걸어 다니는 사람을 보기 어렵다. 그러나 대형마트나 아울렛에 가면 거리에 못 보던 사람을 쉽게 볼 수 있다. 내가 쉽게 쇼핑한 곳은 이스트랜싱에 있는 작은 규모의 아울렛 이스트우드와 오케머스의 메이시스(Macy's), 메르디앙몰(Merdian mall) 등이었다.

메르디앙몰은 급하게 필요한 것이 있을 때 가는 곳인데 비교적 값이 저렴하다. 더구나 재고정리(Clearance)코너에서 잘 만 고르면 좋은 옷을 아주 싸게 살 수 있다. 지난 봄 재고정리코너에서 $7을 주고 산 스웨터와 $30을 주고 산 원피스를 매력적으로 잘 입었다.

이스트랜싱에서 약 36마일을 움직이면 탄저(Tanger)아울렛이 있는데 자동차로 디트로이트 가는 방향으로 30분이면 갈 수 있어 내가 사는 곳에서는 아주 만만한 쇼핑장소였다. 탄저는 마이클코러스, 코치, 나이키, 폴로 등 한국 사람이 좋아하는 메이커가 많이 있고 늘 할인된 가격으로 살 수 있어 개인적으로 나는 이곳을 좋아한다. 이곳은 한국 사람뿐만 아니라 현지인들도 자주 가는 쇼핑몰이다.

디트로이트 방향으로 1시간 30분쯤 가면 그레이트레이크스크로싱(Great Lakes Crossing)이라는 아울렛이 있는데 그레이트레이크스몰은 한인에게는 특히 인기가 많다. 탄저나 다른 아울렛은 상가가 각각 떨어져 있어 추운 날 쇼핑하기에는 여간 불편한 게 아니다. 그러나 그레이트레이크스크로싱의 경우는 1번부터 8번까지 원으로 되어 있어 밖으로 들락거리지 않고 실내에서 쇼핑을 즐길 수 있어 겨울철에 인기가 더 많다. 또한 중저가 상품으로 여자들이 좋아하는 코치 또는 마이클코러스 등의 핸드백을 부담 없이 살 수 있는 곳이므로 주말이면 현지인들도 쇼핑하기 위해 많은 사람들이 온다. 그 이외 내가 가본 곳은 12번 오크스몰(Twelve Oaks Mall)이다. 오크스몰은 우리나라의 세이브존 등과 같은 일반쇼핑몰이다. 특별히 할인품목이 아니면 대부분 정상가로 팔고 있어 가격의 부담이 있으며 미국 자체브랜드가 많다는 것이 이곳의 특징이라고 현지인들은 설명하고 있다.

미시간 주에서 조금 고급스런 쇼핑을 원한다면 디트로이트 인근 서머몰(Sumerset Mall)이 있다. 여기는 우리 한국의 백화점 수준이라고 보면 된다. 그레이트레이크스크로싱이나 탄저는 중저가 상품을 취급한다면 서머 은 명품 등 고가품까지 취급한다. 2013년 8월에 오픈한 시카고아울렛(Fashion outlet of chicago)은 오헤어 국제공항 가는 도중 위치하고 있는데 지하철 블루라인(blue line) 로즈몬트(Rosemont)역과 가까워 지하철을 이용하는 것이 좋을 듯하다. 나는 시카고 백화점을 찾으려 몇 번 시도하였으나 우리 차의 내비가 업데이트 되지 않아 시카고아울렛을 찾지 못해 가보지 못하다 우연히 지나치게 되었는데 진입이 어려워 포기했다.

미국에서 파는 옷 또는 신발 등은 사이즈표시방법이 한국과 많이 다르다. 스타일이 맘에 든다하여도 어떤 사이즈를 골라야 할지 몰라 이것저것을 확인해야 한다. 한국에서는 언어 문제가 없으니 쉽게 물어보련만 이곳은 언어가 자유롭지 못하니 자가 습득시간을 가진 뒤 옷을 입어(Try it on)보려는데 어디서 입어보면 되냐(Where is fittingroom) 등 꼭 필요한 말만 건넨다. 옷을 입어본 뒤 몸에 맞으면 돈을 낸다. 내 돈을 주고 사면서 제대로 이것저것 물어보지 못하고 대충 치수가 맞다 싶으면 돈을 주고 사게 되니 바보 같은 심정을 어찌 다 표현하랴.

바보 같은 상황을 벗어나려고 영어를 열심히 한다지만 영어란 것이 쑥쑥 느는 것도 아니고, 내 나이에는 알던 단어마저 잃어버리는 형편이라 욕심을 부리지 말자며 내 자신을 위안하곤 했다. 마침 사이즈에 대한 자료가 있어 정리해 보았다.

* 프렌즈 미국 season 1(이주은 정철 강건우 지음) 및 Easy English 2014. 5월호 참조

- Junior 사이즈는 홀수(odd number): 1, 3, 5, 7, 9, 11

- Misses 사이즈는 짝수(even number): 2, 4, 6, 8, 10, 12

- Petite 사이즈: 2P, 4P, 6P, 8P, 10P, 12P

- 갓난아기(Infants)사이즈: 개월, 또는 몸무게(by age in months, or by weight in pounds.

- 어린아이(Toddlers): 2T, 3T, 4T,

〈여성옷(Shirt Sizes)〉

(단위: 인치(in inches)

구분	가슴(Chest)		허리(Waist)		한국		미국	비고
	여자	남자	여자	남자				
XS	28-30	30-32	23-24	28-30	44	85	2	
S	30-32	34-36	25-26	30-32	55	90	4	
M	32-34	38-40	27-28	32-33	66	95	6	
L	36-38	42-44	30-32	33-34	77	100	8	
XL	40-42	46-48	33-35	36-38	88	105	10	
2XL	44-46	48-50	36-38	40-42	-	-	-	
3XL	-	50-52	-	44-48	-	-	-	

〈신발(Shoe Sizes)〉

여자			남자			비고
Size 4	8.19 inches	208 mm	Size 6	9.25 inches	235 mm	
4.5	8.38	213 mm	6.5	9.5	241 mm	
5	8.5	216 mm	7	9.62	244 mm	
5.5	8.75	222 mm	7.5	9.75	248 mm	
6	8.88	225 mm	8	9.94	254 mm	
6.5	9.06	230 mm	8.5	10.13	257 mm	
7	9.25	235 mm	9	10.25	260 mm	

7.5	9.38	238 mm	9.5	10.44	267 mm	
8	9.5	241 mm	10	10.56	270 mm	
8.5	9.69	246 mm	10.5	10.75	273 mm	
9	9.88	251 mm	11	10.94	279 mm	
9.5	10	254 mm	11.5	11.13	283 mm	
10	10.19	259 mm	12	11.25	286 mm	
10.5	10.31	262 mm	13	11.56	294 mm	
11	10.5	267 mm	14	11.87	302 mm	
11.5	10.69	271 mm	-	-	-	
12	10.88	276 mm		-	-	

〈남자모자 (Men´s Hat Sizes)〉

(단위: 인치(in inches)

Easy fit	Exact fit	inches	cm	비고
Small(S)	6 ¾	21 ¼	54	
S	6 ⅞	21 ⅝	55	
Medium(M)	7	22	55	
Medium	7 ⅛	22 ⅜	56.8	
Large(L)	7 ¼	22¾	57.8	
L	7 ⅜	23 ⅛	58.7	
XL	7 ½	23 ½	59.7	
XL	7 ⅝	23 ⅞	60.6	
XXL	7 ¾	24 ¼	61.6	
XXL	7 ⅞	24 ⅝	62.5	
XXL	8	25	63.5	

◀ 메르디안 몰(Meridian Mall)

1982 West Grand River Okemos, MI 48864

◀ 호럭 팜 마켓(Horrock Farm Market)

7420 West Saginaw Lansing, MI 48917

◀ 롯데마트

2305 West Grand River Ave Okemos, MI 48864

◀ 탄저(Tanger Outlet)

1475 N Burkhart Rd, Howell, MI 48855(☎517-545-0500)

◀ 그레이트 레이크스 크로싱(Great Lakes Crossing)

4500 Baldwin Road Auburn Hills, MI 48326(☎248-209-4200)

◀ 서머셋 몰(Sumerset Mall)

2800 W. Big Beaver Road, Troy, MI 48084(☎248-643-6360)

◀ 12번 오크스몰(Twelve Oaks Mall)

27500 Novi Road, Novi MI 48377

◀ 시카고 프리미엄 아울렛(Chicago Premium Outlet)

1650 Premium Outlets Blvd, Aurora, IL 60504

디트로이트, 아! 옛날이여

디트로이트(Detroit)는 프랑스어로 해협이란 의미가 있다 한다. 1701년도 프랑스의 탐험가이자 군장교인 안토니 캐딜락(Antoine Cadillac)에 의해 디트로이트 시가 건설되었다고 하는데, 1837년 미국연방에 가입 당시 주도는 디트로이트였다가 1847년 지금의 랜싱으로 옮겼다 한다.

또한 디트로이트는 자동차의 메카도시다. 초기에는 풍부한 목재를 실어 나르기 위해 이용한 마차산업의 중심지였던 디트로이트가 1903년 포드자동차의 설립으로 미국 자동차산업의 중심지로 성장하면서 5개의 자동차 업체가 있었다고 한다.

1902년에 도시 개척자의 이름을 따서 캐딜락 자동차회사를 설립해 1909년에 GM에게 넘기고, 링컨이라는 고급형자동차를 만들어 1922년에 포드에게 넘긴 두 브랜드가 오늘에 GM과 포드라고 한다. 그러나 GM은 파산위기에 몰리기도 했다.(참조 채영석 - 글로벌오토뉴스국장)

디트로이트에 있던 도요타와 현대, 기아차 등이 켄터키 주, 앨라배마, 조지아 주 등 타주로 이동을 함에 따라 자동차산업은 몰락하였다. 디트로이트파산(Detroit Bankruptcy)은 2013년 7월 18일 파산법 제19조를 적용하여 파산신청을 했다고 하는데 부채총액 180억 달러를 넘어 미국지자체의 재정파탄으로 사상최대를 기록하였다고 한다.(위키백과 참조)

"준치는 썩어도 준치다"라는 우리나라 속담이 있듯 디트로이트의 포드자동차박물관은 아직도 어른이나 아이들 모두에게 가볼 만하다. 지금도 디트로이트는 자동차의 메카도시임에는 틀림없단 생각이 들었다. 1991년부터 개최하고 있다는 디트로이트 오토쇼를, 2014년 1월 우리 부부는 몇몇 원우부부와 구경하였다. 오토쇼를 보기 위해 디트로이트 코보센터(Cobo Center)를 찾았는데 오토쇼가 진행되는 코보센터 안은 화려했다. 나는 자동차에 대해 잘은 모르지만 포드자동차의 박물관을 둘러보면서 자동차의 변천사를 한눈에 알 수 있었고 이러한 오토쇼를 보는 것이 특히 아이들에게는 교육적 가치가 높다고 생각되었다.

미국의 도시나 학교에서는 조형물을 자주 볼 수 있다. 조형물 중 깨진 단추나 지우개 등 우스꽝스러운 것도 있고 밀워키에 있는 오토바이동상과 같이 그 도시의 특징을 나타내는 조형물도 있다. 디트로이트의 코보센터 앞의 팔뚝모양의 조형물은 디트로이트가 파산신청을 해서인지 외롭게 보였다. 디트로이트는 자동차산업의 몰락으로 옛날의 화려한 디트로이트가 아니었다.

디트로이트 다운타운에는 폐허건물이 곳
곳에 눈에 띈다. 폐허건물 내에 방치된 찢겨
진 성조기에서 디트로이트의 찢긴 심정이 그
대로 펄럭이고 있는 듯 보였다. 현지인들의
말이나 언론 보도가 아니어도 그 누구라도
디트로이트를 방문하고 나면 옛날의 디트로
이트가 아님을 쉽게 느낄 수 있다.

디트로이트의 폐허건물과 찢겨진 성조기.

TiP   디트로이트가 망한 이유

미국 자동차산업의 안방을 타국에 내줌으로 인해 경제적 상실로 인한
1. 인구가 감소했다.
　　1950년 이후 60년 동안 63%가 줄어 200만이던 인구가 71만
　　3천명에 불과
2. 일없이 노는 사람이 매우 많다. 실업률이 미국 평균의 2배이며
　　미국에서 2번째로 실업률이 높다.
3. 범죄율이 높다. 미국 전체의 평균보다 다섯 배가 높다.
4. 방화가 많다.
5. 인구, 노동력, 경제활동의 감소는 주택가치성장을 저해하였고,
　　이는 세수감소로 이어져 시정부의 재정유연성을 심각하게
　　제한했다.
6. 잘 조직된 노동조합의 영향으로 임금과 연금부담이 증가했다.
　★ 아시아경제 박희준 기자의 보고내용 참조

이러한 폐허건물은 디트로이트 피플무버를 타게 되면 더 쉽게 볼 수 있
다. 우린 디트로이트 피플무버(Detroit People Mover)를 타기 위해 그랜드서커

스파크스테이션(Grand Circus Park Station) 근처에 주차를 하였는데 그동안 내가 알던 주차문화와는 달랐다.

디트로이트 피플무버.

주차 빌딩인 경우는 티켓을 뽑은 뒤 출차 시 주차비를 지불하고, 코인주차 시에는 사전에 주차예정시간을 정하고 정해진 요금을 지불하거나, 주차요원이 있는 경우 하루 종일 주차를 할 것인지 반일 주차를 할 것인지를 말하여 그에 합당한 요금을 지불하고 영수증을 받게 되는데 디트로이트에서는 시간당 얼마라는 내용도 없이 단지 주차비가 $5이라고 되어 있다. 우리가 주차를 하니 흑형님이 다가온다. 우리가 얼마냐고 물으니 $5을 달라 한다. 돈을 받은 흑형님은 $5이 시간당인지 하루 종일(all day)인지 설명도 없고 영수증도 주지 않고 사라졌다.

우린 영수증을 받지 못해 불안하였지만 말할 틈도 없이 사라졌기에 다시 달라고 하면 주겠다는 마음으로 전철을 타러 갔다. 피플무버의 전철요금은 1인당 75¢인데 순환선으로써 총 13곳의 정거장에 정차를 한다. 지난 마이애미에서 탔던 메트로무버(Metro mover)와 같이 무인전철이다. 피플무버나 메트로무버는 원하는 만큼 몇 바퀴를 돌아도 누가 뭐라는 사람이 없다.

더구나 이러한 전철들은 우리나라와 다르게 건물 내에도 철로가 있어 건물 안에 정거장이 있는 경우 빌딩 내에 근무하는 사람들이 편리하게 이용할 수 있고 우리와 같은 시내관광을 하는 관광객에게도 많은 도움이 될 듯했다. 순환전철은 다운타운을 모두 돌기 때문에 시내를 모두 볼 수 있어 관광하기 아주 좋았다. 다만 마이애미의 메트로무버 요금이 무료였다면 디트로이트는 얼마간의 요금을 받는다는 것이 달랐다. 원하는 만큼 몇 바퀴를 돌아보아도 된다는 점은 마이애미나 디트로이트 모두 같았다. 우리는 첫 번째는 디트로이트 시내를 동영상을 찍기 위해 돌았으며, 두 번째는 눈으로 담아두기 위해서, 세 번째는 마음에 담아두기 위해 돌았다.

디트로이트의 시내는 치안의 문제가 있어 되도록 자동차 밖에 나오지 말라는 이곳 한인들의 조언이 있었다. 전철관광은 공공장소이고 아무도 말을 붙이지 않아 디트로이트의 망가진 도시를 제대로 볼 수는 있었지만 마음은 알알했다.

전철관광을 마치고 이번에는 자동차로 디트로이트 다운타운을 돌아보았다. 디트로이트에는 10마일도로(10 miles road)라는 이름이 있다. 디트로이트는 10마일을 기준으로 시내가 형성되어 있다고 한다. 그래서 도로이름도 10마일도로라고 한다. 우리는 10마일도로를 달리면서 도로 상태가 여기저기 움푹 파이거나 임시로 보수를 하여 흥부네 기운 옷처럼 엉망인 것을 쉽게 볼 수 있었다.

디트로이트의 자동차산업이 망가짐에 따라 미시간 주의 재정도 악화되었다고 한다. 그래서 도로공사 비용이 막대하여 쉽게 보수를 하지 못해 그렇다는 것이다. 더구나 미시간은 5대호를 끼고 있어 겨울의 잦은 눈으로 염화칼슘 등 제설작업을 자주해야 한다. 그 염화칼슘으로 인해 도로가 쉽게 망가져 해마다 도로 보수공사를 해야 하는데 그 자금이 어마어마하다고 한다. 이는 디트로이트뿐만 아니라 내가 사는 이스트랜싱도 망가진 도로가 방치된

채 있는 것을 많이 보았다.

디트로이트가 한 때 호황이었음을 짐작할 수 있는 10층 이상의 건물과 호텔도 폐허인 채로 방치되어 있다. 이러한 모습을 사진에 담기 위해 디트로이트를 방문하는 관광객에 대한 투어 상품이 있을 정도라 한다. 지금은 디트로이트의 화려함은 간 곳이 없고 폐허만 남아 있었다. '디트로이트, 아! 옛날이여' 그 자체였다.

〈메트로무버의 정거장/요금 75¢ 〉

1- Times Square Station

2- Grand Circus Park Station

3- Broadway Station

4- Cadillac Center Station

5- Greektown Station

6- Bricktown Station

7- Renaissance Center Station

8- Millender Center Station

9- Financial District Station

10- Joe louis Arena Station

11- Cobo Center Station

12- Fort/Cass Station

13- Michigan Station

〈운영시간: Operating Schedule〉

월–목: 6:30 Am – 12 Midnight

금: 6:30 Am – 2 Am

토: 9:00 Am – 2 Am

일: 12 Noon – 12 Midnight

우린 또한 미국에서 제일 먼저 생겼다는 디트로이트 동물원(Detroit Zoo)을 구경하고 트로이에 있는 한국인이 운영하는 H마트에 다녀왔다. H마트는 미국에 23개의 점포가 있다. 주로 한국인이 많이 살고 있는 LA, 애틀랜타, 시카고 등에 있다. 이곳에서 한국인을 위한 식재료를 팔고 있었는데 외국인들도 많이 이용하는 것 같았다. 특히 나이 드신 교포 어르신들은 이곳이 장보는 재미도 있거니와 한국 사람을 만날 수 있어 더욱 좋다고 한다. 우리도 모처럼 이곳에서 순댓국 한 그릇을 비우고 한국의 향수를 느껴보았다.

디트로이트 동물원 주소(address)

8450 W. 10Miles Road, Royal Oak, Mi, 48067–3001

〈운영시간: open 362 days a year〉

4.1 – 5.1(Labor Day) daily 9 Am – 5 Pm

7월 – 8월 수요일 9 Am – 8 Pm

9.3 – 10.3 daily 10 Am – 5 Pm

11월 – 3월 daily 10 Am – 4 Pm

Closed: New Year's Day, Thanksgiving Day and Christmas Day

요금

성인(15-61) $14

경로(62이상) $10

어린이(2-14) $9, (2세 미만 Free)

군인(15-61) $12

주차요금(Parking Rates)

car/ben $5

bus $10부지 밖(offsite, seasonal) $3

Zoo Member: free

H 마트 주소(address)

트로이 H마트

2963 E. Big Beaver Road Troy, Mi 48083(☎248-689-2222)

시카고 H마트

801 Civic Center Dr., Niles, Il 60714(☎847-581-1212)

쉰세대의 신혼생활

누구에게나 신혼생활은 달콤하고 고소하다 하여 깨소금에 비유한다. 그러나 한두 해가 지나고 아이가 생기면서부터는 사랑보다 의무로 살고 있다는 것이 나만의 생각일까? 언젠가 한 작가가 TV에 출연하여 부부애로 살기보다 전우애로 살았다고 하던 말이 가끔 생각났다.

남편과 만나 한 집에 살기 시작한 지 32년째다. 우리는 같은 고향에서 자라 같은 학교를 다니면서 쌓은 사랑으로 시작하였지만 어찌 다투지 않았겠나. 언제부터인가는 내가 한 박자를 쉬어야 하는지 남편이 한 박자를 쉬고 있는지를 눈빛만 보아도 알 수 있어 친구처럼 토닥거리며 잘 살고 있다.

더구나 머나먼 타국 미국에서는 더욱 친구처럼 지냈다. 미국에 가기 전까지는 직장을 다닌다는 이유로 끼니를 제대로 챙겨주지 못하였다. 우리에겐 끼니란 영양분을 섭취하기보다 빈속을 때우는 개념으로 대충 살았다. 그러나 미국에서 생활하는 동안은 달랐다. 미국에서는 외식을 한다 해도 음식문화가 달라 외식에 대한 기대감도 없었고 밖에 나가본들 먹을 것이 마땅치 않았다. 회가 먹고 싶어 나름 잘한다는 일식집에 갔는데 회가 회 맛이 아니었다. 사정이 이러하다 보니 하루 세끼를 모두 집에서 해결했다. 결혼 30년 동안 한 요리보다 미국에서 9개월간 한 요리가 훨씬 더 많았던 것 같다.

미국에선 비싼 것이 흠이지만 한인마트가 있어 쌀과 배추, 무 등 한국 식재료를 얼마든지 구할 수 있다. 2013년 가을 시카고 여행을 다녀오면서 시카고 H마트에 들러 배추 1박스와 무, 마늘, 파 등 김장에 필요한 재료들을 사왔다. 배추는 반씩 쪼개어 소금에 절여 포기김치를 하고, 남은 무로 깍두기와 생채까지 만들었다. 냉장고에 가득 채운 김치를 바라보니 마음이 뿌듯했다. 그도 혼자 해냈으니 감탄하지 않을 수 없었다. 앞으로는 김장 걱정을 하지 않아도 될 것 같다.

미국에서 냉동새우를 사다 소금에 씻어 간장과 물을 6대 4의 비율로 끓인 후 식혀 부어 2일을 숙성시키면 맛있는 간장새우장이 된다. 내가 만든 간장새우장을 이곳 교민에게도 나눠 주었는데 인사이겠지만 맛있다고 하였다. 이렇듯 나의 요리는 점점 물이 올랐다. 지금까지 내가 요리에 집중해본 적이 없어서인지 새로운 메뉴를 개발하여 아는 사람과 나눠 먹는 것 자체가 좋았다. 급기야는 연어절임회까지 손을 댔다. 이곳은 캐나다가 가까워서인지 연어를 마트에서 얼마든지 싸게 살 수 있다. 생 연어를 소금물에 이틀 동안 담근 후 물기를 제거하고 어슷어슷하게 썰고 여기에 양파와 풋고추를 슬라이스 하여 생미역이 없으니 마른 미역을 물에 불려 대신 곁들이는 연어절임회의 맛은 갈증 나는 회를 대신할 수 있어 좋았다.

아들이 왔을 때 소고기를 이용한 야채볶음, 샤브샤브 등 이것저것 요리를 해주니 아들도 예전 요리솜씨가 아니라며 칭찬을 하였다. 아들은 예전 나의 요리솜씨를 너무나 잘 알고 있었다. 아들이 일곱 살 무렵 나와 같이 근무하던 동료가 우리 집에 온 적이 있었다. 그 친구는 내 아들에게 너희엄마가 무엇을 맛있게 해주니 하고 물었는데 내 아들은 서슴지 않고 "보리차요"라고 했다. 그러자 그 친구는 너희 집은 보리차도 요리구나 라고 할 정도였는데 오늘날 나의 요리솜씨는 하늘에 다다르고 있었던 것이다.

그러니 남편은 오죽하였으랴. 그동안 아무렇게나 해주어도 불평 한마디 하지 않고 살아온 남편에게 하루 세끼를 새 신부처럼 매일 매일 따뜻한 밥과 반찬을 만들어 대령했다. 쉰 중반을 지난 나이에 또 우린 제2의 신혼생활을 해본 것이다.

합방은 인내다

2014 갑오년에 우리 부부는 결혼 31주년을 맞이했다. 검은 머리에 만난 남편은 이제 하얀 머리가 되었다. 당시 결혼식 때 주례사는 검은 머리가 파뿌리가 될 때까지 즐거우나 슬프나 서로 의지하여 살 것을 당부하였는데 정말 남편의 머리는 하얗게 변했다.

미국에서 만난 외국인이든 한국 사람이든 우리 부부는 싸움을 하지 않을 것 같다고 말한다. 그러나 어찌 부부싸움을 안 하겠는가? 대부분의 부부들이 그러하듯 602호에 사는 부부나 206호에 사는 부부나 싸우고 화해하며 살고 있지 않나 생각한다.

우리 부부도 한 때 많이 싸웠다. 정확하게 말하자면 결혼하여 13년차까지는 싸움을 몰랐다. 그 당시만 해도 부부들이 왜 싸우는지 이해하지 못하였다. 가끔 결혼한 동료들이 싸웠다고 하면 왜 싸우지 하며 철없던 생각을 한 적도 있었다. 그런데 13년이 지나고부터는 싸움이 잦기 시작했다. 심지어 나는 사무실에서 일을 하다가도 전날 한 싸움에 화가 치밀어 직장 근처에 있는 구청에 택시를 타고 가서 이혼신고서를 가져와 작성한 적도 있었다.

지금은 무슨 사유로 싸웠는지 구체적으로 생각이 나질 않는다. 아마 서로의 생활에 대한 참견으로 다툼이 심했던 것 같다. 그렇게 10년간 엄청 싸웠는데 언제부터인가는 서로 토닥거리지만 잘 지내고 있다. 그 원인 중 하나가 서로 방을 따로 쓰면서부터란 생각이 들었다. 처음에는 공부를 하기 위해 각 방을 쓰기 시작하였는데 이제는 남편은 새벽에 사무실에 나가 일찍 귀가하고 나는 늦게 퇴근하는 생활패턴 때문에 지금까지 계속 되고 있다. 어쩌다 가족의 날을 정해 한 달에 한 번은 우리 가족 3명이 한 방에서 자는 날을 정해 봤다. 처음에는 한 방에서 3명이 잠을 자기 시작했지만 자다보면 모두 각자의 방에서 자고 있는 것이었다.

더구나 남편은 해마다 책을 1권씩 내고 있었으므로 밤중에도 일어나 글을 쓰고 있어 어쩌다 봐도 합방은 무리였다. 그래서 우린 서로 각 방을 쓰게 되어 주중에는 서로 얼굴보기가 어려웠다. 단지 우리가 살아있는 눈동자를 마주치는 시간은 주말뿐이다. 나는 주말에는 출근의 부담감도 없으니 이른 새벽부터 커피를 같이 마시며 일주일간 밀린 이야기를 한다. 그런 각방 살이는 속옷도 각기 자기 방에서 해결하도록 하여 이런 속사정을 모르는 이가 볼 때에는 무늬만 부부처럼 보일 수 있었다. 물론 여기에 단점도 있다. 예를 들면 어떤 동료가 개업을 하게 되었는데 안내장을 남편에게만 보냈다. 그런데 우연히도 그 주에는 서로 바빠 얼굴을 보지 못해 남편도 내게 그 동료의 개업 이야기를 하지 않아 나는 알지 못했는데 우연히 그 동료가 내 근무지에 찾아옴에 따라 개업사실을 알게 되어 난처한 경우도 있었다.

그러나 장점이 더 많다. 한밤중에 듣고 싶은 음악도 들을 수 있고 서로가 서로를 심하게 간섭하지 않아 좋았다. 그런데 지난해 미국에 와 보니 남편이 구한 아파트는 방이 1개였다. 특히 미시간은 미국의 동북부에 위치하고 있어 겨울이 어찌나 추운지 평균기온이 영하 20도를 넘나들고 하루걸러 눈이 왔다. 이런 상황이다 보니 우리 부부는 히터를 틀면서도 전기담요에 의지하여 지냈다. 미국에서도 남편은 역시 집필한다고 한밤중에 시도 때도 없이 작업을 하니 밤새 불을 켠 상태에서 나는 잠을 자야 했다. 새벽까지 집필을 하니 늦게까지 잠을 자야 해서 자유롭게 TV도 켤 수 없었다.

장기간 서로가 각 방 사용이 익숙한 터이라 방 하나에서 산다는 것이 사이가 좋고 나쁨을 떠나 무척이나 불편했다. 한국 가면 내 방에서 다시 편하게 살 수 있단 소박한 꿈으로 이겨낸 것 같다.

제3부

생활정보
및
미국 엿보기

미국 50개 주의 성장기

미국은 땅의 크기로는 세계 3번째라고 한다. 러시아가 첫 번째이고 두 번째는 캐나다라고 한다. 미국의 땅 면적은 3,718,711스퀘어마일(square miles, 9,826,675㎢ 추가)이라고 한다.* 또한 내셔널지오그래픽에서 소개하고 있는 2010년도 자료에 따르면 미국의 인구는 약 3억 8백만으로 되어 있는데 위키백과에 따르면 최근 인구는 318,892천 명으로 되어 있다.

미국은 현재 50개 주이다. 최초 13개 주로 시작하여 일부 주는 멕시코 등으로부터 구입하고, 일부는 전쟁을 통해 차지함에 따라 오늘에 이르렀다. 그러나 현재 미국은 내셔널지오그래픽 등에서는 위로는 캐나다, 아래로는 멕시코까지 함께 보여주는 자료가 많이 눈에 띄고 있어 미국은 이들 나라와는 같은 경제권 관계가 있음을 알 수 있었다. 아래의 표에서는 미국의 주도 및 닉네임, 인구, 면적, 주편입연도 등을 정리하였다.

미국 지도.

* 이지 잉글리쉬 뉴스(Easy English News) 2014년 1월호 참조
* 2010년도 내셔널지오그래픽(National Geographic) 참조

1. 미국은 1787년~1790년까지 펜실베이니아(Pennsylvania), 뉴저지(Jersey), 델라웨어(Delaware), 뉴욕(New york), 조지아(Georgia), 버지니아(Virginia), 매사추세츠(Massachusetts), 메릴랜드(Maryland), 사우스캐롤라이나(South Carolina), 코네티컷(Connecticut), 뉴햄프셔(New Hampshire), 노스캐롤라이나(North Carolina), 로드아일랜드(Rhode island) 등 최초 13주로 시작되었다.

2. 뉴올리언스를 구입한 경위는 당시 서북부에서 지은 농산물을 플로리다로 보내기 위해서는 미시시피 강을 이용하여야 하는데 뉴올리언스와는 마찰이 있었다. 그러던 차에 프랑스는 나폴레옹이 전쟁으로 인해 많은 돈이 필요했으므로 미국은 1803년도에 프랑스로부터 뉴올리언스를 15백만 달러를 주고 구입하게 되었다.

3. 미국은 스페인에게 록키산맥(Rocky UOMntains) 서북부 쪽을 인정해 주는 대신 1819년도 스페인으로부터 동·서 플로리다(East and West Florida)를 5백만 불($5 million)을 주고 구입하였다고 한다.

4. 1830년도에는 인디언으로부터 캐롤라이나 주, 조지아 주, 테네시 주를 차지하였고, 1832년도에는 미국의 제7대 대통령 앤드류잭슨(Andrew Jackson)이 오클라호마(Oklahoma) 주를 인디언으로부터 차지하였다.

5. 스페인은 센트럴(Central), 사우스아메리카(South America), 멕시코(Maxico) 등 북부지역에 많은 식민지를 거느리고 있었는데, 멕시코는 1821년도에 스페인으로부터 독립하였다. 텍사스는 당초 멕시코의 한 부분이었으나 미국은 멕시코와 싸워 텍사스(Texas)를 차지하게 되었는데 텍사스공화국으로 독립하였다가 1표차로 병합되어 1845년도에 미국의 소유주가 되었다는 말이 있다.

6. 멕시코는 미국이 텍사스 주를 소유하는 것을 원하지 않아 싸웠으나 전

쟁에 져서 1848년 조약에 따라 멕시코는 미국으로부터 18.3백만 달러($18.3 million)를 받고 멕시코 땅의 40%를 미국으로 넘겼다. 그것이 현재 미국의 뉴멕시코 주, 애리조나 주, 캘리포니아 주, 콜로라도 주, 유타 주, 네바다 주다.

8. 캘리포니아 북부에 있는 오레곤 주는 미국과 영국이 서로 소유권을 주장하다. 1846년 영국과 타협하여 미국의 주가 되었다.

9. 캘리포니아(Calfornia)는 미국과 멕시코 전쟁 후 미국의 31번째 주(*모바일 백과사전 참조)가 되었으며, 1849년 금광의 발견으로 유럽 등 타주에서 많은 사람들이 모이기 시작하여 현재에 이르렀는데 캘리포니아의 현재 인구는 미국 50개 주 중 1위로 가장 많은 인구가 살고 있다.

캘리포니아의 주도는 세크라멘토이다. 그러나 주도 세크라멘토보다 샌프란시스코가 더 알려진 듯했다. 샌프란시스코의 명물 중 하나가 금문교인데 금문교 다리는 오렌지스타일 붉은색이다. 금문교의 색이 붉은 이유는 샌프란시스코가 태평양 해안에 위치하고 있는 관계로 안개가 항상 많아 안개 속에서 가장 잘 보이는 색이기 때문이라고 한다.

10. 알래스카(Alaska)주는 591,004에이커로(152만 ㎢) 미국의 50개 주 중 가장 면적이 크며, 두 번째인 텍사스 주의 2배가 넘는다. 러시아가 영국과의 전쟁으로 자금이 필요할 때 미국이 1867년도에 러시아에게 7.2백만 달러($7.2 million)에 주고 구입하였다. 1959년 아이젠하워 대통령에 의해 미국의 49번째 주가 되었는데 존슨 대통령이 알래스카 주를 구입할 당시에는 미국에서는 당시 시워드 장관에게 알래스카를 잘못 구입하였다고 조롱하였으나 1897년에 금광이 발견되고 석유, 가스 등이 발견되어 이제는 미국에 커다란 부를 가져다주고 있다.

11. 1893년에 하와이로 건너간 본토인인 하와이 원주민(Hawaii's queen)과

싸워 1898년도 미국으로 통합시킴에 따라 미국의 50번째 주로 편입되었다.

12. 푸에르토리코, 쿠바 등은 스페인의 식민지였으나, 쿠바가 스페인과의 전쟁으로 1898년도에 독립하게 되면서, 스페인은 전쟁 당시 미국의 도움을 받은 사유로 1946년도에 20백만 불($20 million)을 받고 괌(Guam)과 푸에르토리코(PuertoRico)를 미국에게 넘겨주었는데 아마도 푸에르토리코는 향후 미국의 51번째 주가 될 것 같은 생각이 든다.

13. 미드웨이(Midway Island)군도, 웨이크 섬(Wake Island), 버진 제도(Virgin Island)는 덴마크로부터 $25백만 불에 구입하였다.

14. 헤브리디스 제도(Hebrides Islands), 마리아나 제도(Mariana Islands), 미크로네시아(Micronesia), 팔라우 제도(Palau Islands)는 현재 미국과 자유연합협정을 이루었다.

미국의 각 주별 정리

(참조: 2010년도 National Geographic, Easy English News)

번호 (no)	주명 (state Name)	주도 약자	주도 (capital)
1	펜실베이니아(Pennsylvania)	PA	해리스버그(Harrisburg)
2	뉴저지(New Jersey)	NJ	트렌턴(Trenton)
3	델라웨어(Delaware)	Del	도버(Dover)
4	뉴욕(New york)	NY	알바니(Albany)
5	조지아(Georgia)	GA	애틀랜타(Atlanta)
6	버지니아(Virginia)	VA	리치먼드(Richmond)
7	매사추세츠(Massachusetts)	MA	보스턴(Boston)
8	메릴랜드(Maryland)	MD	아나폴리스(Annapolis)
9	사우스케롤라이나(South Carolina)	SC	콜롬비아(Columbia)
10	코네티컷(Connecticut)	COnn	하트포드(Hartford)
11	뉴햄프셔(New Hampshire)	NH	콩고드(Concord)
12	노스캐롤라이나(North Carolina)	NC	롤리(Raleigh)
13	로드아일랜드(Rhode island)	RI	프로비덴스(Providence)
14	버몬트(Vermont)	VT	몬트필리어(Montpelier)
15	켄터키(Kentucky)	KY	프랭크퍼트(Frankfort)
16	테네시(Tennessee)	TN	내슈빌(Nashville)
17	오하이오(Ohio)	OH	콜롬버스(Columbus)
18	루이지애나(Louisiana)	LA	배턴루지(Baton Rouge)
19	인디아나(Indiana)	IN	인디애나폴리스(indianapolis)
20	미시시피(Mississippi)	MS	잭슨(Jackson)
21	일리노이(Illinois)	IL	스프링필드(Springfield)
22	앨라배마(Alabama)	AL	몽고메리(Montgomery)
23	메인(Maine)	ME	오거스타(Augusta)
24	미주리(Missouri)	MO	제퍼슨시티(Jefferson City)
25	아칸소(Arkansas)	AR	리틀록(Little Rock)
26	미시간(Michigan)	MI	랜싱(Lansing)
27	텍사스(Texas)	TS	어스틴(Austin)
28	플로리다(Florida)	FL	탤러해시(Tallahassee)

애칭 (Nick Name)	인구 (population)	면적 (area)	기입연도 (Statehood)	참고 (note)
Keystone State	12,702,379	45,308	1787	
Garden State	8,791,894	7,787	1787	프린스턴대학교
First State	897,934	2,044	1787	
EmpireState	19,378,102	49,108	1788	월가, 자유의 여신상, 브로드웨이 등
Empire State of the South	8,687,653	58,910	1788	코카콜라 본사
Old Dominion State	8,001,024	40,767	1788	
Bay state	6,547,629	8,284	1788	하버드대학교, MIT공대
Old line State	5,773,552	10,460	1788	
Palmetto State	4,625,364	31,113	1788	
Constitution State	3,574,097	5,018	1788	예일대학교
Granite State	1,316,470	9,279	1788	
Tar Heel State	9,535,483	52,669	1789	
Ocean State	1,052,567	1,212	1790	
Green UOMntain State	625,741	9,614	1791	
Bluegrass State	4,339,367	40,409	1792	
Volunteer State	6,346,105	42,144	1796	남북전쟁격전지
Buckeye State	11,536,504	41,330	1803	
Pelican State	4,533,372	47,751	1812	뉴올리언스
Hoosier State	6,483,802	35,185	1816	
Magnolia State	2,967,297	47,689	1817	흑인비율이 높은주
Land of Lincoln	12,830,632	56,345	1818	시카고
Heart of Dixie	4,779,736	51,705	1819	최근 자동차산업
Pine Tree State	1,328,361	33,265	1820	
Show me State	5,988,927	69,697	1821	세인트루이스, 게이트웨이아치
Natural State	2,915,918	53,187	1836	미구의 유일한 다이아몬드 채광
Great Lakes State	9,883,640	58,527	1837	호수, 디트로이트
Lone star State	25,145,561	266,807	1845	인구, 면적 미국 2번째
Sunshine State	18,801,310	58,664	1845	에버글래이즈(everglades), 디즈니랜드

미국의 각 주별 정리

(참조: 2010년도 National Geographic, Easy English News)

번호 (no)	주 명 (state Name)	주도 약자	주도 (capital)
29	아이오와(Iowa)	IA	디모인(Des Moines)
30	위스콘신(Wisconsin)	WI	메디슨(Madison)
31	캘리포니아(Calfornia)	CA	세크라멘토(Sacramento)
32	미네소타(MInnesota)	MN	세인트폴(ST. Paul)
33	오레곤(Oregon)	OR	살렘(Salam)
34	캔자스(Kansas)	KA	토페카(Topeka)
35	웨스트버지니아(West virginia)	WB	찰스턴(Charleston)
36	네바다(Navada)	NV	카슨시티(Carson City)
37	네브래스카(Nebraska)	NE	링컨(Lincoln)
38	콜로라도(Colorado)	CO	덴버(Denver)
39	워싱턴(Washington)	WA	올림피아(Olympia)
40	몬태나(Montana)	MT	헬레나(Helana)
41	사우스다코타(South Dakota)	SD	피어레(Pierre)
42	노스다코타(North Dakota)	ND	비스마르크(Bismarck)
43	아이다호(Idaho)	ID	보이시(Boise)
44	와이오밍(Wyoming)	WY	샤이엔(Cheyenne)
45	유타(Utah)	UT	솔트레이크시티(Salt Lake city)
46	오클라호마(Oklahoma)	OK	오클라호마시티(Oklahoma city)
47	애리조나(Arizona)	AG	피닉스(Phoenix)
48	뉴멕시코(New Mexico)	NM	산타페(Santafe)
49	알래스카(Alaska)	AK	주노(Janeau)
50	하와이(Hawaii)	HI	호놀룰루(Honolulu)
★	콜롬비아(District of Columbia)		
	합계		

애칭 (Nick Name)	인구 (population)	면적 (area)	가입연도 (Statehood)	참고 (note)
Hawkeye State	3,045,355	56,275	1846	
Badger State	5,686,986	56,153	1848	할리데이비슨 오토바이
Golder State	37,253,956	158,706	1850	대스밸리(death valley) 요세미티(yosemite), LA
Gopher state	5,303,925	84,402	1858	미국 제1의 철광석채굴지
Beaver State	3,831,074	97,073	1859	나이키본사
Sunflower State	2,853,118	82,277	1861	
UOMntain State	1,852,894	24,231	1863	
Silver State	2,700,551	110,561	1864	대스밸리(death valley) 라스베이거스
Cornhusker	1,826,341	77,355	1867	
Centennial State	5,029,196	104,091	1876	로키산맥
Evergreen State	6,724,540	68,138	1889	시애틀
Tresure State	989,415	147,046	1889	
Mount Rushmore State	814,180	77,116	1889	러시모아 산
Flickertail State	672,591	70,703	1889	
Gem State	1,567,582	83,564	1890	
Equality State	563,626	97,809	1890	엘로우스톤(yellowstone) 미국최초여성투표권인정
Beehive State	2,763,885	84,899	1896	브라이스캐년(brycecanyon) 자이언캐년(zioncanyon), 몰몬교본부
Sooner State	3,751,351	69,956	1907	
Grand Canyon State	6,392,017	114,000	1912	그랜드캐니언(grand canyon)
Land of enchhantment	2,059,179	121,593	1912	모뉴먼트(national monument)
Great Land	710,231	591,004	1959	글래이셔국립공원
Aloha State	1,360,301	6,471	1959	홀라춤, 우쿨렐레
	601,723	69	1800	(Become Capital)
	307,744,438	3,617,770		

영사관 주소는 알아두자

해외에 장기체류 시 영사관을 찾는 경우는 여권의 재발급보다는 인감증 명발급을 위한 위임장과 법률행위에 관한 증서, 사서증서인증, 일반위임 등에 따른 영사의 확인이 필요한 경우가 많을 것이다. 이에 대해 내가 경험한 사실을 바탕으로 간단하게 안내하고자 한다.

〈준비할 것〉

1. 공통

① 한국여권원본 및 사본 1매

② 대리인의 성명, 주민등록번호, 주소 관계 등은 미리 메모해 갈 것

2. 수수료(2014년 1월 기준)

구분	인감위임	일반위임	법률행위에 관한 증서	비고
수수료	$ 4	$2	$2.5	

해외여행을 하게 되면 여행지 공항에 도착하자마자 도착지영사관에서 해외에서 어려움이 생길 때 참고하라며 영사관 전화번호를 문자로 보낸 것을 여행자면 모두 경험하였을 것이다. 나는 해외여행 시 영사관에서 보내준 문자와 전화번호에 무관심하였고, 특히나 대부분 패키지여행을 하다 보니 큰 문제도 없었다.

그러나 오래 살다보니 영사관에 가야할 일이 생겼다. 그간 나와 영사관은 역시 아무런 상관이 없는 줄 알았는데, 한국에서 나의 인감이 필요하다고 동생으로부터 연락이 온 것이다. 내가 거주하고 있는 미시간 주를 관할하는 영사관이 어디에 있는지를 알아야 했는데 순간 당황하고 막막했다. 우선 인터넷에 검색을 해보았다. 인터넷이 생활화 되지 않아서인지 쉽게 찾아지지 않았다. 아마 검색어를 잘못 입력한 원인이 있겠지만 우선 뉴욕에 있는 영사관이 검색되었다. 그러나 뉴욕은 이곳 미시간에서 자동차로 거의 13시간 이상을 가야 하는 거리니 특히 겨울철에는 만만한 거리가 아니었다. 인감위임장을 생각하니 가슴이 갑갑했다. 분명 뉴욕 말고 이 근처에도 있을 것인데 라고 생각하며 이리저리 검색 끝에 겨우 미시간 주를 관할하는 영사관이 시카고에 있음을 확인하였다. 시카고라고 해도 미시간에서 시카고까지는 200마일이 조금 넘으므로 자동차로 약 4시간 이상을 가야 한다. 물론 뉴욕에 비하면 4시간은 식은 죽 먹기다. 2014년 1월 29일 한국의 구정 전일 이곳은 눈이 무지하게 내렸는데 눈 속을 뚫고 인터넷에 안내된 시카고 영사관을 찾아 다행히도 필요한 서류를 발급받았다. 미국에서 살다보니 미국은 정확한 주소를 확보하는 것이 우선임을 알게 되었다. 주소만 확보되면 국경을 넘어 캐나다도 갈 수 있고, 확실한 주소만 알면 이곳 지리에 해박하지 않아도 어디든지 갈수 있다. 아래는 내가 헤매며 검색한 미국에 있는 한국영사관 주소를 우리와 같은 올드피플(Old People)을 위해 정리해 보았다.

시카고영사관의 경우는 다운타운에 위치하고 있어 주차가 만만치 않다. 그러나 서류발급 시간이 그리 오래 걸리지 않으므로 인근 주차장에 주차하는 것도 번거롭다. 혼자 갈 경우는 어쩔 수 없겠지만 우린 내가 서류를

발급받는 동안 남편은 영사관 주차장을 몇 바퀴 돌면서 기다렸기에 다른

주차장을 이용하지 않고 일을 볼 수 있었다.

영사관 주소 관할 및 연락처(미국)

명칭	명칭	주소	연락처	관할(범위)
워싱턴	KoreanEmbassy consular Office	2320MassachusettsAve. NWWashington,DC 20008	(202) 939-5663	Maryland, Virginia, Washington DC
뉴욕	Korean Consulate General of the Republicof Korea	460 Park Ave. 5th Fl, New York, New York 10022	(212) 752-1700	Connecticut,Delaware, Kentucky,New Jersey, NewYork,Pennsylvania, West Virginia
보스턴	Korean Consulate General of the Republicof Korea	1 Financial Center, 15th Floor Boston, Massachusetts 02111	(617) 348-3660	Massachusetts, Maine, NewHampshire, Vermont,Rhode Lsland
시카고	Korean Consulate General of the Republicof Korea	NBC Tower 455 North City Front Plazsa Dr. Chicago, Illlnois 60611	(312) 822-9485	Illnois, Indiana, Iowa, Kansas,Michigan, MInnesota,Missouri, Nebraska, North Dakota, Wisconsin
샌프란시스코	Korean Consulate General of the Republicof Korea	3500 Clay Street San Francisco,California 94118	(415) 921-2251	Northern California, Colorado,Utah, Nevada, Wyoming
로스앤젤레스 (L A)	Korean Consulate General of the Republicof Korea	3243 Wilshire Blvd. Los Angeles, California 90010	(213) 385-9300	SouthernCalifornia, Arizona, New Mexico
시애틀	Korean Consulate General of the Republicof Korea	Suite 1125, United Airlines Building 20336th Avenue Seattle,Washington 98121	(206) 441-10111	Idaho,Montana, Oregon, Washington
휴스턴	Korean Consulate General of the Republicof Korea	Suite 1250 Three Post Oak Central Building 1990 Post Oak Blvd. Houston, Texas 77056	(713) 961-0186	Arkansas, Canal Zone, Louisiana, Mississippi, Oklahoma, Texas
애틀랜타	Korean Consulate General of the Republicof Korea	Suite 500, Cain Tower 229 Peachtree St. Atlanta, Georgia 30303	(404) 522-1611	Alabama, Georgia, North Carolina, South Carolina, Tennessee
마이애미	Korean Consulate General	201 South Biscayne Blvd. Suite 1350 Miami, Florida 33131	(305) 372-1555	Florida,Virgin Lslands, Puerto Rico
호놀룰루		2756 Pali Highway Honolulu, Hi 96817	(671)647-6488	Guam,American Samoa, Hawaii

(참조 외교부 홈페이지)

내가 보고 느낀 미국의 관공서

공무원 신분이어서인지 미국 운전면허증을 발급받는 과정에서 만난 미국 공무원이 일하는 모습과 미국 공무원에 대해 이야기하는 바에 유난히 관심이 갔다.

미국은 우리의 주민등록번호와 비슷한 사회보장번호가 있다. 이는 미국 정부에서는 수입(Income)이 있는 경우나 J1비자 등의 소지자에게는 사회보장번호를 부여해 주지만, 소득이 없거나 나와 같이 J2비자에 해당하는 사람은 사회보장번호를 부여해 주지 않는다.

미국의 공공기관도 대부분이 오전 9시에 업무를 시작하여 5시에 마감하나 기관마다 업무시간이 다소 차이가 있어 자세한 시간을 알려면 인터넷에서 미리 확인해야 낭패가 없다. 나는 운전면허증을 발급하는 차량관리국 (DMV- Department of Motor Vehicles)엘 갔는데 오전 9시에 문을 열고 업무가 시작되는 것을 경험했다. 이곳은 차량의 신규 등록이나 이전 등을 관리하는 곳으로 민원이 늘 많은 부서라 한다.

운전면허증을 발급받기 위해서는 사회보장번호가 있어야 하나 나는 사회보장번호가 없으므로 사회보장국(SSA - Social Security Administration)에서 사회보장번호(S.S.N - Social Security Number)가 없다는 증명서를 받아야 했다.

이 서류를 발급받기 위해 사회보장국에 8시 35분쯤 도착했다. 1월이라 날씨가 영하 20°가 넘었으며 내 앞에 이미 45명이 줄을 서고 있었다. 업무가 시작되기까지 내 뒤 사람을 포함에 모두 70여 명 정도가 대기하고 있는데도 그 추운 날 아무도 사무실문을 열어주지 않았다. 정확하게 9시가 되니 직원이 문을 열어 주었는데 빨리 문을 열어주지 않느냐고 항의하는 사람이 아무도 없었다. 오히려 조용하게 대기표를 뽑은 뒤 기다리는 것이 인상적이었다. 순간 나는 우리나라에서 추운 겨울날 동사무소나 세무서 등에서 70명 여명이 문 밖에서 기다리고 있는데도 업무시간에 맞춰 문을 열어주었다면 우리나라 민원인들도 이곳 사람들과 같이 조용하게 자신의 일을 보고 묵묵히 돌아갔을까 하는 상상을 해보았다.

이뿐만이 아니었다. 우리야 영어가 서툴러 교통위반 시 제대로 사유를 묻지도 못하고 얌전하게 티켓을 받았지만 영어를 잘하는 현지인들도 이러한 상황에서는 교통경찰관에게 항의하지 않고 순한 양처럼 티켓을 주는 대로 받는다고 한다. 물론 교통경찰은 총을 소지하고 있어서 그렇다고 하지만 어떤 관공서에서도 공무원에게 들이대는 민원인은 없다는 것이 미국에서 20~30년 사는 교민들의 한결같은 이야기였다.

운전면허증을 발급받기 위해 차량관리국(DMV- Department of Motor Vehicles)에 갔다. 차량관리국 공무원은 내게 증빙서류 원본을 달라한다. 나는 한국에서 근무할 때 민원인이 원본과 사본을 같이 제출하는 경우 원본과 사본을 대조하여 이상이 없다고 판단되면 사본을 받았으므로, 사전에 원본과 사본을 모두 준비하여 공무원에게 주었는데 차량관리국 직원은 내 사본서류는 처음부터 받지 않고 원본서류를 받아 직접 복사한 후 되돌려 주는 업무방법을 바라보면서 어떤 방법이 좋은지 나는 잠시 생각하였다.

마지막으로 우리 부부는 디트로이트에서 30년 동안 회계사사무실은 운영하고 있는 홍 회계사님 사무실에서 미국세법이 숨 쉬는 현장을 경험한 바 있었는데 이때 미국의 국세청직원의 청렴도에 대해 질문을 한 바 있다. 홍 회계사님은 이곳에서 30년 이상 일하는 동안 IRS(미연방국세청)로부터 거래처조사를 많이 받아 보았으나 미국국세청직원은 조사업체에 출장조사를 할 때에도 자신들이 먹을 커피까지도 가져오는 등 청렴성은 대단하다고 한다. 또한 지금까지 IRS직원에게 뇌물 등을 준 사실이 없고 이들의 부정부패로 인한 이야기를 거의 들어보지 못했다며 미국 사람들 대부분이 미국 공무원을 신뢰한다고 말씀하시는 것을 들으면서 나도 모르게 우리나라와 비교를 하고 있었다.

미국의 대중교통

미국 땅은 넓다. 남북한을 합친 면적의 45배 정도라고 한다. 땅의 크기로는 세계에서 3번째라 한다. 그 첫 번째가 러시아이고 두 번째가 캐나다 그리고 미국이라고 발표되고 있다. 따라서 미국은 자동차가 필수다. 내가 살던 이스트랜싱의 현지인들은 한 집 당 기본적으로 최소한 2대 이상의 자동차를 보유하고 있었다.

우리는 마트에서 장을 보든 아울렛에서 쇼핑을 하든 자동차로 이동하였다. 특히 여행 시에는 더욱 그러했다. 우리뿐만 아니라 미국 사람들도 대부분 대중교통보다 자동차로 이동하는 것 같다. 개인적인 생각으로는 우리나라가 미국의 대중교통보다 발달한 것 같다. 미국은 철도운송인 앰트랙(Amtrack)과 장거리버스노선으로는 그레이하운드(Greyhound), 메가버스(Megabus), 인디언트레일즈(Indian Trails) 등이 있다. 우리나라는 서울에서 부산, 광주, 대전 등의 지방으로 가는 고속버스나 기차가 하루에도 수십 번 운행되고 있는 것에 비하면 미국은 기차나 버스의 대중교통의 운행횟수가 그리 많지 않아 보였다. 내가 사는 이스트랜싱에 기차역(Amtrack Station)이 있는데 시카고행이 하루 세 번 정도이다.

이스트랜싱 앰트랙.

우린 미국의 대중교통을 경험하기 위해 앰트랙을 타고 시카고에 다녀왔다. 보통 이곳에서 시카고까지는 자동차로 4~5시간 정도 운전을 해야 하므로 장거리에 익숙하지 않은 우리에게 좋은 경험이라고 생각하여 시카고의 기차를 이용해 보았는데 자동차로 갈 때와 시간은 거의 비슷하다. 미국은 뉴욕이나 시카고, 캘리포니아, LA 등 대도시를 제외하고는 거의 교통혼잡이 없으므로 기차를 이용하거나 자동차로 움직여도 시간은 거의 비슷하게 걸렸다. 다만 기차를 타게 되면 자동차로 움직이는 것보다 직접 운전을 하지 않는다는 장점이 있을 뿐이다.

시카고 유니온역.

기차요금은 비싼 편이다. 물론 주중요금과 주말요금이 우리나라와 같이 다르게 적용되고 있는데 주말요금은 주중요금에 비해 몇 배 차이가 나지만 이스트랜싱에서 시카고 유니온 역*까지의 주중요금은 $25정도인데 금요일에는 $50, 토요일은 $75 정도이다. 그레이하운드는 우린 직접 이용하지는 않았지만 앰트랙보다 조금 비싸다고 한다.

만약 2명이 시카고에 갈 경우 자동차를 이용하는 것보다 앰트랙 비용이 더 비싸다. 그러나 앰트랙은 미국 46개 주에 있는 500여 개의 도시와 캐나다를 연결하고 하고 있어 기차를 타고 미국의 대부분의 주를 여행할 수 있는 좋은 수단이 되기도 한다고 한다.

---

* 미시간 주 앰트랙
이스트랜싱(East Lansing) → 베틀크리크(Battle Creek) → 칼라마주(Kalamazoo)→ 시카고(Chicago)

명심해야 할 미국의 교통법규

　교통법규는 한국이나 미국이나 어느 정도 비슷한 것 같다. 한국의 고속
도로의 제한속도는 110㎞이듯 미국도 70마일(Mile, 1mile=1,609m)이다. 다만
우리나라 고속도로 출구 이름은 대부분 그 인근 지역 명을 사용하고 있으
나 미국은 고속도로명이나 출구가 숫자로 표기되어 있다는 게 다르다. 짝
수번호의 도로는 동서로 달리는 도로이고 홀수는 남북을 가리키는 도로
다. 출구명도 아라비아 숫자로(Exit 133번) 되어 있고 거의 1마일 기준으로
출구가 있다. 하지만 1마일 내 2개의 출구가 있는 경우라면 133A, 133B
등으로 되어 있다. 그 외에도 좌회전금지표시, 공사구간표시, 학교구간에서
의 속도제한표시 등 많은 부분에 비슷하나 몇 가지 다른 점이 있다.

우리나라는 우회전신호가 특별하게 없지만 미국은 우회전신호가 있는 곳을 가끔 볼 수 있는데 이를 위반하게 되면 트래픽티켓(Traffic Ticket)을 받게 되며 벌금도 세다. 골목길에서 대로로 합류되기 전에 스톱(Stop)표지판이 있는데 이 표지판에서 3초를 머물러야 한다. 그런데 이를 위반 시에도 벌과금을 받도록 되어 있다. 특이한 것은 특별하게 하지 말라는 표지판이 없는 데에서는 U-turn이나 좌회전을 마음대로 할 수 있다. 신호등이 없는 교차로에서는 먼저 진입한 차가 진행(First in First out)할 수 있다. 이렇게 한국과는 다른 교통법규가 있어 가끔 한국 사람을 당황하게 할 수 있다.

미국의 50개 주는 각기 다른 교통법규를 갖고 있으나 큰 틀에서는 비슷하기에 한국교통법규에 없는 간과하기 쉬운 미국의 교통법규를 혹시라도 이곳에서 운전을 하게 되는 경우 도움이 되도록 시카고총영사관에서 쓴 『안전한 운전, 행복한 생활』에 실린 일리노이 주의 교통법규 중 꼭 필요한 부분을 소개하고자 한다.

〈 간과하기 쉬운 교통법규 〉

1. 속도제한

1) 메트로폴리탄 지역 외곽에 위치한 주간유료고속도로(Interstate Tollway), 무료고속도로, 4차선이상의 일반도로는 65마일이다.

2) 위에서 명시한 도로를 제외한 도로는 55마일

3) 시나 타운지역은 30마일

4) 골목길은 15마일

5) 학교 앞 어린이 보호구역 중 오전 7시부터 오후 4시 사이는 20마일인

데 첫 위반에 대해서는 최소 과태료가 $150이며, 두 번째 위반부터 최소 $300임.

6) 고속도로 등에서 제한속도보다 30마일 이상 초과하거나 다른 일반도로에서 제한속도보다 25마일 이상 초과하여 티켓을 발부받게 되면 법원 Supersion 이상의 B급 경범죄에 해당하며 최고 $1,500의 벌금형 그리고 혹은 최대 180일 간 구치소에 수감될 수 있음.

7) 제한속도보다 40마일 이상 초과한 경우 법원 Supersion 이상의 A급 경범죄에 해당하며 최고 $2,500의 벌금형 그리고 혹은 최대 364일 간 구치소에 수감될 수 있음.

2. 보험에 꼭 가입해야 한다.(유효한 보험 없이 운전을 하는 경우)

1) 첫 번째 위반 시 $500에서 $1,000사이 과태료와, 세 번째 위반 시부터 최소 $1,000의 과태료를 납부해야 한다. 또한 첫 번째 위반과 동시에 운전면허는 3개월간 정지되고, 만약 보험에 가입하지 않은 운전자가 면허정지기간 동안 다시 한 번 보험 없이 운전을 하여 이 법규를 위반 시 면허정지기간은 6개월로 연장됨.

2) 무보험운전자의 과실로 사고가 발생하여 타인에게 상해를 입혔을 경우 무보험운전자는 A급 경범죄로 기소될 수 있음.

3) 타인의 차량을 운전한 경우 그 차량이 보험에 가입되어 있지 않아 사고가 났을 경우 운전자 책임임.

3. 안전벨트법

1) 운전자 및 8세 이상 탑승자는 뒷좌석까지 모두 안전벨트를 해야 함.

2) 8세 미만의 어린이들은 어린이보호용의자에 앉아야 한다. 다만 40파운드 이상이면 허리안전벨트만 매고 뒷좌석에 탑승 가능함.

4. 스쿨버스 일단정지

1) 편도 1차선 도로에서 통학버스가 어린이를 승·하차하고 있을 경우 반드시 정지하고 추월해서는 안 되며, 편도 2차선 도로에서는 통학버스가 반대편차선에 정차해 있는 경우에는 정지할 필요 없이 조심해서 운전해야 함.
2) 첫 번째 위반은 3개월 운전면허 정지와 함께 최소 $150의 과태료 납부.

5. 공사지역, 긴급차량, 장례행렬

1) 공사지역은 서행해야 하고 휴대전화기를 사용해서는 안 되며, 그 지역의 인부 또는 공사차량에 양보해야 함.
2) 긴급차량이 시청각 신호기를 사용하여 접근 시에는 운전자는 오른쪽 차선으로 차선을 변경하고 일시 정지하여 추월하도록 양보함. 만일 양방향교차로에서 멈춘 경우 긴급차량이 추월할 때까지 멈춤.
3) 장례행렬이 진행 중인 경우 경찰관이 허용하는 경우를 제외하고 장례행렬에 끼어들거나 뒤따라 갈 수 없다. 추월로가 있는 경우를 제외하고 장례행렬을 추월할 수 없음.

6. 필수정차지역

1) 모든 철도 건널목 앞에서 반드시 정차
2) 뒷골목, 빌딩사이길, 개인출입로에서 나와 인도로 진입하기 전 운전자

는 반드시 정차해야 함.

3) 장애인 주차구역 위반차량 $250의 과태료 부과됨.

4) 술은 뒷좌석에 두어서는 안 되며, 운반 시는 반드시 트렁크 속에 둘 것.

〈 교통법규 위반티켓 처리방법 〉

1. 일리노이 주에서 교통법규 위반의 경우 운전자는 3가지의 선택사항이 있음.

   1) 과태료

   2) 교통안전학교(Traffic Safety School)

   3) 이의신청

2. 단속카메라에 위반이 적발된 경우

   1) 과태료납부하기

   2) 우편으로 항변하기

   3) 행정청문

〈 운전면허가 취소 또는 정지되는 경우 〉

1. 취소

   1) 무모한 운전 등으로 사망사고(음주운전, 난폭운전)

   2) 2회 이상 음주운전 및 약물에 취한 상태에서 운전

   3) 차를 이용하여 중범죄를 범했을 경우

4) 타인에 사망 포함 상해를 입힌 교통사고를 내고 뺑소니를 친 경우

5) 고의적으로 경찰관의 지시명령을 불복하고 도망치다 교통사고를
   낸 경우

2. 자유재량에 의한 취소 및 정지

1) 21세 이상의 운전자가 12개월 내 3회 이상 교통법규를 위반하여 유죄
   판결(Conviction)을 받은 경우나 21세 미만의 운전자가 24개월 이내 2회
   이상 교통법규를 위반하여 유죄판결을 받은 경우

2) 반복적인 충돌사고 혹은 교통법규를 지속적으로 위반하여 안전운전
   능력에 의심이 갈 경우

3) 본인의 운전면허증, ID카드, 운전허가증 등이 불법 혹은 사기행위 등
   에 사용되는 것을 묵인한 경우

4) 운전면허증의 갱신에 필요한 검사결과 제출을 거절하거나 검사를 통
   과하지 못한 경우

5) 유효한 운전면허증이나 운전허가증 없이 적발되어 유죄판결을 받은
   경우

6) 음주복용운전으로 체포된 상황에서 각 검사를 거부하거나 검사결과
   기준치를 통과하지 못한 경우

7) 책임보험(Liability insurance)을 가입하지 않고 있거나 책임보험증서를 소
   지하지 않고 있는 경우, 연루된 사고가 가입보험의 보상범위에 포함되
   지 않는 경우

8) 무보험으로 운전하거나 무보험운전으로 감독(Supervision)을 받은 후
   특별재정보험(Financial Responsibility Insurance, SR-22)증서 제출을 하지

않았을 경우

9) 공사구간 위험지역에서 운전 속도를 줄이거나 차선을 변경하지 않아 그로 인해 공사장 인부에 상해를 입히거나 차량충돌사고를 일으킨 경우

10) 공사구간 위험지역에서 2년 이내 2회 이상 속도제한 규정을 어긴 경우

11) 교통법규 위반 관련 법원의 출두명령을 지키지 않은 경우

12) 철도건널목 신호위반을 2회 이상하여 유죄판결을 받은 경우

13) 통학버스 정지신호를 무시한 경우

14) 주차위반 과태료를 10회 이상 납부하지 않은 경우

15) 주유소에서 주유한 후 돈을 지불하지 않고 달아난 경우

16) 5회 이상 고속도로 통행료를 지불하지 않은 경우

〈 Conviction과 Supersion 〉

「Conviction」은 유죄판결이고, 유죄판결기록이 남지만「Supersion」은 죄가 인정되나 유죄판결기록이 남지 않는 점에서 차이가 있음.

우린 자동차로 남부여행을 하는 동안 미시간 주에서 출발하여 세인트루이스, 뉴올리언스, 키웨스트, 마이애미, 올랜도, 애틀랜타를 경유하여 다시 집으로 오기까지 12개 주를 거쳤는데 대부분의 주는 고속도로 제한속도가 65마일 또는 70마일이었는데 일리노이 주에 있는 시카고는 55마일이었다. 내 개인적인 생각은 시카고는 바람의 도시이므로 제한속도를 낮춘 것이 아닌가 생각되었다. 우린 남부여행 2주일 동안 총 5,100마일 정도 운전하였는데 속도위반으로 2번의 교통단속을 받았다. 잘 보이지 않던 경찰이 규정 속도에서 15%이상 초과 시에는 어떻게 아는지 뒤에서 경광등을 반짝

반짝 밝히며 쫓아온다. 한번 걸리면 보통 $160이상의 트래픽티켓을 발부받게 된다. 그래서 이곳에 사는 현지인들은 속도위반을 하지 않기 위해 운전 시에는 자동차의 크루즈(Cruise)기능을 이용한다고 한다.

고속도로를 달리면서 우리나라와 같이 CCTV는 거의 보지 못했다. 미국의 단속카메라는 교통체증이 심하거나 교통사고가 자주 나는 곳에만 설치한다고 한다. 한국에서는 자동차의 우회전은 교통을 방해하지 않는 범위 내에서는 가능한 반면 미국에서는 우회전신호가 있는 경우 빨강신호에서 우회전을 하게 되면 교통위반에 해당된다. 우린 플로리다에서 우회전신호를 보는 것이 익숙하지 않아 습관상 아무런 생각 없이 우회전을 한 것이 CCTV에 찍혀 여행을 마치고 집으로 온지 보름 만에 벌과금티켓을 받았다. 벌과금티켓에는 이의가 있으면 정한 기간 내에 이의를 제기할 수 있다는 안내가 있었지만 인터넷에서 확인해보니 우회전위반사진과 동영상이 모두 올라와 있어 우리 는 악 소리도 내지 못하고 고스라니 페널티로 벌금(Fine) $158을 미국경제에 보태주었다.

벌금을 내고 나니 운전하면서 교통신호를 눈여겨보는 습관이 생겼고 안 보이던 우회전신고가 눈에 들어 왔다.

〈미국의 고속도로〉

1. 고속도로 표기는 숫자로 되어 있다. 짝수는 동서를 달리는 도로이며, 홀수는 남북을 달리는 도로이다. 같은 숫자로 North는 북쪽으로 South는 남쪽으로 달리는 도로임.

2. 고속도로에서 빠져나가는 출구(Exit)는 대부분 1마일마다 있다. 그러나 133A, 133B 133C 이렇게 표시되어 있다면 1마일 안에 3개의 출구가 있음을 뜻함.

미국 운전면허증을 손에 쥐다

미시간주립대학은 VIPP(Visiting International Professional Program)과정에서는 한국인 조교로 하여금 원우들의 아파트임대계약, 운전면허신청, 사회보장 번호인 에스에스엔(SSN - Social Security Number)신청 등 원우들의 미국 초기 입주에 필요한 업무를 도와주게 하였다. 우리가 있는 동안 한국인 조교에서 외국인 조교로 바뀜에 따라 언어소통의 문제로 이런 도움 중 일부는 원우 스스로 해결해야만 했다.

우리 미국에서 몇 달간 생활을 하였으나 영어가 신통치 않았다. 서툰 영어로 직접 연방기관을 방문하여 이런 저런 서류를 신청하는 과정에서 언어장벽에 부딪혔다. 우선 언어가 자유롭지 못하니 권리를 제대로 찾지 못하는 것 같았다. 설명 내용을 일일이 읽어보더라도 궁금한 사항을 제대로 질문하지 못하고 최소한의 용건만 겨우 묻고 해결하는 상황이었다. 모르긴 몰라도 약한 영어로 우리의 권리를 찾지 못해 금전적 손실도 꽤 있었을 것이다. 이곳에 살고 있는 교민들의 한결같은 말이 미국은 잠자는 자의 권리를 챙겨주지 않는다고 했다. 우리는 미국에서 사는 동안 무엇을 얼마나 손해보고 있는지조차 모르고 생활하였다.

이런 것이 언어가 다른 낯선 타국에서 사는 애로사항이 아닐까 생각한다. 나는 그동안 한국에서 가져온 국제운전면허증으로 이따금 운전을 하였다. 우리나라에서 발급받은 국제운전면허증은 제네바협약에 따라 가입

된 국가 간에 자국의 국제면허증으로도 협약국에서는 운전이 가능하도록 하는 일종의 허가서인데 미국의 경우 50개 주 중 14개 주만이 협약이 되어 있다고 한다.

추가로 휴스턴주재 한국 총영사관은 대한민국 경찰청과 아칸소 주 재정 행정처 간 운전면허 상호인정 양해각서 체결식을 2014년 7월 11일 갖게 되어 한국 운전면허증을 소지한 한국 국민은 2014년 8월 1일부터 미국 남부 아칸소 주에서 별도 운전면허 시험 없이 아칸소 주 운전 면허증을 받을 수 있음에 따라 한국과 운전면허 상호인정 약정을 맺은 미국 내 주 정부는 총 15개 주로 늘었다고 한다(참조 SBS funE 연예뉴스팀).

〈상호인정 약정한 주〉

메릴랜드 주, 버지니아 주, 워싱턴 주, 매사추세츠 주, 텍사스 주, 플로리다 주, 오레건 주, 미시간 주, 아이다호 주, 앨라배마 주, 웨스트버지니아 주, 아이오와 주, 콜로라도 주, 조지아 주, 아칸소 주(2014. 8. 1.)

미시간 주는 제네바협약에 따라 2012년 2월 14일 미시간 주 총무처(교통국)와 대한민국 경찰청 간 운전면허 상호인정에 관한 약정이 되어 있어 우리에겐 다행이었다. 미시간과 가까운 시카고가 있는 일리노이 주는 제네바협약이 가입되지 않아 국제면허증은 입국하여 30일간만 인정해주고 있다고 하여 시카고 등을 가려면 현지에서 발급한 운전면허증이 필요했다(참조 주시카고총영사관발행'안전한 운전, 행복한 생활).

미국에서 발급한 운전면허증이 있으면 아울렛이나 매장에서 쇼핑 시 지불금액이 백 불 이상이거나, 여행 시 숙소에 체크인을 할 때나, 반드시 ID

를 보여 달라할 때 요긴하게 사용할 수 있다. 현지 운전면허증이 없으면 여권을 보여줘야 하므로 여간 번거롭지 않다. 다소 불편하더라도 그대로 지내려 했는데 한국에서 가족이 오기로 되어 있고 남편은 집필 중이라 바빠 내가 가족들을 관광시켜주어야 해서 그동안 미루어 두었던 미시간 주의 운전면허증을 신청하기로 한 것이다.

미국은 우리나라처럼 주민등록제도가 없어 은행에서 신용카드를 신청할 때나 현지 운전면허증을 신청하기 위해서는 첫째로 해당 주에 거주하고 있다는 입증서류를 제출해야 한다.

거주를 증명하는 서류로는 신청자 본인 명의로 한 달 이내 받은 우편물 2건을 제시하여야 한다. 그러나 당시 내가 살고 있는 주소로 내 명의로 된 우편물이 없어 궁여지책으로 내가 다니고 있는 학교(ELS - English Language School)에 부탁하여 미시간에 살고 있음을 증명하였고, 두 번째로 사회보장번호를 발급받아야 하는데 나와 같이 J2비자는 사회보장번호를 발급받을 수 없으므로 사회보장국(SSA - Social Security Administration)에서 그 번호가 없음을 발급받아야 하므로 사회보장국의 주소를 알아내어 사회보장번호가 없다는 서류도 발급받았다.

마침내 나는 운전면허증을 교부받기 위해 미시간 주 차량관리국(DMV - Department of Motor Vehicles/캘리포니아, 주마다 명칭이 다름, 조지아 주는 DDS - Georgia of Department Driver States)을 방문하였는데 우리나라와 같이 우선 순번대기표를 뽑도록 되어 있었다. 번호표를 뽑는 기계에서 거주자와 비거주자를 선택한 다음 업무내용 등 몇 개의 선택을 하게 되면 내 대기 번호표가 출력된다. 재미있는 것은 그 대기번호는 신청자의 전화번호 뒷자리이다. 내 전화번호 뒷자리가 1084이었는데 기다리니 내 번호를 불렀다. 운전면허증에 필요한 여권, 국제운전면허증 등을 제출하였는데 나의 경우는 동반자 J2 비자이므로 이곳에서도 나를 차별하였다.

J1비자소지자에게는 현지 운전면허증을 신청하는 경우 당일 날 서류 확인을 거친 후 접수가 완료되지만 J2 비자소지자는 서류심사를 별도로 하기 때문에 서류심사를 마친 후 내게 전화를 주면 그 전화를 받고 다시 원본서류를 제출해야 한다고 직원이 설명해 주었다. 그러면서 관련서류를 직원이 직접 복사한 뒤 원본을 내게 주었다.

3일 뒤 직원(Michigan Department of Services)으로부터 전화가 왔다. 나는 다시 차량관리국사무소를 방문하여 서류를 보여주고 시력검사를 마쳤다. 운전면허증에 부착할 즉석사진을 찍어주면서 수수료는 $24이라 한다. 모든 절차를 마치고 돌아오니 일주일 뒤 나의 미국 운전면허증이 집에 도착하였다.

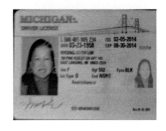

2014년 2월 15일 미시간 현지 운전면허증을 내 손에 거머쥐니 기뻤다. 몇 개월간 불편하게 살면서도 언어장벽으로 현지 운전면허 신청을 포기하다 스스로 직접 신청하여 받아보니 내 자신이 대견했다. 이제는 앞으로 누구의 도움 없이도 미국에서 잘 살 수 있다는 자신감도 생겼다. 우린 이 날 남편과 멋지게 한잔 했다.

〈미시간 주에서 단기체류자가 운전면허증을 신청하기 위한 조건〉

1. 미국에 거주하고 있음을 증명하여야 한다. 이때 차량관리국(DMV - Department of Motor Vehicles)에서는 본인명의로 계약한 아파트계약서나, 1개월 안에 받은 우편물 2가지를 요구한다.

2. 사회보장국에서 발행한 사회보장번호(S.S.N - Social Security Number)가 있어야 한다.

3. 에스에스엔이 없는 경우 관할 사회보장국(SSA - Social Security Administion)에서 SSN이 없다는 증명서

4. 한국에서 발급받은 국제운전면허증 및 한국 운전면허증

5. 여권원본, 비자원본 등이다.

TIP

1. 운전면허는 디엠브이(DMV -Department of Motor Vehicles)에서 관리하고 있는데 이곳에서는 운전면허뿐만 아니라 차량 등록과 운전기록관리, 교통위반자 학교관리 등 차량과 관련된 전반적인 업무와 주민등록증과 같은 본인확인증발부, 유권자등록업무도 보고 있어 항상 사람들이 북적이므로 DMV에 일을 보러 가면 1시간 이상을 기다려야 한다.

2. 따라서 업무개시 전 아침 일찍 가서 기다리는 것이 효율적이다. (미국은 업무개시 전에는 절대 문을 열어주지 않는다. 깊은 겨울인데도 나는 30분을 밖에서 기다렸다.)

미국 핸드폰 사용법

한국이나 미국이나 핸드폰은 필수품목인가 보다. 한국에서는 보통 핸드폰이라 부르지만 정확한 명칭은 셀폰(Cellphone)이다. 핸드폰에는 유심칩 (Usim chip)과 선불폰(Pre paid phone)이 있다고 한다.

남편은 내가 미국에 도착하는 날 한국의 전자제품을 파는 곳인 하이마트와 같은 베스트바이(BEST BUY)로 데려갔다. 1달에 $50짜리 선불폰(삼성에서 만든 Verizon)을 사 주었다. 나는 당시 미국 셀폰에 대해 아는 것도 없고 무엇을 원한다는 말도 설명할 수 없어 점원이 해주는 대로 전화기를 받았다. 이런 무지로 훗날 전화기에 문제가 있을 때 반드시 비밀번호를 입력하도록 되어 있는데 남편은 구입할 때 비밀번호가 있는지 조차 모르고 사용하다 문제가 발생할 때 비밀번호를 몰라 멀쩡한 기기를 두고 핸드폰을 다시 사야 하는 해프닝이 있었다.

요금제는 매달 50불짜리 리필카드를 사게 되면 한 달간 통화는 무제한이다. 그렇게 나는 몇 달간을 사용하던 중 리필용 선불카드가 $10, $15, $30, $35, $50 등 다양한 종류가 있는 것을 알게 되었다. $30짜리 선불카드는 한 달간 통화사용시간이 200분인데 반해 $5을 더 주고 $35짜리 리필카드를 사게 되면 500분간 통화를 할 수 있어 가장 경제적인 요금체계란 것을 알게 되었다.

물론 나는 미국에서 전화사용이 많지 않았으므로 요금체계를 변경하기로 하였다. 당초부터 $35로 약정하였다면 매달 같은 금액의 리필카드를 사서 그 카드에 있는 숫자(Pin Nomber)만 입력해주면 문제는 간단한데 요금변경을 하는 경우 절차가 복잡했다. 이리저리 헤매다 간신히 $35로 요금변경을 하였다. 이곳 사람들도 $35짜리 리필카드가 가장 경제적임을 알아서인지 마트나 베스트바이에서 $35짜리 카드의 재고는 종종 없을 때가 있었다. 그래서 나는 마트에서 35$카드가 눈에 띄어 이때다 싶어 3장을 미리 샀다.

그런데 어느 날인가부터 리필카드가 충전이 되지 않는다. 예전 사용방법대로 핀넘버를 입력하여도 다시 입력하라는 메시지만 자꾸 뜬다. 전화기를 들고 도움을 받기 베스트바이의 직원에게 가져갔다. 그런데 직원도 모르겠다며 버라이전대리점에 가라는 것이다. 버라이전대리점에 가니 그곳에서는 선불카드를 신뢰할 수 없으니 요금을 다시 내라는 것이다. 나는 $35을 다시 지불하고서야 전화기를 사용할 수 있었지만 이미 오픈된 선불카드는 사용하지 못하게 되었다. 전화요금을 아끼기 위해 어렵게 요금변경까지 하고 미리 선불카드까지 샀건만 환불받지 못해 다른 원우에게 인심만 쓰고 결국 더 많은 돈을 썼다.

혹시라도 미국에서 선불폰을 구입할 경우 통화량이 많지 않다면 처음부터 $35짜리 선불카드를 사용할 것을 권하며, 전화기 구입 시 반드시 비밀번호를 받아 기억해 두어야 나중에 전화기에 문제가 생길 때 도움을 받을 수 있음을 알려주고 싶다.

★《Verizon 리필카드 충전하는 방법》

1. 핸드폰 OK 4방향 중 왼쪽 방향을 누르면 버라이전 웹과 연결된다.

2. 웹과 연결 뒤 아래 ①부터 ⑩까지 번호를 화면에 보여준다. 이 중 ③
번 리필카드를 누르면 핀넘버를 입력하라 한다. 핀 넘버는 리필카드에 있
다. 리필카드에 있는 번호를 입력한 후 Continue 박스에 커서를 두고 OK
를 누르면 충전 끝이다.

① Balance   ⑥ Usage

② Make Pmt   ⑦ Plan

③ Refill Crd   ⑧ Features

④ Lacator   ⑨ M Web

⑤ Password   ⑩ Ntwk Pro

3. 그러면 바로 요금이 충전되었다는 메시지($50 has been added to your
account)가 온다. 리필카드를 이런 방법으로 충전하면 다시 한 달 동안 통
화할 수 있다.

〈청소기 등 소형전자제품이 고장 난 경우 교환하는 방법〉

- 우리가 사용하던 청소기가 고장이 났다. 우린 당초 구입한 마트에 수
선을 의뢰하고자 갔다. 그랬더니 직원은 영수증 원본이 있냐고 묻는다. 우
린 수선을 원한다고 다시 말했다. 직원은 다시 영수증 원본을 원했다. 우
린 마침 영수증 원본을 가져갔기에 보여주었다. 그랬더니 영수증에 있는 가
격만큼 선불카드를 우리에게 주었다. 마트에서는 소비자가 산 물건이 고장

난 경우 수선을 해주는 것이 아니라 당초 구입한 가격만큼 선불카드를 주거나 현금을 주고 있음을 알게 되었다.

우린 마트명의의 선불카드를 받아 청소기를 다시 구입하였는데 몇 개월 뒤 또 고장이 났다. 우장 났다. 지난번의 경험으로 영수증 원본과 고장 난 청소기를 가져갔는데 직원이 영수증을 보고 내부 전산망을 확인하더니 두 번째네요 한다. 그래 우린 그렇다 라고 답변하며 기계가 좋지 않은가 보다 말하니 이번에는 현금을 주어 다시 구입하였다. 미국은 구입한 물건이 고장 난 경우 몇 개월을 사용하였더라고 영수증 원본만 있으면 환불해주고 있음을 두 차례나 경험하였다.

- 추수감사절 즈음 전기냄비가 필요하여 $24을 주고 사왔다. 마트 중앙 통로에 냄비가 가득 진열되어 있어 우리나라처럼 음식을 조리할 수 있는 것이라 생각하고 자세히 안 보고 샀는데 집에 와서 사용해 보니 직접 끓일 수 있는 냄비가 아니고 데우는데 필요한 웜(warm)용 냄비였다.

웜 냄비는 미국의 가정에서 파티가 있는 경우 참석자들이 음식을 만들어 가져가 파트락파티를 할 때 많이 필요하므로 추수감사절 즈음 마트 제일 중앙 통로에 진열을 한다. 우린 자세히 알아보지 않고 그림만 보고 샀는데 끓이는 냄비가 아니었다. 또 24불을 버렸구나 포기하고 한 구석에 내버려 두다가 지난번 청소기 교환이 떠올라 혹시나 하고 영수증을 챙겨 마트에 들고 갔다. 나는 내가 산 냄비가 맘에 들지 않아 반품하려 한다 말했다. 직원은 바로 예스 오케이(Yes, OK)하더니 $24을 환불해 주는 것이 아닌가? 언어가 약한 이곳에서 잃어버린 $24을 되찾은 적도 있게 된 것이다.

미국의 교육제도

영어학교 등에서 알게 된 미국의 교육제도를 소개하고자 한다. 유학에 관심이 있는 한국의 엄마 아빠에게 도움이 될 수 있다고 생각되어 정리하여 보았다.

교육에 있어서는 누구나 인정하듯 우리나라 부모님들이 적극적인 편이다. 남편과 VIPP과정으로 온 원우들 중에는 자녀를 동반한 가족이 많았다. 자녀들의 교육문제에 관심이 많았기 때문이다. 미국에서도 고등학교 이하의 자녀를 둔 가정은 개인과외(tutor)를 받고 있다. 그 이유 중 하나는 학교에서 내주는 과제를 부모가 소화하기 어렵기 때문이다. 이곳에서는 영어가 부족하고 한국에 돌아가게 되면 수학이 부족하기 때문에 수학과 영어를 병행하기도 한다. 그러나 이런 개인과외는 이곳 미국사람에게도 전파되어 미국인 일부도 자녀가 학업을 잘 따르지 못하는 경우 튜터를 받는다고 한다.

교육제도 역시 50개 주마다 다르다. 한국 사람들이 많이 사는 LA에서는 98개의 외국어를 가르친다고 한다. 학부제에 있어서도 주마다 다른 것은 물론이거니와 미시간 주 같은 카운티 내에서도 다르다. 이스트랜싱에서는 초등학교가 6년제이나 오케머스는 5년제이다. 이렇듯 다른 교육제도이나 아래 내용은 미시간 주의 교육제도를 바탕으로 내가 아는 바를 소개하고자 한다.

미국에서의 교육은 자유라고 한다. 대부분 초등학교는 5살에서 7살 사이에 입학한다. 특히 5살에는 킨더가튼(Kindergarten)을 가는데 한국의 유치원과 비슷하다고 한다. 이 과정에서는 공부보다 색칠하기, 종이접기 등 놀이를 가르친다고 한다.

미국도 초등학교 및 중학교 과정은 의무교육이라 한다. 그래서 중학교 과정까지는 필수적으로 다녀야 한다. 다만 고등학교는 중도에 그만두어도 강제로 학교를 보내지는 않는다 한다. 9학년(9th)부터가 우리나라의 고등학교에 해당하는데 고등학교는 진학반(Academic class)과 취업반(Vocational class)으로 나누어지며 각자가 원하는 진로를 선택할 수 있다.

고등학교를 중도에 그만둔 학생이 전문대학(CC)이나 4년제 대학에 진학하고자 할 때에는 우리나라의 검정고시 제도와 유사한 시험인 G·E·D(General Educational Development)에 합격해야만 대학에 진학할 수 있다고 한다.

〈 G·E·D 시험과목 〉

읽기(reading)	쓰기(writing)	수학(math)
과학(science)	사회(social)	-

미국의 대학등록금은 비싼 편이라고 한다. 주립대학에 비해 사립대학의 등록금이 더 비싸다고 한다. 사립대학은 한 학기당 3만 불 정도이고 대도시에 있는 대학은 그보다 조금 비싸다고 한다. 주립대학의 등록금은 대략 2만 불 정도라고 하는데 이도 자체주(in state)에 사는 학생과, 타주(out of state)에 사는 학생, 유학생 등 등록금에 차이는 크다고 한다.

반면 2년제 커뮤니티칼리지(Community College)의 경우에는 한 학기의 등록금이 대략 7~8천 불 정도로 정규대학의 등록금에 비해 월등히 싸서 일부 학생은 2년은 커뮤니티대학에서 공부하고 다시 4년제 대학에 편입한 후 나머지 2년을 다녀도 졸업할 수 있어 이러한 코스가 가장 경제적으로 대학을 졸업할 수 있다고 한다. 미시간은 대학편입이 우리나라와 같이 어렵지 않아 경제적으로 어려운 학생이 공부하고 싶은 경우 이 방법을 선택한다고 한다.

〈중등교육〉: 성적표(Report card)/A, B, C, D, E

구분	학년(grade)	나이	수업방법	기타
고등학교 (senior high school)	12th(twelfth)	17	선생님은 정해진 교실에 있고 학생들이 원하는 과목에 따라 이동하여 배운다.	secondary education
	11th(eleventh)	16		
	10th(tenth)	15		
	9th(ninth)	14		
중학교 (middle school or junior highschool))	8th(eighth)	13		
	7th(seventh)	12		
중학교, 초등학교	6th(sixth)	11		
초등학교 (elementary school)	5th(fifth)	10	하루 종일 정해진 교실에서 한 선생님으로부터 배움	초등학교는 주 또는 카운티마다 5년제 6년제로 주마다 각기 다름.
	4th(fourth)	9		
	3rd(third)	8		
	2nd(second)	7		
	1st(first)	5-7		
유치원	Kindergarten	5	색칠하기. 종이접기 등 놀이	
	Preschool	3-4		

〈고등교육〉

연구 과정	ostdoctoral study and reserch(Post DOC)		박사학위취득 후 연구과정	
박사 과정	Doctoral degree study (Ph.D)	2-3년 2-3년	박사학위 (D o c t o r a l o r f i r s t Professional degree)	
석사 과정	Master's degree study	1~2년	석사학위 (M a s t e r ' s degree)	전문학교 (Professional School)
대학 과정	학사(MA), MD(의료)	4년	학사학위 (Bachelor's degree)	
학부 과정	CC2년 + 대학편입 2년		2년	Under grade (4년 - 학부중심) Under grade (4년 - 학부중심) Under grade (4년 - 학부중심)	(m e d i c a l school 또는 law school)
	커뮤니티 add 2년제 대학-CC, 문학사(BA, BS)- 수료증	기술 전문대학 (직업을 위한 전기, 미용 등 기술을 배움)	2년		
	수료증				

- 대학에서는 research, teach 두 개 과정을 배우는데 커뮤니티에서는 오로지 연구(research)과정은 없고 영어 등의 교양과목과 전기, 미용 등 직업과 관련한 기술만을 배운다(teach)고 한다.

내가 아는 미국이란?

1. 일반사항

미국은 북아메리카 대륙의 캐나다와 멕시코 사이에 있으며 1776년 7월 4일 독립선언 시 최초 13개 주로 시작되었는데 이날은 독립기념일(인디펜던스데이 - Independence day)이라고 하여 국경일로 지정하고 추수감사절과 같이 50개 주가 모두 쉬는 큰 명절 중 하나이다.

미국은 북미대륙의 본토 48개 주와 하와이, 알래스카를 합해 50개 주로 구성된 미합중국(USA-United States of America)이다. 또한 알래스카에서 캐나다를 거쳐 뉴멕시코 주에 이르는 북미서부의 대산맥 록키산맥(Rocky UOMntains)과, 미국동부의 애팔래치아(Appalachia UOMntains)산맥을 제외하고는 대부분이 거대한 평지(대륙)의 나라이며 땅의 크기는 한반도의 약 42배이고 남한의 95배라고 한다.

미국의 날씨는 플로리다의 아열대로부터 하와이의 열대, 북부 알래스카의 한대에 이르기까지 다양한 기후조건을 갖고 있으며 수도는 워싱턴 D.C(Washington, District of Columbia)이다. 2010년도기준 인구는 약 3억 8백만 명이었는데 위키백과에 따르면 현재는 약 3억 2천 만 명 정도로 되어 있다.

주 언어는 영어(English)이며 제2 언어는 스페인어라고 한다. 코트라(KOTRA) 국가정보에 따르면 백인이 77.9%, 흑인은 13.2%, 아메리카인디언/알래스카원주민이 1.2%, 아시아인 5.1%, 하와이원주민/기타 태평양섬주민

0.2% 등 다양한 민족으로 구성된 이민 국가이며, 종교는 개신교/가톨릭이 78.3%로 대다수이고 유대교 1.8%, 불교 1.8%, 이슬람 0.9%, 힌두교 0.6% 등이며 종교가 없는 자도 16.4%에 달한다고 되어 있다.

미국은 어려서부터 응급전화번호 911에 전화하는 법을 가르치고 있다고 한다. 나도 영어학교에 다니는 동안 관내 경찰관이 파견되어 가르쳐준 것이 기억난다. 미국에서는 12살 미만의 어린이는 반드시 보호자가 함께 해야 한다는 법률규정이 있으므로 만 12세 미만의 어린이만 집에 놔두는 것은 위법이란다. 이는 실화라고 한다. 다섯 아이를 둔 한 엄마가 있었는데 엄마는 아침이면 아이들을 학교에 데려다 주어야 했는데 이 집이 학교에서 자동차로 불과 3분 내의 거리에 있으므로 잠깐이면 다녀 올 수 있었기에 어린 아이를 집에 두고 매일 학교에 아이들을 데려다 주곤 했는데 이를 지켜 본 이웃이 경찰에 신고하여 곤욕을 치렀다고 한다.

또한 LA에 사는 이민 1세 어르신은 가장 어렵고 무서운 사람이 손자 손녀라고 했다. 같이 길을 가다 무심코 신호를 무시하고 건널 때, 또는 무심코 담배꽁초를 버렸는데 바로 손자 손녀들이 똑바로 쳐다보며 신고할 듯한 포즈를 취한다고 한다. 손자손녀들은 어려서부터 기초질서가 생활화되고, 고발정신이 밑바탕에 깔려 있어 자연스러운 행동이라고 한다. 미국에 있는 동안 현지인들이 법을 준수하고 정직하단 느낌을 곳곳에서 많이 경험했는데 이러한 어려서부터의 습관이 매사 원칙에 충실하며 거짓말을 하지 않고 정직한 사람이 되도록 하는 원동력이 아닌가 생각되었다.

그 한 예로 뉴욕이나 시카고 등 몇 개의 도시를 제외하고는 우리가 사는 이스트랜싱과 같은 시골도시는 대부분 한적한 편이다. 그런데도 운전자들은 규정 속도를 잘 지키고 있음을 보아 왔다. 그 원인 중의 하나가 교통위반 시 그 벌금이 우리나라보다 3배 이상 높기에 그럴 수도 있단 생각이 들었지만 평소에 기초질서를 지키는 것이 습관화되어 있어 속도위반 등의 교통위반을 하지 않는다고 한다.

현지인들이 사람을 대할 때 진정성 있게 대하는 것을 많이 보았다. 마트 등을 이용할 때 이곳 사정을 잘 몰라 직원에게 물으면 하던 일을 중단하고 직접 안내를 하고 성실하게 답변하는 것을 여러 번 경험했다. 그런 반면 재량권은 절대 하지 않는다. 자신의 영역 안에서는 친절하게 답변하는 대신 자신들의 영역 밖 사항에 대해서는 해당분야로 안내해 준다. 자신의 업무 외 사항에는 답변하지 않아 때론 너무 원칙주의여서 한국 정서상 너무 냉정하단 생각이 들 때도 있었다.

2. 미국의 화폐

미국의 화폐는 US달러(dollar)와 센트(cent)인데 미국의 화폐에는 대부분 역대 대통령과 정치가의 초상화가 그려져 있다. 미국의 화폐는 별도의 장 「미국의 기본화폐」에서 다루었기에 이곳에서는 생략하기로 한다.

3. 도량단위

미국은 계량단위로 마일, 야드, 파운드를 사용하며 주유소에서는 리터 대신 갤런을 사용한다. 우리나라에서 사용하는 단위와 다르므로 마트에서 장을 볼 때도 이를 알아두면 도움이 될 듯하여 정리하였다.

〈 도량환산표 〉

길이		부피		무게	
1 inch	2.54 cm	1 tsp	5 mm	1 ounce(oz)	28.4 g
1 foot	0.3048 m/ 12 inches	1 Tsp	15 mm	1 pound(lb)	454 g/ 16 oz
1 yard	0.9144 m/ 3 feet	1 cup(C)	0.237 ㎖/ 8 oz	1 ton	0.907
1 mile	1.609km / 5,280 feet	1 point(pt)	0.473 ℓ/ 2C	1 g	0.035 oz
1 cm	0.39 inch	1 quart(qt)	0.946 ℓ	1 kg	2.205 lb
1 m	3.28 feet/1.094 yard	1 gallon(gal)	3.785 ℓ		
1 km	0.62 mile	1 ℓ	2.1 pt/1.05gt		

4. 여권과 비자

여권은 외국을 여행하는 사람의 신분이나 국적을 증명하고 상대국에 보호를 의뢰하는 문서로 출생국에서 발급하는 일종의 국제신분증인데 우리나라와 미국은 2008년 비자면제협정을 맺음에 따라 전자여권을 가지고 전자여행허가승인(ESTA, 전자여권미국비자)을 받은 경우 무비자로 방문이 가능하다.

내가 살던 미시간은?

미시간 주는 미시간 호의 이름에서 따왔고 '맑은 물'을 뜻하는 인디언 말인 미시가미(mishi-gami)에서 왔다고 한다. 북위 42°서경 84°이며 인구는 약 988만 명으로 미국 50개 주 중 8번째로 인구가 많고, 면적은 58,527스퀘어 마일(250,687㎢)로 땅의 크기로는 23째이며, 26번째로 1837년 1월에 연방에 가입하였다 한다.

수도는 랜싱이며 남쪽으로는 오하이오 주와 인디애나 주와 접한다. 서쪽으로는 미시간 호와 위스콘신 주, 동쪽으로는 캐나다의 온타리오 주와 휴런 호 이리 호와 접하고 있고 미시간은 2개의 반도로 이루어져 있다.

미시간 호와 휴런 호를 있는 8㎞폭의 매키나 해협을 사이에 두고 어퍼 반도(Upper Peninsula)와 로워 반도(Lower Peninsula)로 나누며 이 두 반도는 매키낙 다리(Mackinac Bridge)를 통해 연결된다. 로워 반도는 남북 277마일이며 동서 195마일이다. 어퍼 반도는 코네티컷, 매사추세츠, 로드아일랜드 델라웨어 주보다 크다.

1. 역사(History)

미시간에는 최초 1622년에 유럽인(Etienne Burle)이 이주해오기 전까지 15,000명의 3개 인디언부족(포타와토미-Potawatomi, 오타와-Ottawa, 오지브와-Ojibwa or Chippew)이 살고 있었다고 한다. 1668년 프랑스 신부 마르키트

(Marquette)에 의해 발견되었고, 1701년 프랑스의 탐험가이자 군 장교인 앙투안 캐딜락(Antoine Cadillac)에 의해 디트로이트 시가 건설되었다. 미시간 주는 1760년도 프랑스가 미시간을 영국에게 인도한 후 1783년도에 미국은 다시 미시간 일부를 영국의 통제에서 얻게 되었다. 1805년 디트로이트(Detroit)에 주도를 만든 후, 1812년도 영국은 전쟁에서 디트로이트와 매키나오(Mackinaw)를 미국에게 빼앗겨 미시간은 1837년도에 미국의 26번째 주가 되었다. 승격 당시 주도는 디트로이트였으나 1847년도에 지금의 랜싱으로 주도를 이전하였다.

   * A+ English Language School 교육자료 참조

2. 현재 미시간

미시간주는 83개의 카운티(counties)가 있으며, 크고 작은 호수가 11,037개가 있고 5대 호수 중 4개의 호수가 있다. 미시간 주 디트로이트는 자동차산업의 메카였으나 이제는 대한민국, 일본 등에 자리를 내주고 자국의 앨라배마 주에 자동차산업을 내주게 됨에 따라 미국 50개주 중 2번째로 실업률이 높게 되었다.

미시간주에는 여러개의 주립대학이 있고, 그 가운데 2개의 학교가 유명하다. 하나는 미시간대학(UOM-University Of Michigan)이고 다른 하나는 미시간주립대학(MSU-Michigan State University)이다. 미시간대학은 앤아버(Ann arbor)에 있고 미시간주립대학은 이스트랜싱(East Lansing)에 있다.

나는 이스트랜싱에 살았으므로 미시간대학교(UOM)보다 미시간주립대학교(Michigan State University, ,MSU)를 조금 더 알 수 있었다. 미시간주립대학교는 미시간 주의 이스트랜싱 지역에 위치한 남녀공학의, 연구중심의, 종합대

학이다. 최초의 랜드그랜트(land-grant) 대학교로서 1862년 모릴법(Morrill Acts, 대학설립에 대한 토지허용법)에 따라 연방정부의 원조를 받을 자격이 있는 최고 공립연구대학교들에 견주는 미국의 퍼블릭(public) 아이비(Ivy) 대학교 중 하나라고 소개하고 있다.

랜싱이 주도라고 하지만 소도시이다. 이스트랜싱의 지역경제는 미시간주립대학에 의해 움직인다고 해도 과언이 아니다. 미시간주립대학은 1-2년 자격증과정, 학사과정, 석사과정, 석사 후 과정, 박사연구과정, 박사실험과정 등으로 이루어져 있다. 특히 2014년도 1월에는 대학풋볼인 로즈볼 대회에서 최종적으로 우승함에 따라 지명도가 높아져 2014년도 학부지원자가 30%가 증가하여 즐거워한다고 한다.

미시간주립대학교는 대학원을 포함한 전체 학생 수는 5만 2천 명 정도라고 한다. 이스트랜싱의 인구를 9만 정도라고 볼 때 학교 관련자를 포함하여 본다면 대부분 미시간주립대학 관련 인구가 60% 이상이라 해도 과언이 아니다. 그러니 이들에 의해 경제가 움직일 밖에 없다. 다운타운에 손님이 많기로 유명한 한국 식당이 두어 군데가 있는데 학기 중에는 손님이 많아 기다려야 식사를 할 수 있었는데 방학기간 중인 6월에 가보니 우리 팀 외 몇 팀 정도가 식사를 할 뿐이었다.

미국으로 자녀의 유학을 생각한다면 부모 입장에서 볼 때 미시간 주로 보낼 것을 권하고 싶다. 이곳은 다른 대도시와 다르게 학교 인근에 유흥을 즐길 수 있는 곳이 고작 스포츠 바 정도이므로 학생들은 공부 외에 딱히 할 것이 없어 유학을 보낼 수 있는 최적의 교육환경이라고 보인다.

이곳에서 우연히 한국의 고향 친구 조카를 만났는데 그 아이도 학교와 집 외는 달리 나다님 없이 학업에만 열중하고 있었다. 또한 이곳은 물가가 비싸지 않아 집세나 생활비 등이 적게 들어 유학경비도 경제적이라 생각된다. 물론 학생 입장에서 미시간을 선호하지 않을 수 있겠지만 부모에게는 더할 나위 없이 자녀를 유학보내기 좋은 지역이라고 생각되어 추천하고자 한다.

　* 위키백과 참조
　* A+ English Language School 교육자료 참조

내가 볼 때 미국이 선진국인 이유

지난 학창시절 200년이란 짧은 역사 속에서 민주주의가 발달한 미국은 선진국가의 대명사라고 배웠다. 이런 미국에서 하늘의 뜻(知天命)을 알 수 있다는 50대 후반에 잠시나마 살아본 것이 개인적으로 좋은 경험이었다. 미국에서 생활하면서 대부분의 미국 사람들이 기본질서를 잘 지키고 친절하고 정직하게 살고 있다는 것을 알았다. 또한 애초부터 자신이 책임질 수 있는 능력 범위 안에서만 말도 행동도 하고 있음도 알게 되었다.

우리가 미국 50개 주 중에서 여행을 하면서 머물렀거나 통과한 주를 헤아린다면 30개 주 정도가 된다. 30개 주를 둘러볼 때 고속도로를 달리는 자동차들은 CCTV가 없는데도 대부분 제한속도를 지키고 있었다. 쇼핑센터의 점원은 내가 미국에서 생산(Made in USA)한 것을 찾고 있으면 찾아주고, 중국, 베트남 등에서 만든 것과 어떻게 구별되는지도 친절하게 설명해주었다. 대부분 여행지에서도 중국, 멕시코, 인도네시아, 베트남 등에서 만든 기념품은 많았지만 미국에서 생산한 것은 찾기가 쉽지 않았다.

캘리포니아 여행을 할 때 건포도 등을 식당에서 팔고 있어 진짜냐 하고 가이드에게 물어보니 미국은 가짜를 만드는 것이 원가가 더 많이 먹히기에 그런 염려는 하지 않아도 된다고 말하였다. 운전할 때에도 차분하게 기다려주는 배려를 받아 미국이란 나라에 신뢰가 느껴졌다. 이러한 힘이 짧은 역사를 가진 미국을 선진국가로 만들었단 생각이 들었다.

영어학교에 다니는 동안 우리 반 밴 선생님의 부친상이 있었다. 그때 나는 옆 반 선생님께 질문을 하였다. 한국에서는 이런 경우 부조를 하는데 미국은 어떻게 하느냐 물으니 이곳도 음식(Food), 또는 꽃(Flower), 현금을 기부할 수 있는데 현금은 체크로 하며 $10 정도가 적당하다고 말해주었다. 이 외에도 추수감사절이나 스승의 날 등 미국의 각종 행사 시 선물을 하려는 경우 선물가액은 $25 정도가 적정하다고 하였으며 이때 현금은 절대 해서는 안 된다고 하였다. 나는 학기를 마치거나 스승의 날 등에는 $25짜리 기브트카드(Giftcard)로 감사의 표시를 하였다. 미국의 선물문화는 서로 즐기면서도 부담가지 않도록 하는 건강한 문화풍토여서 부정부패가 없는 것이 아닌가 생각했다.

미국 화폐의 종류와 그 의미

미국의 화폐도 우리나라와 같이 지폐와 동전이 있다. 지폐이든 동전이든 화폐의 주인공은 10달러에 있는 알렉산더 해밀턴(Alexander Hamilton)과 100 달러에 있는 벤저민 프랭클린(Benjamin Franklin)을 제외하고 모두 역대 대통령의 얼굴이다. 1달러 지폐의 주인공은 미국의 초대 대통령인 조지 워싱턴 (Gerorge Washington)이다. 조지 워싱턴은 프리메이슨(Freemason - 비밀결사단체)이라고 하는데 우연인지 1달러 화폐 뒷면에는 피라미드와 미국 국새에 있는 흰머리 독수리무늬가 있다. 이 흰머리 독수리는 흰 리본을 물고 있는데 그 리본에 쓰인 작은 글씨는 신세계질서(Novus Ordo Seclorum, New Order Secular)의 의미가 있다고 하나 육안으로 식별하기 어렵다. 또한 피라미드 밑에는 로마자 1776이라는 숫자가 있는데 1776년도는 미국독립선언을 한 해다. 이러한 1달러의 지폐 문양과 프리메이슨 문양과의 연관성에 대해 가이드가 설명을 하여 이를 인터넷에 검색하니 많은 '$1짜리의 비밀' 등 비슷한 내용의 블로그가 눈에 많이 띄었다.

2달러 지폐의 주인공은 미국의 제3대 대통령인 토머스제퍼슨(Thomas Jefferson)이다. 1779년 미국을 보호(신뢰)하는 상징으로 처음 발행된 이래 1928년 미국독립선언을 한 제3대 토머스제퍼슨 대통령의 초상이 인쇄되어 1976년 미국독립 200주년을 기념하기 위해 재 발행되는 등 미국 역사의 중대한 전환점의 기념화폐로 발행될 만큼 의미 있는 지폐라고 한다. 특히 실제 여배우 그레이스켈리가 1960년에 "상류사회"에 출연했던 프랭크 시나트라로부터 2달러 지폐를 선물로 받은 후 모나코 왕비가 되면서부터 $2 지폐는 행운을 가져다주는 징표로 널리 알려졌다 한다.

나머지 $5, $10 등의 지폐와 미국 화폐의 또 다른 이름은 아래표를 참고하시길 바란다.

미국의 기본 화폐

화폐 단위	화폐의 주인공	역사	비고
$1	조지 워싱턴(Gerorge Washington)	초대 대통령	
$2	토머스 제퍼슨(Thomas Jefferson) (워싱턴DC에서 1800년 최초취임식 거행)	제3대(1743-1826)	행운의지폐
$5	에이브러햄 링컨(Abraham Lincoln)	제16대	
$10	알렉산더 해밀턴(Alexander Hamilton)	미국 초대 재무장관	
$20	앤드류 잭슨(Andrew Jackson)	제7대	
$50	율리시스 그랜트(Ulysses Grant)	제18대	
$100	벤저민 프랭클린(Benjamin Franklin)	초대정치인(1706. 1. 17.) 독립선언서 기초	과학자, 발명가
$500	윌리엄 매킨리	제25대	
$1,000	그로브 클리블랜드(Grover Cleveland)	제22, 24대	
$5,000	제임스 메디슨(James Madison)	제4대	
$10,000	샐먼 P 체스(Salmon P· Chase)	제25대	
$100,000	우드로 윌슨(Woodrow Willson)	제2차 대전	
1¢	에이브러햄 링컨(Abraham Lincoln)	제16대	페니
5¢	토머스 제퍼슨(Thomas Jefferson)	제3대	니켈
10¢	프랭클린 루즈벨트	제32대	다임
25¢	조지 워싱턴(Gerorge Washington)	초대	쿼터
50¢	존 에프케네디	제35대	하프달러
$1	수산 (Susan B Anthony)-silver dollar	미국최초여성참정권 운동가(1820-1906)	금화

미국 화폐의 또 다른 이름

화폐단위	명칭	비고
$1	Buck	달러를 벅이라고도 함. (속어/슬랭어)
$100	Benjamin	흑인들 랩 음악에 등장
$1,000	Grand 또는 Gran	천 달러(美구어 및 속어)
$5,000	5K(K는 1,000달러를 뜻함),	속어(1천)
$10,000	10 그랜(Gran)	그랜은 할머니라는 어린이말

기타

- 머니오더(Money order)

우리의 우편환이라고 보면 된다. 은행이나 우체국에서 현금을 내고 받은 현금증서이다. 이는 수표(Check)를 사용할 수 없는 경우 사용하는 결제수단이다.

- 개인수표 체크(Check), 여행자수표
- 각종 카드

현금 인출기능이 있는 데빗(Debit)카드, 신용카드인 크레디트(Credit)카드가 있다.

벤저민 프랭클린의 13가지 덕목

벤저민 프랭클린(Benjamin Franklin)은 미국 화폐 $100의 주인공이다. 벤저민은 초대 정치인으로서 독립선언서 작성에 참여하였으며, 과학자이며 발명가이다. 벤저민은 다양한 분야에서 성공을 하였으면서도 내적으로도 행복했다고 한다. 그 비결이 아래 13가지 덕목을 수첩에 기록하여 스스로 체크했다는 데 있었다고 한다. 그의 절제된 마인드가 인터넷에 많이 올라와 있어 개인적으로 맘에 들어 옮겨 보았다.

1. 절제(Temperance)

배가 부르도록 먹지 마라, 취하도록 마시지 마라.

2. 침묵(Silence)

다른 사람이나 나에게 도움이 되지 않는 말은 삼간다. 즉 자타에 이익이 없는 말은 하지 말라, 쓸데없는 말은 하지 마라.

3. 질서(Order)

물건은 제자리에 두어라. 일은 정한 시간에 해라.

4. 결단(Resolution)

해야 할 일은 과감히 결심하라. 결심한 일은 반드시 실행하라.

5. 절약(Frugality)

비싼 것은 사지 말고, 낭비하지 않는다. 즉 자타에 이익이 없는 일에는 돈을 쓰지 마라.

6. 근면(Industry)

사람을 아끼고 불필요한 일은 하지 않는다. 유익한 일에 종사하고 무용한 행위는 끊어버려라.

7. 성실, 진실(Sincerity)

남을 해치지 않고 속이지 말고, 편견을 버리고 공정하게 하라.

8. 정의(Justice)

남의 권리를 침해하지 않고, 나의 의무를 다한다.

9. 중용(Moderation)

극단적인 것은 피한다. 내가 죄가 있다고 생각하거든 남의 비난과 불법을 참으라.

10. 청결(Cleanliness)

몸, 옷, 집이 불결한 것은 결코 용납하지 않는다.

11. 평정(Tranguility)

사소한 일, 불가피한 일에 대하여 화나 짜증을 내지 않는다.

12. 순결(Chastity)

건강한 자손을 위해서만 부부생활을 해라. 감각이 둔해지고 몸이 쇠약해지고 부부의 평화가 깨지고 소문이 나빠지도록 해서는 안 된다.

13. 겸손(Humility)

예수와 소크라테스를 본받고 배워라.

★ 스페럴리스트의 자기계발스토리(speralist blag)에서 참조

달력으로 보는 미국문화

미국의 국경일, 전통적인 휴일만 알아도 미국의 문화를 어느 정도는 이해할 수 있다고 본다. 미국은 세계 각국의 이민자들이 모여서 이룬 나라이어서인지 세계 각국의 다양한 문화를 갖고 있다. 따라서 미국의 국경일은 각 해당 주에서 휴일을 정하거나 사업장의 재량에 맡기는 경우가 많아 연방 공휴일(federal holiday)이 없다고 한다. 다만 신년 1월 1일, 독립기념일 7월 4일, 추수감사절인 11월 넷째 주 목요일부터 4일간, 크리스마스인 12월 25일 등은 50개 주 연방정부의 관공서들이 모두 쉰다고 볼 수 있다. 미국의 국경일 또는 관습적으로 행하는 행사와 관련된 날을 아는 범위에서 정리해 보았다.

1. January(1월)

① 매년 1월 1일은 우리나라의 신정(New Year's day)과 같이 50개 주 모든 주가 휴일인데 이날은 주로 TV에서 방영하는 각종 퍼레이드를 본다.

② 1월 달 세 번째 주 월요일은 마틴루터킹 목사(Martin Luther King Day)의 날이다. 그의 생일은 1월 15일이나 미국 공휴일을 정하는 방식에 따라 1월 셋째 주 월요일로 정하고 있다고 한다. 그는 민권운동가(Civil Rights Movement)인데 흑인의 기본권 보장 운동을 하였다. 특히 1963년 8월 28일에 한 그의 연설(I have dream)이 유명하다. 그 다음해인

1964년 노벨평화상을 받았으나 1968년 4월 4일 39세에 살해되었다. 워싱턴(Washington) DC에 있는 링컨기념관의 계단에 그 자취가 남아 있다.

2. February(2월)

① 2월 2일은 우리나라의 경칩과 비슷하다고 보면 된다. 미국에서는 그 라운드호그데이(Groundhog Day)라고 하는데, 그라운드호그(Groundhog) 는 북미산 다람쥐과에 속한다고 하는데 내가 보기에는 우리나라의 땅두더지와 비슷하게 생각되었다. 이날 두더지가 동면 후 굴에서 나와 자기의 그림자를 보면 겨울이 6주간 더 길어지고, 그림자를 볼 수 없다면 겨울이 일찍 끝나 곧 봄을 맞게 된다는 이벤트적 관습이라고 하는데 나도 이날 TV에서 이러한 모습을 중계하는 것을 보았다.

② 2월 12일은 에이브러햄 링컨(Abraham Lincoln) 대통령의 생일이며 2월 22일은 조지 워싱턴(George Washington)대통령의 생일이라 한다. 그래서인지 2월 셋째 주 월요일은 대통령의 날(President's day)로 되어 있다. 이날 일부 연방정부, 은행 및 학교는 쉬며 많은 일부 가게에서는 빅세일 (Big Sales)을 한다고 한다.

③ 2월 14일은 우리나라에서도 행하고 있는 밸런타인(Valentine's day)일이다. 본래는 로마의 성자 밸런타인의 기억을 기념하기 위한 축제라고 하는데 우리나라에서는 주로 연인끼리 초콜릿 등을 주고받지만, 미국에서는 연인 외에도 부모님, 친구 또는 선생님께도 초콜릿, 꽃, 향수 등을 선물하며 빨간색 또는 핑크색을 입는다.

③ 2월 15일은 여성인권 운동가 수산(Susan B. Anthony's birthday)의 생일이다.

3. March(3월)

① 3월 3일은 미국의 동화작가 닥터 수스(Dr Seuss)의 생일이다. 이날 각 학교에서는 게스트가 학생들에게 책을 읽어(Read Across America)주는 특별한 행사를 한다.

② 3월 5일은 애쉬 웬즈데이(Ash Wednesday)이다. 성회일 사순절(Lent)의 첫 날에 신자의 머리에 재를 뿌리는 가톨릭의 관습이며, 3월 5일부터 부활절(Easter Eve)이전(4/19)까지 40일간이다.

③ 3월 8일은 세계 여성의 날(international Women's day)이다.

④ 3월 17일 세인트 패트릭데이(St Patrick's day)는 아일랜드의 성직자 세인트 패트릭스의 사망일(March 17, 461 C.E.)을 기리는 날이며, 이날은 아일랜드의 색깔인 초록색옷을 입는다. 이날 특히 시카고에서는 보트를 타고 시카고 강을 녹색으로 물들이는데 시카고의 녹색 강이 이날의 멋진 풍경을 연출한다.

⑤ 매해 3월 둘째 일요일은 우리나라의 88 올림픽시절 실시한 서머타임이 시작일(Daylight Saving Time)이라고 보면 된다. 2013년 3월 9일 일요일 1시간(오전2시→오전3시)을 앞당겼다.

⑥ 부활절(Easter Sunday)은 예수님이 부활하신 날을 기념하는 축제일로 3월 21일 이후 만월(보름달)다음에 오는 첫 번째 일요일이므로 매해 부활주일은 다르다.

4. April(4월) - 시의 달(National Poetry Month)

① 에이프릴 풀스데이(April Fools day)는 4월 1일이며 우리나라의 만우절과 같다.

② 팜 선데이(Palm Sunday)는 예수님께서 십자가를 지기 위해 예루살렘으로 가시기로 결정한 날이라는데 이때 사람들이 종려잎을 들고 맞이하였다고 하여 팜데이라고 하는데 부활제 직전의 일요일(2014년 4월 13일)이다.

③ 패스오버(Passover-유월절)는 8일간 금식, 빵 대신 무교병(mazos)을 먹는다(2014년의 경우 4월 14일).

④ 4월 15일은 미국 사람들의 개인 세금보고 마감일(Income-tax deadline)이다. 미국의 많은 사람들은 미리 원천 징수된 세금을 이 신고를 통해 환급받는다.

⑤ 굿 프라이데이(Good Friday) 예수님이 돌아가신 날로 부활절 전의 금요일(2014년의 경우 4월 18일)이다.

⑥ 패트리어트 데이(Patriot day - 애국의 날)는 4월 셋째 주 월요일이며, 1775년 4월 19일을 시작으로 혁명이 시작된 렉싱톤(Lexington) 및 콩코드(Concord)에서의 전투일을 기념하는 날이다. 매사추세츠(Massachusetts)주 및 메인(Maine)주에서는 4월 19일이 법정휴일이다.

⑦ 4월 22일은 얼스데이(Earth day) 우리나라도 지구의 날과 같다.

⑧ 4월 마지막 수요일은 어드민스트레이티브 프로페셔널 데이(Administrative Professionals Day)는 행정전문가옵션의 날(2014년은 4월 23일)이다.

⑨ 4월 마지막 금요일은 우리의 식목일과 같은 아버데이(Arbor day)이다.

5. May(5월)

– Asian/Pacific-American Month(아시안/태평양 – 미국계의 달)

① 5월 1일은 우리나라의 근로자의 날과 같은 노동절인 메이데이(Mayday)

② 5월 6일은 Teacher Appreciation day(스승의 날)

③ 5월 둘째 주 일요일(5/11)은 Mother's day(어버이날)

④ 5월 세 번째 토요일은 Armed Forces day(국군의 날)

⑤ 5월 마지막 주 월요일은 우리나라의 현충일과 비슷한 메모리얼데이 (Memorial day)인데 남북전쟁에서 사망한 병사를 기념하는 날이다.

6. June(6월)

① 6월 14일 플래그데이(Flag day)는 창문 밖에다 미국 기를 걸어 놓는 날

② 6월 셋째 주 일요일은 아버지의 달(Father's day)

7. July(7월)

① 7월 4일은 미국의 독립기념일(Independence day)이다. 1776년 대륙회의 에서 식민지 대표들이 독립선언서에 서명한 미국의 독립일이며 공휴일 이다.

② 7월 4번째 일요일 패어런츠데이(Parents' day)이다.

8. August(8월)

① 8월 26일은 Woman Suffrage, 미국의 여성참정권의 날이다. 1920년 8월 26일 최초의 여성참정권이 미국연방법으로 승인된 날이다. 거슬 러 1869년 수잔 B. 앤서니(Susan B. Anthony)를 중심으로 전국여성참정 권협회가 결성되었다고 한다.

9. September(9월)

① 9월 첫째 주 월요일은 Labor day(노동절)는 노동인들을 기념하는 날

② 9월 11일은 애국자의 날(Patriot day)이다. 이날은 뉴욕 맨해튼 세계무역 센터빌딩이 아랍 테러리스트에 의해 2,977명이 죽은 날은 기념하기 위함이다.

③ 노동절 다음 일요일은 Grandparents' day

10. October(10월)

Hispanic-American(라틴아메리카계) Month(9/15-10/14)

① 10월 6일은 German-American day이다. 13명의 독일인이 미국 북쪽에 1683년 10월 6일에 도착한 날을 기념하는 날

② 10월 둘째 주 월요일 Columbus day 1492년 10월 12일 영국 항해 인이었던 콜럼버스가 미 대륙을 발견했던 날인데 미국 전통 휴일을 정하는 규정에 따라 둘째 주 월요일로 정하여 이날을 기념하고 있다.

③ 10월 24일 United Nations day는 우리나라와도 같은 유엔의 날이다.

④ 매년 10월 31 핼러윈 데이(Halloween day)는 이날 아이들이 마녀나 유령 등으로 분장하고 가방 또는 자루를 들고 동네를 돌며 Trick-Or-Treat 외치면서 무엇을 주지 않으면 조롱하겠다고 귀여운 협박을 하면 집주인은 사탕, 또는 초콜릿 등을 미리 준비해 두었다가 아이들에게 주는데 아이들은 이 행사를 마치고 누가 사탕, 초콜릿 등이 많은지 숫자를 세어 자랑하기도 한다.

11. November(11월)

American Indian Heritage Month(아메리칸 인디언의 달)

① 11월 1일 all Saint 's day 만성절(기독교 모든 성인을 기념하는 날)은 일부 기독교의 특별한 기념일로써 세상에 알려지지 않은 기독교의 모든 성인을 축복하는 날이다.

② 11월 2일 all Souls day 만령제는 기독교도의 모든 죽은 이를 기념하는 날이다.

③ 매해 11월 첫째 일요일에는 Daylight Saving Time ends로써 서머타임(summer time)의 종료일이다. 2014년도의 경우 11월 2일 시계를 오전 2시를 시점으로 1시간 앞당겼다.

④ 11월 2일 이후 화요일 Election day 대통령 선거의 날인데 미국은 18세 이상이면 선거권이 있다.

⑤ 11월 11일 Veterans day(재향군인의 날)인데 미국에 목숨을 바친 노병들을 기념하는 날

⑥ 추수감사절(Thanks giving day)은 11월 넷째 주 목요일부터 다음 일요일까지 4일간 공휴일로 우리나라의 추석과 같다고 보면 된다. 추수감사절은 미국에서 성탄절 다음으로 미국에서 큰 명절이다. 유럽인들이 신대륙을 발견하여 원주민인 인디언들의 도움으로 성공적인 정착을 하였는데 그 날을 기념하며 인디언에게 감사의 표시로 칠면조, 옥수수빵, 고구마, 호박빵(펌킨파이)으로 이날을 축하한다. 또한 이날 TV로 풋볼을 보며 즐긴다.

추수감사절 다음날은 블랙프라이데이(Black Friday)라고 하여 대부분의 상가에서는 빅세일을 한다. 일부상점에서는 선착순한정판매를 해서

새벽부터 줄을 서는 진풍경이 연출되기도 한다.

12. December(12월)

① 12월 7일 Pearl Harbor Remembrance day 1947년 12월 7일 진주만 공격일을 회상하는 날이다.

② 12월 10일은 Human Right day 유엔 인권의 날 및 빛의 축제라고 하는 유태인의 기념일 하누카(Chanukah, Hanukkah)는 유대력 키슬레브 월 25일부터 8일간 지키는 유대절기이다. 2014년도에는 12월 16일부터 하누키아 촛대에 하나씩 불을 켜 8일간(12/24) 8개의 촛대에 모두 불을 켠다.

③ 12월 15일 Bill of Rights day 권리선언일

1791년 미국헌법제정자(건국의 아버지)들에 의해 헌법 수정조항 1-10조의 기본인권선언이 수정을 가해 1791년 제정됨.

④ 12월 17일 Wright Brothers day(1903) 라이트형제의 날

⑤ 12월 25일 Christmas day 크리스마스는 라틴어 Christ's Mass에서 유래되었다. 성탄절은 누구나 잘 아는 미국에서 가장 으뜸인 명절이며 이날은 촛불을 켜 놓는다. 또한 종을 울리는 관습은 악령을 몰아내기 위한 수단으로 시작되었는데 오늘날은 그리스도의 탄생이라는 행복한 소식의 상징으로 해석한다고 한다.

⑥ 12/26-1/1 Kanzaa(콴자, 아프리칸, 아메리칸축제)는 콴자는 스와힐리말로 첫 번째 과일이란 뜻으로 아프리카계 미국인의 축제이다. 일부 미국 흑인의 문화제이며 7일간 열린다.

⑦ 12월 31일 New Year's Eve 우리의 섣달그믐과 같이 친한 사람들과

모여 파티를 연다.

★ 콴자의 7가지 기본정신

- Unity⁽단결⁾

- Self-Determination⁽자결⁾

- Community responsibility⁽공동작업⁾

- Cooperative Economics⁽협동경제⁾

- Purpose⁽결의⁾

- Creative⁽창조⁾

- Faith⁽믿음⁾

〈미국의 국경일 또는 전통 휴일〉

구분	일자(Date)	국경일(Federal Holiday) 또는 전통 휴일(Traditional Holiday)	참고(Reference)
1월	1일 첫날	New Year′s day	신정
	1월 셋째 주 월요일	Martin Luther King day	
2월	2월 2일	Groundhog day	경칩
	2월 12일	Lincoln's Birthday	링컨 대통령
	2월 14일	Valentine's day	
	2월 15일	Susan B. Anthony's birthday	여성인권운동가
	2월 셋째 주 월요일	President's day	
	2월 22일	Washington's Birthday	조지워싱턴 대통령
3월	3월 3일	Read Across America	
	3월 8일	Women's day	
	3월 9일 일요일 (오전2시→오전3시)	Daylight Saving Time Starts	2014년도
	3월 17일	St Patrick's day	녹색 옷을 입는 날
	3월마지막주-4월상순	Easter day	부활절

구분	일자(Date)	국경일(Federal Holiday) 또는 전통 휴일(Traditional Holiday)	참고(Reference)
4월	4월 1일	April Fools day	만우절
	부활제직전일요일(4/13)	Palm Sunday	
	4월 14일	Passover(유월절)	2014년도
	4월 15일	Income-tax deadline	매년 같은 날
	부활절 전 금요일(4/18)	(소득세신고일)	2014년도
	4월 셋째 주 월요일	Good Friday(수난일)	애국의 날
	4월 22일	Patriot day	지구의 날
	4월 마지막 수요일	Earth day	
	4월 마지막 금요일	Administrative, Professionals Day	식목일
5월	5월 1일	May day(노동절)	근로자의 날
	5월 6일	Teacher Appreciation day	스승의 날
	5월 둘째 주 일요일	Mother's day	어머니의 날
	5월 세 번째 토요일	Armed Forces day	국군의 날
6월	6월 14일	Memorial day	현충일
	6월 셋째 주 일요일	Father's day	아버지의 날
7월	7월 4일	Independence day	독립기념일
	7월 4번째 일요일	Parents' day	
8월	8월 26일	Woman Suffrage	여성참정권의 날
9월	9월 첫째 주 월요일	Labor day	노동절
	9월 11일	Patriot day	애국의 날
	노동절 다음 일요일	Grandparents' day	
10월	10월 6일	German-American day	독일계미국인
	10월 둘째 주 월요일	Columbus day	
	10월 24일	United Nations day	UN의 날
	매년 10월 말일	Halloween day	동지
11월	11월 1일	all Saints day (모든 성인을 기념하는 날)	만성절
	11월 2일	all Souls day (모든 죽은이를 기념하는 날)	만령제
	11월 2일 일요일 (오전2시→오전1시)	Daylight Saving Time ends	
	11월 2일 이후 화요일	Election day	선거의 날
	11월 11일	Veterans day	재향군인의 날
	11월 넷째 주 목요일	Thanks giving day	추수감사절
12월	12월 7일	Pearl Harbor day	진주만공격회상일
	12월 10일	Human Right day	인권의 날
	12월 15일	Bill of Rights day(1791)	권리선언일
	12월 17일	Wright Brothers day(1903)	라이트형제의 날
	12월 25일	Christmas day	성탄절
	12/26-1/1	Kanzaa(아프리칸, 아메리칸축제)	

미국의 세금제도

미국의 세금체계는 특이하다. 국세와 지방세의 영역이 중복되는 경우가 많다. 개인소득세와 법인소득세의 경우를 보면 연방정부, 주정부, 지방정부가 부과한다. 연방정부소득세는 전국적으로 똑같이 적용되나 주정부나 지방정부는 개인소득세와 법인소득세를 부과하기도 하고 그렇지 않는 경우도 있다. 또한 세율도 주마다 다르다.

예를 들면, 사망과 관련한 상속세도 연방정부는 유산세(Estate Tax)를 부과하고, 주정부는 물려받은 각자의 재산에 대하여 상속세(Inheritance Tax)를 부과한다.

증여세는 연방정부와 주정부에서 부과하며, 재산세는 연방정부에서는 관련이 없고 주정부와 지방정부에서 부과한다. 재산세는 같은 주 같은 시에서도 많은 차이를 보이고 있다. 필자가 살던 미시간 주도 랜싱의 경우 카운티를 달리하는 경우 도로 맞은 편에 있는 비슷한 건물에 대해 몇 배의 재산세 차이가 발생하는 경우가 있다고 한다.(참조 「알면 떳떳한 모르면 무서운 세무조사」, 허순강)

미국의 여러 주를 여행하면서 기념품을 사다보니 판매세(Sales Tax)를 낼 기회가 많았다. 미국은 물건에 부착된 가격은 판매세가 제외한 가격이며 계산대에 가져가면 이때 판매세와 함께 돈을 지불하도록 되어 있다. 판매세는 우리나라의 부가가치세와 비슷한 세금이다. 이 판매세는 주마다 다르다. 내가 살던 미시간 주는 판매세가 6%인데 앨라배마는 4%이다. 알래스카(Alaska), 델라웨어(Delaware), 몬태나(Montana), 뉴햄프셔(New Hampshire), 오리건(Oregon) 등 5개 주는 판매세가 없다고 한다.

주 명	판매세율	주 명	판매세율
네바다(Navada)	6.85-8.1	아칸소(Arkansas)	6
네브래스카(Nebraska)	5.5	알래스카(Alaska)	무
노스캐롤라이나(North Carolina)	5.75-8.25	앨라배마(Alabama)	4
노스타코타(North Dakota)	5-6%	오레곤(Oregon)	무
뉴멕시코(New Mexico)	5.12-8.56	오클라호마(Oklahoma)	4.5
뉴욕(New york)	4-8.87	오하이오(Ohio)	5.5-7.75
뉴햄프셔(New Hampshire)	무	와이오밍(Wyoming)	4-7%
뉴저지(New Jersey)	7	워싱턴(Washington)	6.5-9.5
델라웨어(Delaware)	무	워싱턴 D.C	6
로드아일랜드(Rhode island)	7	웨스트버지니아(West virginia)	6
루이지애나(Louisiana)	4-9%	위스콘신(Wisconsin)	5
메릴랜드(Maryland)	6	유타(Utah)	4.75-8.35
매사추세츠(Massachusetts)	6.25	인디아나(Indiana)	7-9%
메인(Maine)	5	일리노이(Illinois)	6.25-11.5
몬태나(Montana)	0-3	조지아(Georgia)	4-8%
미네소타(Minnesota)	6.875	캔자스(Kansas)	5.3
미시간(Michigan)	6	캘리포니아(Calfornia)	8.25-10.75
미시시피(Mississippi)	7	켄터키(Kentucky)	6
미주리(Missouri)	4.225-9.241	코네티컷(Connecticut)	6
버몬트(Vermont)	6	콜로라도(Colorado)	2.9-8.0
버지니아(Virginia)	4-5%	콜롬비아(District of Columbia)	6
사우스다코타(South Dakota)	4-6%	테네시(Tennessee)	9.3%
사우스캐롤라이나(South Carolina)	6-9%	텍사스(Texas)	6.25-8.25
아리조나(Arizona)	6.6-10.6	펜실베이니아(Pennsylvania)	6-8%
아이다호(Idaho)	6	플로리다(Florida)	6-7.5
아이오와(Iowa)	6-7%	하와이(Hawaii)	4

〈※ 위 표의 세율은 인터넷 각 블로그 및 여행책에서 소개된 내용이니 참고하시기 바람〉

우리나라의 법인세신고는 매년 3월 31일이며 개인의 종합소득세 신고는 매년 5월 31일데 반해 미국의 법인업체의 신고기한은 3월 15일이며, 개인소득세는 세금신고서(Income-tax deadline April 15)를 4월 15일까지 미국 연방 국세청(IRS)에 보고하여야 한다.

남편과 나는 세금과 관련된 일을 하고 있다. 그래서인지 미국의 세금환경이 궁금하였다. 기왕 미국에 있는 동안 미국의 회계사무실을 방문해보기로 했다. 마침 남편은 디트로이트에서 30년간 회계사무실을 하고 있는 홍순백 회계사님이 쓴 책을 보고 있던 터라 초면부지인데도 책에 있는 연락처로 통화를 하여 3일(2014. 2.19~21)간 홍 회계사님의 사무실에서 일할 수 있는 기회를 얻었다. 2월이라 하지만 미시간은 깊은 겨울이다. 하루걸러 내리는 눈으로 도로가 미끄러워 2일간 우린 디트로이트에서 숙박을 하면서 홍 회계사님의 사무실에 갔다. 사무실에 가보니 홍 회계사님도 직원도 너무 바쁘게 움직이고 있었다. 미국의 소득신고 기간이 2월부터 시작된 터이라 텍스시즌(Tax Season)이 시작된 것이었다.

우리나라는 5월 한 달간을 소득세 신고기간으로 하고 있는데 반해 미국의 세금보고기간은 2월 1일부터 4월 15일까지라 한다. 우리나라의 근로자는 근로소득 외에 다른 소득이 없는 경우는 자신의 직장에서 연말정산을 함으로써 소득세 신고가 끝난다. 사업소득자나 일정금액 이상의 금융소득자가 소득세 신고대상인데 반해, 미국은 전년도에 소득(Income)이 있는 경우이면 누구나 소득세 신고를 한다는 것이다. 직장에서 원천징수를 하여 세금보고의무가 없더라도 근로소득 세액공제 혜택을 받으려면 반드시 세금보고서를 제출하여야 미리 낸 세금을 환급받을 수 있다고 한다. 저 소득자가 세금보고를 하는 경우 소득신고내용에 큰 문제만 발견되지 않으면 대부분 신고한 날로부터 한 달 이내 환급을 받을 수 있으므로 이곳 현지인들은 대부분이 세금보고서를 제출한다고 한다(미국국세청/IRS 인터넷 참조).

그래서 소득이 적은 사람은 적은 사람대로, 소득이 많은 사람은 소득이 많기 때문에 신고를 한다고 한다. 더구나 미국의 은행은 고객의 은행거래 내역을 매월 한 번씩 미연방국세청(IRS - Internal Revenue Service)과 거래당사자에게 통보해주고 있는데 소득세를 신고할 때에는 통보받은 은행의 입·출금과 부합(match) 되어야 하므로 소득세신고가 만만치 않다고 홍 회계사님은 말하였다. 우리도 미국에 사는 동안 거래 은행에서 매월 보내주는 거래 내역서를 받아보았기에 무슨 뜻인지를 쉽게 이해하였다.

〈세무 양식 선택〉

납세자는 개인세금 보고서를 제출하려면 소득 규모에 따라 사용 양식을 결정해야 한다.

구분	1040EZ	1040A	1040
과세소득	$100,000 미만	$100,000 미만	$100,000 이상
그 외	·독신자 또는 부부공동보고자 임. ·결혼한 경우 배우자가 65세 미만이고 맹인이 아님. ·부양가족공제신청이 없음. ·이자소득이 $1,500 이하임.	·자본이득 배당이 있음. ·특정세금공제를 청구함. ·RA불입금 및 학자금대출 이자로 인한 소득조정을 청구하는 경우	·항목별 공제 청구를 하는 경우 ·자영업소득을 보고 하는 경우 ·자산매각소득을 보고하는 경우

그래서인지 미국 대형마트에서는 2월부터 소득세신고 프로그램 CD와 책자를 통로중앙에서 판다. 그 이유가 궁금했는데 세금 체험을 한 뒤에는 이해하게 되었다. 미국의 납세자는 매해 소득세신고의 마감일인 4월 15일까

지 소득세신고 프로그램을 구입하여 직접 작성하거나 회계사 등 전문가에 의뢰하여 세금보고를 한다고 한다.

미국 국세청 홈페이지에 있는 세무의 기본 내용에 따르면 일반적인 총소 득은 개인 서비스 제공대가로 지급받은 모든 금액이다. 이를 근로소득으 로 간주하며 이 근로소득 외에도 아래 소득은 신고대상 소득이라고 되어 있다.

〈신고대상 소득〉

·봉급, 임금	·주식구매옵션	·퇴직소득
·수수료(커미션)	·이자	·실업소득
·사례금	·배당금	·도박수입금
·복리후생비	·파트너십 분배금	·해외근로소득
·팁	·자본이득 분배금	

〈환급안내(Refund Information)〉

IRS는 귀하의 전자신고서 접수를 확인한 시점으로부터 72시간 이후 또는 귀하가 신고서를 우송한 시점부터 3~4주 이후부터 세금환급상태를 온라인으로 확인할 수 있습니다.

미국의 국세청 홈페이지에 있는 세무의 기본 내용에 따르면 미국에 처음 온 사람도 연방소득세 세금 신고의무가 있다고 한다. 신고의무는 이민자 신분에 따라 결정되는 것이 아니라 소득 및 다른 요인에 따라 결정되며 세 금신고 및 납부는 법적요구사항이며 이 요건을 충족하지 않으면 민사 및 형사상 처벌을 받을 수도 있다고 되어 있다.

법률에 따라 세금신고서(Tax Return)에는 해당자의 식별번호(ID No)를 기재하여야 한다. 이 번호는 일반적으로 사회보장국(SSA- Social Security Administration)이 발급하고 있는데 이 사회복지보장번호(SSN)를 세금신고서에 기재한다고 한다. 하지만 사회보장번호를 취득할 요건을 갖추지 못한 경우는 국세청이 세금신고를 위해 개인납세자식별번호(ITIN - Individual Taxpayer Identification Number)를 발급해주고 있는데 이는 단지 세금신고목적으로만 사용된다고 한다.

특히 외국인이 부동산을 매입·매도한 경우 자산처분 시 원천징수한 세금 감면을 요구하고, 필요한 원천징수액 납부를 위해 사회보장번호가 있어야 하는데 사회복지보장번호를 받을 자격이 없는 개인이 개인납세자번호(TIN) 요건을 충족하기 위해 국세청에서 TIN을 받을 수 있다고 한다.

또한 미국 시민권자, 거주자 또는 푸에르토리코 거주자로서 아래 신고요건에 해당되면 반드시 연방소득세 신고서를 제출해야 한다고 되어 있다.

1. 일반 개인
2. 부양가족
3. 풀타임 학생 또는 19세 미만의 특정 아동
4. 자영업자
5. 외국인

〈2013년도 기준 미국의 납세신고 요건〉

다음 납세자 구분에 대한 연령기준이 연말에 다음에 해당하는 총 소득이 아래 금액 이상일 경우에는 세금신고서를 제출해야 함.

구분	연령기준	총소득기준	비고
독신자	65세 미만	$11,000	
	65세 이상	$11,500	
부부공동 신고자	65세 미만(부부 모두)	$20,000	
	65세 이상(배우자 중 1명)	$21,200	
	65세 이상(부부 모두)	$22,400	
부부별도 신고자	연령제한 없음	$3,900	
세대주	65세 미만	$12,850	
	65세 이상	$14,350	
부양자녀가 있는 유자격미망인	65세 미만	$16,100	
	65세 이상	$17,300	

※ 미국 국세청 홈페이지 참조

텍스시즌에 우리에게 견학의 기회를 준 것은 홍 회계사님의 큰 배려였다. 함께 식사를 하면서도 홍 회계사님이나 남편은 세금 관련 책을 쓴다는 공감대가 있어서인지 세금과 관련한 미국 국세청 직원의 청렴에 대한 이야기와 초기 한국 교민들이 사업을 하면서 미국의 세금환경을 몰라 탈세자로 몰려 혼줄 난 이야기 등 많은 이야기를 들었다.

우린 세금 체험기간 동안 홍 회계사님 직원의 바쁜 일을 도와주었다. 회계사님은 바쁜 가운데에도 우리가 궁금해 하는 미국 기업의 재무제표, 세무조사 등에 대해 이야기해 주었다. 미국에서 30여 년 동안 회계사사무실을 운영하고 있는데 미국 국세청(IRS) 직원은 어떠한 타협을 하지도, 응하지도 않는 청렴함이 있다는 것을 납세자, 세무 협력자 모두 알고 있어 이들은 미국사회에서 신뢰받고 있다는 것이다.

제4부

가족
이야기

우리 부부는 천생연분이다

남편과 나는 공통점이 많다. 38선 가까운 고향 연천에서 중·고등학교를 같이 다녔고, 사회에 나가서는 같은 조직에서 근무하였다. 물론 같은 사무실에서는 근무하지 못했으니 사내결혼이라기보다는 같은 고향의 인연이 더 깊다고 말할 수 있다. 이렇게 시작한 우리 부부가 결혼 30주년이 넘었으니 서로의 눈빛만 보아도 마음을 알 수 있다. 더구나 우리의 이름조차에서도 그러했다.

우리의 결혼사진을 보자.

신부 임 **경 순**
신랑 허 **순 강**

가로로 보아도 경순, 순강이요, 세로로 보아도 경순, 순강이다. 이런 우리의 설명을 들은 사람들은 우리 부부를 천생연분이라고들 한다. 남편은 내 이름 경순이가 순강이보다 앞에 있다는 이유로 우리 집은 여성상위시대라고 하며 비아냥댄다.

우리에겐 아들이 하나 있다. 우린 1983년에 결혼하여 87년에 아이를 낳았으니 약 4년만이었다. 4년간 아이가 생기지 않아 마음을 끓이며 살았다. 결혼하던 해 허니문베이비를 가졌으나 잘못된 이후 아이 문제가 쉽지 않아 상상임신도 해보았다. 그러다보니 아들이 태어남으로써 4년간 못한 숙제를 해낸 홀가분한 기분이었다.

임신사실을 알게 된 순간부터 아이가 태어나기까지 열 달 동안, 내 입은 항상 귀에 걸쳐 있어 시간 가는 줄 몰랐다. 태교에 좋다는 음식은 무엇이든 마다하지 않아 임신 중에 잉어를 7마리나 고아 먹었을 정도였다. 또한 태교를 위해 TV사극에서 등장하는 양반댁 규수와 같이 바느질을 하는 평화로운 모습을 흉내 내기 위해 8폭짜리 동양자수 재료를 샀다. 퇴근 후 매일매일 한 땀 한 땀 수놓기 시작하였는데 배가 불러 2폭은 포기하고 6폭만 표구를 하여 아들의 백일과 돌잔치에 요긴하게 사용하였다. 물론 요즈음은 돌 행사를 뷔페식당 등에서 하고 있으므로 별 필요성을 느끼지 못할 것이다. 당시만 해도 집에서 직접 상을 차리던 시절이었으므로 그 병풍의 쓰임새가 많았다. 손때 묻은 추억의 작품이라 나는 해마다 여름철이면 곰팡이 쓸까 염려하여 병풍을 바람을 쐬주며 관리를 하고 있다.

오랜만에 우리 품에 아이가 생기니 아이를 키워주기 위해 아들이 태어나기 전 날 시어머님이 우리 집에 살러 오셨다. 시어머님을 포함한 네 식구는 아이에게 정성을 모두 쏟았다. 물론 처음에는 분유 타는 법을 몰라 일주일 동안 분유에 설탕을 넣어 먹인 적도 있었다. 시간이 지날수록 우린 발전하여 우유를 탈 때의 물은 보리차를 이용하지 않고 쌀과 멸치를 넣고 끓인 암죽을 이용하였다. 암죽은 보리차보다 기본 영양이 있다고 판단되어 정량의 3분의 2정도만 넣어 먹였다. 이유식에 있어서도 시금치, 치즈 등 제철의 채소를 넣어 직접 만들어 먹이고, 주스도 항상 제철 과일을 강판에 갈아 직접 만들어 먹였다.

이렇게 자연식만 하던 아이가 유치원을 다니고부터 인스턴트 음식에 맛을 들여 햄과 소시지도 먹게 되었다. 이렇게 키워서인지 우리 부부는 키가 큰 편이 아니나 아들의 현재 키는 187㎝이다. 어릴 때에도 아이와 함께 외출하게 되면 아빠 엄마는 크지 않은데 아이는 크네요 라고 말했다. 이럴 땐 아마 어려서부터 음식에 공을 들인 덕분이 아닌가 하고 생각했다.

대화는 삶의 원천이요, 예약된 행복이다

오랜만에 아이를 갖게 되어서인지 열 달 동안 매일 매일이 축제였다. 우린 초롱이란 태호를 지어주고 나는 일터 오가는 동안 매일 초롱이와 대화를 나누었다. 특히 일터에서 힘들었던 날은 아이에게 부탁했다. 네가 태어나도 엄만 계속 일을 할 것이니 너도 미리 알고 있었으면 좋겠다는 것과 엄만 항상 바쁠 것이므로 네 스스로 건강할 것을 당부하면서 편지도 써서 읽어 주기도 하였다.

열 달이 지나 아이가 태어났고 우린 집안의 돌림을 따서 민재라 지었다. 당시 출산 휴가는 2개월이었으므로 두 달간의 휴식을 마치고 출근하였다. 낮 동안은 친할머니가 아들을 돌봐주었기 때문에 나는 내 또래의 동료보다 여유가 있었다. 일터에서 돌아오면 시어머니는 식사를 바로 할 수 있도록 해 주셨기에 나는 식사가 끝나면 설거지만 하면 되었다. 설거지를 마치고 아이가 잠들게 되면 내 하루의 일과는 모두 끝나는 것이므로 저녁을 먹고 나면 매일 아일 업고 동네공원엘 다니는 것이 제2의 일과였다.

낮 동안 아이를 돌봐주지 못한 미안한 마음 때문에 아이를 업고 공원을 거니는 동안 알아듣지 못하는 어린애에게 잠들기까지 끊임없이 이야기를 들려주어서인지 성인이 된 지금도 모자간 대화는 자주 하는 편이다.

중학교 시절 아들은 한 때 리니지라는 게임에 흠뻑 빠져 있었다. 물론 내가 직장을 다녔으므로 낮에 간섭을 하지 못하니 맘대로 오락을 하였던 것 같았다. 그래도 다행인 것이 그런 혼돈 시기에 아들이 늪에서 잘 빠져 나온 것은 애기 때부터 지속된 대화덕분이 아니었나 생각한다.

한 때 유아교육에 관심이 있어 교육심리학에 관한 책을 많이 보았다. 일하는 엄마는 아이와 양적인 시간이 부족하기에 질적인 시간을 갖는 것이 중요하다고 했다. 그래서 퇴근 후 아이가 6살이 될 때까지 늘 업어주고 항상 이야기를 해주었다. 이러한 것이 아동교육 전문가가 말하는 이론과 도 일치하는 부분이 많아 그나마 아이에게 덜 미안했다. 아이 체중이 34kg가 됐을 때 아일 업어주고 나면 엉덩이가 아파 업기를 그만 두었는데 얼마나 업고 다녔는지 쓰던 포대기가 나달나달해진 게 기억난다.

그렇게 자란 아들이 초등학교엘 입학하였다. 이제는 살아가는 법을 가르쳐주어야 할 때라고 판단하고 1학년 때, 라면 끓이는 법, 커피 타는 것을 알려 주었다. 내가 있을 때 미리 배워두어야 우리가 없을 때 배고프더라도 당황하지 않고 식사를 할 수 있기 때문이다. 그때만 해도 정부에서 아들 딸 구별 말고 하나 낳아 잘 기르자는 구호가 있었을 때이므로 나는 훗날 대학진학보다 자생력을 키우는 것이 더 중요하다고 판단되어 그렇게 홀로서기 연습을 시켰다. 아들이 초등학교 2학년 때에는 잠실야구장을 혼자 보내고, 당시 의정부에 있던 큰집도 찾아 가게 하였다. 차차 범위를 넓혀 연천 외갓집까지 가는 방법도 가르쳤는데 다행히도 아이는 잘 따라 해주었다. 물론 아들에게 이러한 필요성을 이야기해 주었고 아이도 내 이야기를 잘 받아주었다. 항상 아이와 이런 저런 이야기를 늘 하였기에 가능했던 일들이라 생각한다.

40대 초반에는 한 때 심하게 부부싸움을 했지만 그런 어려움을 잘 견디고 지금에 오기까지는 남편과 또 가족 간 대화를 열심히 한 것이 큰 몫을 하였다고 생각된다. 그래서 나는 대화는 삶의 원천이요 예약된 행복이라고 생각하고 있다.

공부가 안 되면 인간이라도 되어야지

우리 아들은 정말 평범한 아이다. 태어나 6개월 만에 이가 나기 시작하고 13개월 13일차에 걸었다. 내가 아는 상식으로 유아 시절에도 지능발달, 신체발달 지극히 평범했다. 다만 평범하지 않은 것이 있다면 키였다. 항상 같은 학년 평균 키보다 머리 하나 정도가 컸다. 운동회 날 운동장에 있는 같은 학년 친구들 중 나는 쉽게 내 아들을 찾을 수 있었다.

그러나 아들이 사회인이 되기까지 많은 우여곡절이 있었다. 우리가 맞벌이다 보니 아이가 혼자 집에 있는 시간이 많았다. 그래서 아들은 전자오락에 많은 시간을 보냈다. 할머니가 돌봐주었지만 부모만큼 강하게 간섭하지는 못한다. 유치원 시절 '슈퍼마리오'에서부터 시작하여 한 창 독서를 해야 할 중학교 시절에 '리니지'라는 게임에 깊게 빠졌다. 아들은 게임 비용을 마련하기 위해 남편과 나의 지갑에도 손을 댔다. 마침내는 본인의 세뱃돈 통장을 게임비용 결제수단으로 이용하였음을 나중에 알게 되어 보다 못해 나는 아들과 신중한 대화를 나누었다.

나는 어느 날 아들에게 꼭 해야 할 말이 있다며 아이와 이야기를 하였다. 나는 아이를 똑바로 보며 말했다. 나는 너를 낳았고 분명 네 엄마다. 물론 너는 네가 원해 이 세상에 태어난 것은 아니다. 네가 최근 몇 개월 동안 게임에 빠져 아빠 엄마 지갑에 손을 대고 네 통장까지 손을 댄 것에 대해 아빠·엄마에게도 잘못이 있음을 인정한다.

그래서 너에게 당장 이 집을 나가라고는 하지 않겠다. 고등학교를 마칠 때 까지는 우린 네가 밥 먹고 잠자고 학교 보내주는 기본적인 것은 해 주려하나 그 외는 어떤 것도 네게 해 주지 않으려 한다.

나는 네가 내 아들이라는 이유만으로 잘못된 아들을 끌어 않는 바보짓은 하지 않겠다. 그래서 너 대신 부모가 없는 고아 2명을 입양하여 잘 키울 것이다. 다행히도 너는 남자다. 그래서 고등학교를 졸업하게 되면 군대를 가게 되어 있다. 군대를 가게 되면 엄마 아빠는 네게 거처를 알리지 않고 이사를 한다.

그렇게 되면 너와 아빠·엄만 로켓이 발사되면 분리되듯 자연스럽게 가족관계를 끊게 된다. 또한 그때는 네가 스무 살이 넘기에 노동을 해서라도 네 스스로 먹고 살 수 있는 나이가 되기에 우린 걱정하지 않는다, 라고 말하였다.

이렇듯 조곤조곤 이야기한 후부터 나는 퇴근 후 집에 왔을 때 아들이 집에 있더라도 밥은 먹었니? 하는 질문 따윈 하지 않았다. 요샛말로 투명인간 취급을 했다. 물론 집에는 밥과 김치 정도의 최소한의 먹을 것을 두었다. 한참 먹을 나이였으나 과자나 과일 등 간식은 주지 않았다. 일주일 정도 지났는데 아들은 견딜 수 없었던지 엄마에게 드릴 말씀이 있다 한다. 그래 내 방으로 오라하니 편지 한 통을 내미는 것이었다. 그 간은 잘못하였으며 앞으로 잘하겠다는 반성문을 써온 것이다. 아들도 나름 힘들었던 모양이었다. 그래 나는 아들에게 말했다. 모든 부모는 자식이 공부도 잘하기를 원하고 제대로 인간이 되는 것도 원한다. 하지만 적어도 공부가 안 되면 인간이라도 되어야 하지 않겠냐고 하였다.

그래서인지 아들은 신경이 가장 예민한 고3 시절에도 우리에게 짜증 따윈 부리지 않았다. 내가 거실에서 소리죽여 TV를 보고 있노라면, 엄마! 고3은 나지 엄마가 아니잖아 하면서 내가 문 닫고 공부할 터이니 TV 맘 놓고 보라고 하여 나는 고3 엄마이면서도 속없이 편하게 텔레비전을 보면서 지냈다.

또한 아들은 학교 야자가 끝나 집에 오면 엄마와 뒹굴 거리는 시간이 에너지 충전시간이라며 내 곁에 30분간 머물다 독서실을 가곤 했다. 그렇게 아들은 정말 공부보다 인간이 되는 모습을 보여주려 한 것 같았다. 중학교 때 워낙 성적이 엉망이어서인지 고등학교 입학 후 졸업 때까지 성적이 상승곡선을 그린 덕분에 그야말로 서울에 있는 대학에 재수하지 않고 무난하게 입학을 하였다.

공부는 스스로 하는 것이다

　그날은 아들이 고등학교를 배정받는 날이었다. 나도 학교 배정결과가 궁금하여 사무실에 출근한 후 집에 전화를 하니 벨소리만 울린다. 또한 아들에게도 소식이 없었다. 궁금하여 학교로 전화를 걸어 담임선생님과 통화가 되었다. 그런데 담임선생님은 전화를 받자마자 어떻게 아시고 전화를 하였느냐 한다. 무슨 말씀이냐 하니 아들이 배정받은 학교가 마음에 안 든다며 내리친 주먹에 학교 유리창이 깨졌다고 한다. 나는 순간 당황하였다. 그래서 어찌하여야 할지 물으니 유리 값은 5만원인데 학교와 학생이 반반 배상을 하면 된다고 하셨다. 나는 미안한 마음에 유리 값 5만원을 바로 학교계좌로 입금했다.

　물론 아들은 리니지 게임에 빠져 중학교 생활에 충실하지 못했으면서도 학교 욕심은 있었던 것 같다. 걸어 다닐 수 있는 거리에 있었던 서라벌, 대진고등학교 등 나름 괜찮은 사립 명문 고등학교가 있는데도 버스를 타고 가야 하는 공립학교인 상계고등학교로 배정을 받은 것이었다. 더구나 상계고등학교는 당시 10년도 안 된 신설학교였다.

　퇴근 후 집에 와 보니 아들은 배정받은 학교가 마음에 들지 않는다며 시일야방성 통곡을 하고 있었다. 때 마침 나도 직장이 강남 쪽으로 발령이 났고 남편도 직장을 그만두고 강남에 사무실을 막 오픈하던 차였으므로 남편에게 이사를 가자고 하였다. 학교를 배정받고 3일 내 이사를 하는 경우 다시 배정받을 수 있단 소릴 들었기에 그날도 그 다음날도 급하게 전셋집을 찾기 위해 인터넷을 검색하였다. 우리가 아이를 위해 이리저리 애쓰는 모습에 감동을 받아서인지 아니면 친구들에게 상계고등학교가 예전의 상계고등학교가 아니란 이야기를 들어서인지 배정받은 학교에 입학을 하겠다고 했다.

아들의 마음이 진정된 듯해 나는 한 마디를 더 건넸다. 아들아! 지금 너는 네 의사와 관계없이 배정받은 학교가 마음에 안 든다고 온 종일 울었다만 그래도 지금은 그 누구엔가 핑계를 댈 수 있다. 하지만 3년 뒤 네가 고등학교를 마치고 대학을 진학할 때에는 네가 원하지 않은 학교를 가게 되는 경우 그 누구의 탓도 할 수 없다. 왜냐면 대학은 순수한 네 실력으로 가야만 하는 것이기에 지금보다 훨씬 더 비참할 것이라고 말해 주었다. 그러면서 앞으로도 계속 불성실한 학교생활이 되면 네 앞날이 많이 걱정된다고 말했다. 아들은 고등학교 입학식을 마치고 와서 명품학교 여부는 학생 스스로가 만드는 것이라고 교장선생님이 말씀하셨다며 공부를 슬슬 하기 시작했다.

나는 중학교 시절에는 아들이 공부하는 모습을 본 적이 없었다. 그래서 성적을 기대하지 않았고 성적이 말이 아니었다. 고등학교를 1학년 첫 중간고사 때 나는 처음으로 아들의 공부하는 모습을 보았다. 성적을 받아 보니 중학교 때보다 평균이 10점이나 올랐다. 아들도 스스로 흐뭇한지 성적표를 자신 있게 내게 보여주었다. 나는 과목당 90점 이상은 5천 원, 95점 이상은 1만 원으로 계산하여 성과급을 주었다. 또한 반에서 3등 안에 들게 되면 그에 상응하는 성과급을 주기로 약속하였는데 고등학생 내내 고액의 성과급을 받아가서 졸업할 때까지 꽤 두둑한 용돈을 벌었다.

아들의 고등학교 첫 번째 모의고사 결과를 두고 우린 다시 대화를 하였다. 당시 남편은 사무실 개업 초기라 수입이 일정하지 않음을 아들에게 설명하면서 어차피 너의 모의고사 성적도 전국 5% 범위에 있지 않으니 대학은 편하게 가자고 했다. 고액 과외 등으로 무리하는 경우 너도 우리도 모두 힘드니 서울에 있는 대학을 진학할 정도만 공부를 하자고 하였다. 그랬더니 아들은 다른 과목은 인터넷 강의로 하더라도 수학만큼은 학원에 보내달라고 했다. 아들은 유일하게 고등학교 3년 동안 수학학원만을 다녔고 결과적으로 서울에 있는 대학엘 들어갔다.

아들은 대학에 진학한 후 친구들과 곧잘 어울렸다. 키가 크고 덩치가 있어서인지 술도 꽤 잘하였다. 친구들과 진하게 술을 한 다음날에도 학교 강의는 빠지지 않은 모양이었다. 아들은 복학한 이후부터는 학교에서 20% 성적장학금을 계속 받았다. 성적장학금을 받은 이유는 술을 좋아하고 놀면서도 공부를 게을리하지 않았음을 보여주기 위한 것이라는데 어찌되었든 아들이 학업에 관심을 갖고 있어 다행이었다.

엄마의 취미생활을
방해하지 마라

1950년 중반 이후에 태어난 내 또래를 세상은 베이비부머세대라고 한다. 베이비부머들은 대부분 자수성가를 해야 했다. 당시 생활상이 그러했지만 결혼을 할 때에도 요새와 다르게 부모님으로부터 도움을 받기보다 스스로 살 집도 마련해야 했다. 그러다 보니 재테크를 잘 해야만 했었다. 나에게 재테크란 고정된 수입을 어떻게 쪼개어 관리하느냐가 관건이었다. 우린 맞벌이를 하였기 때문에 매달 2인분의 월급을 손에 거머쥐었는데 최소한의 생활비를 제외하고는 모두 저축하였다.

결혼할 당시 나는 의정부에서 근무했고 남편은 마포 쪽에서 근무하여 중간지역인 미아리에 보금자리를 잡았다. 옛날 미아리 대지극장 뒤에 소형(13평) 주공아파트가 있었는데 우리가 결혼한 1983년 3월에도 지금처럼 집을 사려는 사람보다 전세를 찾는 사람이 많아 매매가가 1천만 원 정도면 전세가는 7백만 원 정도로 매매가와 전세가가 큰 차이가 없었다. 전세가가 매매가의 70~80% 정도였던 것으로 기억된다.

처음에는 전세를 구하려 했지만 매물은 많은데 전세물량이 없어 전세자금에다 둘의 결혼비용을 보태 13평 주공아파트를 1천 4십만 원을 주고 공동명의로 하여 신혼생활을 시작하였다. 계획에 없던 집을 구입하고 나니 수중에 돈이 없어 예단이니 패물이니 하는 것은 최소한으로 하였다. 우린 신혼생활을 시작하면서 바로 계를 들어 2백만 원을 청약예금에 가입하였는데 가입 후 3개월쯤 되니 인근에 아파트 분양공고가 있어 연습겸 2순위로 청약을 했는데 바로 공릉동에 있는 '공릉동현대아파트' 21평이 당첨되었다.

그때는 분양금중도금대출제도가 없었으므로 미아아파트를 1년 만에 1천 4백만 원을 받고 판 뒤 인근에 1백만 원짜리 방 한 칸 전세로 옮겨 남기고, 일부 부족한 금액은 시 외삼촌에게 빌려 분양대금을 냈다.

미아리 주공아파트를 살 때와 팔 때 도와준 부동산사장님이 10년간 아파트 시세가 늘 그대로였는데 새댁이 파니 많이 올랐다며 기뻐해 주셨던 기억이 났다. 공릉동 아파트에 입주한 후 우린 다시 3백만 원짜리 청약예금을 가입하여 부동산 붐이 일기 시작될 무렵인 1988년도에 지금의 중계동 27평 아파트를 채권입찰을 통해 또 분양을 받았다.

이때에도 분양대금을 마련하기 위해 공릉동 현대아파트를 팔았는데 아이와 시어머님까지 4식구이므로 이번에는 의정부에 있는 작은 아파트로 이사를 했다. 1989년 6월에 중계동 아파트에 입주하여 지금까지 그 동네를 벗어나지 못하고 다만 평수만 넓혀 살고 있다.

이렇듯 우리의 재테크는 산술적이었다. 1990년도에는 살던 아파트를 담보하여 받은 대출금으로 남양주에 있는 땅을 샀는데 10년 뒤 팔아 그 자금으로 고향에다 농가주택을 사는 등의 재테크가 계속되었으므로 유동성 자금은 늘 부족했다. 이런 내용을 나는 아들에게 사전에 설명해 주어서인지 아들은 이런 우리를 잘 이해해 주었다. 아들이 고등학생 때다. 나는 농담반 진담반으로 엄마의 취미는 집 사 모으기인데 네가 돈을 많이 달라하면 엄마 취미생활에 어려움이 많다고 했다. 그래서인지 아들은 옷이나 운동화 등을 사달라고 조르다가도 안 된다하면 바로 포기했다.

아들이 군대에 가던 날, 군대 있는 동안 엄마 취미생활 맘껏 하세요 했던 말이 생각난다. 아들도 우리의 재산이 하나씩 늘어 나는 것이 좋은지 나의 경제원칙에 잘 따라 왔다. 아들이 대학생 시절 돈을 달라고 할 때, 엄만 지금 돈이 없는데 라고 하면 고상한 취미생활 하시느라 유동성이 딸리시나 보죠 라며 웃던 아들의 모습이 생생하다.

나의 VIP 고객은 아들이다

대부분 고등학교를 졸업하고 대학입학식이 있기까지 한 달간의 여유가 있다. 우린 자식이 1명이므로 되도록 단단하게 키우고 싶어 그 기간 동안 아들에게 남편 친구가 있는 일터에 막노동을 하도록 알선해 주었다. 당초는 일당 5만원을 받기로 하였는데 덩치가 있고 일을 제대로 했는지 일당 6만원으로 하여 주급으로 받아왔다. 아들은 16일 동안 노동을 하고 받은 96만 원을 내게 주었다. 아들이 몸으로 직접 번 종잣돈이기에 나는 4만 원을 보태 정기예금에 넣어 주었다.

아들에게 예금통장을 보여주니 흐뭇해한다. 대학에 입학하니 아들이 고등학교 시절 유일하게 다녔던 수학학원에서 보조교사 알바 제의로 아들은 매달 55만 원을 받아 왔다. 군대 가기 전까지 적금을 넣으니 대략 2백 5십만 원이 되어 정기예금으로 돌렸다. 이러한 예금이 아들의 경제교육 시작점이 되었던 것 같다.

그렇다 해도 젊다 보니 친구도 많았다. 군대를 가는 친구, 휴가를 나오는 친구가 많아 아들은 무척이나 바빴다. 더구나 제대 후 복학하기까지 약 반 년의 여유가 있었으므로 이번에도 남편과 궁리 끝에 남편 후배가 운영하는 평택공장에 알바를 주선해 주어 그곳에서 일하도록 하였다. 그런데 그때 아들의 친구로부터 만나자는 전화가 왔단다. 그래서 아들은 "나 지금 평택이야, 만날 수 없어"라고 하니 아들 친구들이 놀라며, 너 사채 썼니? 사채 때문에 평택으로 팔려 간 거냐고 하더란다. 이렇게 대여섯 달을 평택에서 일하고 겨울이 되어 집으로 돌아 왔다. 그러나 아직도 새 학기까지 두어 달 여유가 있어 이번에는 한 출판사의 교정 알바를 알선해 주었다. 그랬더니 아들 왈 "다음에는 적어도 내 몸을 어디로 팔 것인지 알려나 주지"라고 하여 우린 폭소를 터트렸다.

아들은 복학 후부터는 학업에 열중하고 있는 듯했다. 복학하던 해 여름 방학이 되니 아들이 "나 또 알바 해야 돼?" 하고 내게 묻는다. 그래 나는 "아니? 이제는 그럴 일 없다"고 했다. 워낙 친구가 많고, 친구를 좋아하니 만나자는 친구들 전화를 거절하지 못할 것 같아 일부러 알바를 주선했노라고 얘기했다. 하지만 이제는 친구들 대부분 복학생이고 앞으로 무엇을 할 것인지 고민하기도 바쁜 것 같으니 이제 알바는 졸업이라고 말하니 아들은 고개를 끄덕였다.

이렇게 아들의 피 끓고 혼란스러웠던 청춘은 갔다. 아들은 알바를 통해 생활경제를 일찍 접해서인지 대학 4학년 여름 방학에는 대기업의 인턴사원으로 일을 시작하였고, 이제는 정식으로 입사하여 어엿한 사회 일원이 되었다.

아들은 1987년에 태어나 2012년 대학을 졸업할 때까지 26년간 부모에게 기대고 의지하며 살아 왔다. 태어나서 성장하기까지 할머니, 이모 등 여러 사람의 도움을 받다가 이제는 어엿한 직장인이 되었다.

신입사원 교육에 들어가기 전날 아들은 그동안 사용하던 내 신용카드를 반납했다. 앞으로는 본인카드로 쓰겠다는 것이다. 이후 오히려 내게도 신용카드 1장을 발급해 주어 나는 친구들을 만나거나 직원들과 식사 때 아들의 카드를 긁는 호사를 누리고 있다. 이렇게 아들은 경제적으로 독립함으로써 이제 불완전한 인생에서 완전한 인생으로 탈바꿈했다. 첫 월급을 받았다며 우리에게 저녁을 사 주고 용돈까지 주니 무엇을 먹은 들 맛이 없겠는가? 늘 주어야만 했던 아들에게 이제는 우리가 받는 입장이 되었으니 말이다.

아들은 신입사원 교육을 마친 후 현업 부서에 배치 받아 일하고 있다. 회사의 부서 직원과 회식도 한다. 신입사원이라 상사가 주는 술잔을 거절하지 못해서인지 제법 술에 취해서 집에 온다. 내 아들도 이제껏 내가 했던 그런 사회생활을 시작하고 있음에 대견스럽다.

아들이 고등학교 때다. 나는 아들에게 너는 나의 유일한 VIP고객이다라고 말하곤 하였다. 왜냐하면 내 소득의 유일한 지출원이기 때문이다. 나는 너를 나의 VIP고객으로 모시려하니 너도 VIP고객답게 격식을 갖추도록 학업에 열중하라고 말했다. 적어도 아들이 결혼하기 전까지는 나도 아들의 VIP고객이고 나의 VIP고객도 아들이라고 말하고 싶다.

썩는 물건도 쉬는 물건도 아니니 그냥 돌려주게나, 거스름돈은 달래지 않겠네

부부란 남남이 만나 한 가정을 이루어 의무도 다하고 권리도 찾으며 살 아간다. 부부가 정신적인 백년해로를 하기 위해서는 우선 의무를 다한 다 음 권리를 찾는 것이 순서라고 본다.

남편과 결혼하기까지 친정 부모의 반대가 심했다. 부모 입장에서는 딸을 기왕이면 보다 좋은 환경으로 시집보내고 싶은 것이 당연지사고, 딸을 둔 부모의 공통된 마음이었을 것이다. 남편과 나는 같은 고향에서 나고 자라 같은 중·고등학교를 다녔기에 서로의 집안을 알고자 하면 쉽게 알 수 있었 다. 결혼한다 하니 아버지는 시댁에 대한 호구조사를 한 모양인데 맘에 차 지 않으신 모양이었다. 시부모님 쪽에서 서둘러 상견례를 하게 되었는데 그 자리에서 친정아버지는 "예전에는 여자나이 25살이면 과년한 나이지만 요 새 세상은 그렇지 않지요" 하며 엉뚱한 말씀을 하고 자리를 뜨셨다. 보다 못한 시댁 부모님은 내 의사가 중요하다며 결혼식을 할 수 있도록 준비하 여 주셨다.

나는 일방적으로 결혼날짜를 잡고 피로연 장소를 예약하여 친정 부모님 께 통보하였다. 만약 부모님이 결혼식장에 나타나지 않아도 그냥 할 요량 이었다. 다행히도 엄마는 결혼 음식을 마련하시었고, 아버지도 결혼식장에 오셔서 결혼식을 잘 마치고 신혼여행도 설악산으로 잘 다녀왔다.

아버지는 그간 우리 결혼을 반대하였음이 미안하였던지 우리가 좋아하는 음식을 장만하라고 하셨다. 신행에서 돌아와 친정엄마가 이것저것 음식을 해주셔서 맛있게 먹은 기억이 난다. 이렇듯 친정 부모님은 우리가 죽도록 좋아서 한 결혼이라고 알고 계셨다.

그러나 대부분의 부부가 그러하듯 우리도 한 때 심하게 부부싸움을 하던 시절이 있었다. 그때 남편은 경순이가 고집이 세서 살 수가 없다며 친정엄마에게 전화를 하였다. 친정엄마는 "자네가 좋아서 한 결혼이고 우리가 등 떠밀어 한 결혼이 아닌데 낸들 어쩌겠는가? 근데 뭘 걱정인가? 살 수 없으면 그만 둘 밖에, 경순이는 썩는 물건도 아니고 쉬는 물건도 아니니 그냥 돌려보내면 되네. 물론 그 간의 거스름돈도 달래지 않을 것이네."라고 말씀하시었단다. 남편은 대부분의 장모님이 그러하듯 사위 편을 들어줄 줄 알았다가 당황했던 모양이었다. 지금은 양가 부모님들 모두 이 세상에 안 계시지만 우린 토닥거리며 잘 살고 있다. 아마 내가 썩지 않고 쉬지 않는 물건이라 신선도 유지가 잘 되어 그런 것이 아닐까 라고 혼자 생각하며 웃어본다.